suhrkamp taschenbuch 4774

Brigitte hat zwei Leben gelebt. Im ersten Leben war sie Tabledancer, Model, ein bisschen Anschaffen, ein bisschen Drogen, und mit einem fatalen Händchen für böse Jungs. Mit einem von ihnen, einem Musikproduzenten, Dealer und Zuhälter, lebte sie damals zusammen. Als er ermordet wurde, geriet sie unter Verdacht, aber der Fall wurde nie aufgeklärt. Das war in den Zeiten des Grunge und ihres Idols Kurt Cobain.

Ihr zweites Leben heute: Sie hat einen Polizisten geheiratet, hat Kinder, versucht ein bürgerliches Leben in Melbourne zu leben. Dann nimmt eine Cold Case Unit den Fall von damals wieder auf, viel Verdrängtes kommt mit der Zeit nach oben. Der Cop, der die neue Untersuchung leitet, scheint alles andere als ein Gentleman zu sein. Kleine Irritationen drohen zur Katastrophe zu werden. Brigittes neues Leben beginnt aus den Fugen zu geraten – höchste Zeit, sich zu wehren.

»Tania Chandler bringt uns dazu, an ihre Heldin zu glauben, selbst wenn wir das eigentlich nicht wollen. Ein bemerkenswertes Debüt.«
Graeme Simsion

Tania Chandler, geboren in Melbourne, wo sie auch lebt, als Redakteurin arbeitet und schreibt. Ihr Roman war auf der Shortlist für den Ned Kelly Award und den Davitt Award für das beste Debüt 2016.

Tania Chandler

Zwei Leben

Psychothriller

Aus dem australischen Englisch
von Karen Witthuhn

Herausgegeben von
Thomas Wörtche

Suhrkamp

Die Originalausgabe erschien 2015 unter dem Titel
Please Don't Leave Me Here bei Scribe.

Erste Auflage 2017
suhrkamp taschenbuch 4774
Deutsche Erstausgabe

Druck und Bindung: CPI – Ebner & Spiegel, Ulm
Umschlagabbildung: Jena Ardell / Getty Images
Umschlaggestaltung: zero-media.net
Printed in Germany
ISBN 978-3-518-46774-9

Zwei Leben

Für Reece, Paige, Jaime und Greg
Und in Erinnerung an Kurt Cobain

Teil 1 2008: Come as you are

1

Die Online-Ausgabe von *The Age* meldet einen ereignislosen Tag: *Premierministerin Julia Gillard rügt Alkoholexzess von Footballspieler; Promiköchin Nigella Lawson engagiert persönlichen Fitnesstrainer.* Brigitte trinkt einen Schluck Kaffee und scrollt gähnend weiter. *Polizei von Victoria rollt ungelösten Mord an Konzertveranstalter Eric Tucker im Jahr 1994 neu auf.* Ihr Herz setzt aus. Dann holt es nach, was es ausgelassen hat, ein Schlag jagt den nächsten. Sie wirft einen Blick über die Schulter, schaltet den Computer aus und starrt den dunklen Monitor an, während Kitty Achten um ihre Fußgelenke dreht. Das Tuten eines Zugs unten am Bahnhof Clifton Hill erschreckt sie so, dass sie ihren Kaffee verschüttet.

Phoebe ist als Erste auf – und sieht mit halb geschlossenen Augen und ausgestreckten Armen aus wie ein Zombiekind. Brigitte nimmt sie auf den Arm, wobei ihr ein scharfer Schmerz ins Kreuz schießt, und streicht ihr das feine, blonde Haar aus dem Gesicht. Eine kleine Stupsnase, ein Schmollmund und riesengroße, tiefblaue Augen kommen zum Vorschein: wie aus einem Manga. Finn kommt angelaufen und verlangt seine morgendliche Umarmung mit Kuss. Brigitte lächelt, als wäre alles in Ordnung, und wärmt den Zwillingen Milch auf. Im Fernsehen laufen Zeichentrickfilme vor sich hin.

Sam erscheint eine halbe Stunde später, als der Feuermelder verbrannten Toast meldet.

»Versucht Mummy wieder zu kochen?«

»Morgen, Homer.«

»Morgen, Marge. Gut geschlafen?«

»Kaffee?« Sie schenkt ihm ein – schwarz, ohne Zucker.

In seiner Bademanteltasche klingelt das Handy, er geht damit ins Arbeitszimmer.

Hässliche Schmetterlinge flattern ihre Speiseröhre hinauf.

»Mum.« Finn zieht an ihrem Morgenmantel.

»Psst.« Sie versucht, durch die Wand hindurch Sams Gespräch zu belauschen.

»Mum, Mum, Mum …«

»Was!«

»Hab dich lieb.« Er läuft davon, sie lässt die Schultern sinken.

»Okay. Schickt mir in zehn Minuten einen Wagen.« Sam legt auf und kommt in die Küche zurück.

»Was?«

»Nichts.«

»Sag's mir, Sam.«

»Hör auf, Brig.«

»Was ist los?«

»Nichts! In Preston hat es einen Zwischenfall gegeben.«

Sie steht im Weg, er schiebt sie grob beiseite. Ihre Hüfte prallt gegen den Küchenschrank. »Sorry. Ich muss mich fertig machen.«

Während er seine Kleidung zurechtlegt – dunkelgrauer Anzug und weißes Hemd –, telefoniert er wieder.

Er duscht kurz und kommt nach Sportdeo riechend und mit Gel im kurzen blonden Haar aus dem Bad.

»Ich hab gelesen, dass der Eric-Tucker-Fall neu aufgerollt wird«, sagt sie, trommelt mit den Fingern auf die Spüle und sieht aus dem Fenster. Das Gras auf dem Rasenstreifen zwischen Haus und Bungalow ist kniehoch.

»Und?«

Sie dreht sich um, will etwas sagen, lässt es sein und legt die Arme um ihn.

»Mach dir keine Sorgen. Reine Beschäftigungstherapie. Es passieren einfach nicht genug neue Morde.«

Sie glaubt ihm nicht.

Er befreit sich aus ihrer Umarmung und gibt auf dem Weg nach draußen den Zwillingen einen Kuss. Er geht ohne Frühstück – wie immer wird er sich unterwegs etwas holen.

Im Kindergarten rennt Finn zu seinen Freunden im Raum für Dreijährige. Phoebe klammert sich mit Krokodilstränen in den Augen an Brigitte.

»Hallo, Phoebe.« Yasmine lächelt. Sie trägt eine Bluse mit Paisleymuster und einen Silberstecker in der Nase. »Wir werden heute ganz viel Spaß haben. Möchtest du lieber puzzeln oder mir helfen, die Malkittel zu sortieren?«

Phoebe redet nicht mit der Kindergärtnerin.

»Ist alles in Ordnung, Brigitte?« Yasmine stellt eine Dose mit Malstiften auf den Tisch.

Brigitte nickt lächelnd und klaubt Phoebe von sich ab. Sie geht nach draußen, um Finn noch einen Abschiedskuss zu geben. Er kickt auf dem Spielplatz einen Ball durch die Gegend.

»Guck mal, Mum!« Er tritt gegen den Ball und wirbelt die roten und braunen Blätter unter der großen Ulme auf. Sie applaudiert, er kommt angelaufen.

»Daddy erschießt Leute.«

»Nein, Liebling, das stimmt nicht.« Sie hockt sich vor ihn, um seine Jacke zuzuknöpfen.

»Er hat eine Pistole.«

»Alle Polizisten haben Pistolen. Das gehört zu ihrem Job.«

»Um die Bösen zu fangen und die Guten zu beschützen?«

»Ja.« Sie küsst ihn, bevor er fliehen kann.

Irgendetwas im Sandkasten hat seine Aufmerksamkeit erregt, er zielt mit dem Zeigefinger darauf. »Peng!« Er drückt mit dem Daumen ab.

2

Die Heizung ist kaputt. Fröstelnd lässt Brigitte das Handtuch zu Boden fallen. Sie sieht in den Badezimmerspiegel und zieht mit dem Finger die rosa Kaiserschnittnarbe nach – die neueste, aber unauffälligste ihrer Narben. Wenn ihre Mutter sie so sehen könnte, würde sie eher die paar überflüssigen Pfunde monieren: Ich hab dir ja gesagt, wenn du Kinder bekommst, wirst du auseinandergehen.

Als Brigitte klein war, stand Joan in dem alten rosa Haus in Brunswick oft stundenlang vor dem Spiegel, eine Zigarette neben sich auf den Waschbeckenrand gelegt – und schminkte, frisierte, bewunderte sich. Der Zigarettenrauch vermischte sich mit dem Geruch von Apfelshampoo, fönverbranntem Haar und Chanel No. 5. Wenn Brigitte sich auf Zehenspitzen stellte, konnte sie im Schrank dutzende kleiner Schminktöpfchen aufgereiht sehen. Joan hatte in der Schwangerschaft so wenig zugenommen, wie sie Brigitte gerne erzählte, dass kaum jemand etwas davon mitbekam. Und schon wenige Wochen nach der Geburt hatte sie wieder ihre alte Figur gehabt, auch wenn es beim zweiten Mal schwieriger war. Gott sei Dank keine Schwangerschaftsstreifen. *Leider sind du und dein Bruder eher wie euer Vater gebaut. Du hast breite Hüften*, sagte sie zu Brigitte, als sich die geraden Linien ihres schlanken, kleinen Körpers allmählich zu sanften Kurven formten. Es gab nichts Schlimmeres als breite Hüften.

Brigitte zieht den Bauch ein und verdrängt die Stimme ihrer Mutter.

Sie hätte ahnen müssen, wie tief das weiße Marilyn-Monroe-Kostüm blicken lässt, es beim Kostümverleih anprobieren sollen. Mist. Sonst trägt sie nie etwas so Ausgeschnittenes. Zu spät. Sie überdeckt die Narbe unter dem Schulterblatt mit Dermacolor-Make-up.

Sie hört Sam in der Küche mit den kichernden Zwillingen schimpfen, die Kissen in sein Elvis-Kostüm stopfen. »Bringt die sofort ins Schlafzimmer zurück. So gehe ich nicht aus dem Haus.« Als Brigitte in ihrem Marilyn-Kleid erscheint, glättet sich seine Stirn, und er pfeift.

Es klingelt an der Tür: Nachbarin Kerry meldet sich zum Babysitterdienst. Brigitte nimmt Phoebe die schwarze Perücke ab, setzt sie Sam auf den Kopf und geht zur Tür.

Mannys Tote-Promis-Party findet in einer der geheimnisvollen Cocktailbars in der Stadt statt – von denen man nichts ahnt, wenn sich das Leben um Kinder dreht. Sam stöhnt, als bei ihrer Ankunft ein Lied von Pink läuft, und Brigitte versetzt ihm einen Stoß in die Rippen.

Manny hat viele Freunde. Brigitte kennt keinen davon. Manny ist Sams Freund, doch seit er die Polizei verlassen hat, um Filme zu produzieren, sehen sie sich nur noch selten. Manny ist als Pirat verkleidet und trägt ein rotes Tuch um den Kopf. Johnny Depp kann er nicht sein. Keith Richards? Sam will ihm die Hand schütteln. Manny umarmt ihn und gibt Brigitte einen Kuss.

»Keith Richards lebt noch«, sagt sie.

»Aber nicht mehr lange.« Manny lacht. Sie wünschen ihm alles Gute zum Dreißigsten, dann eilt er auf Bon Scott und Jim Morrison zu.

»Wie wäre es mit Champagner?«, fragt Brigitte.

»Ich dachte, du trinkst nicht.«

»Dies ist ein besonderer Anlass.«

»Wieso?«

»Es ist ewig her, dass wir ohne die Kinder aus waren.«

Er geht an die Bar, sie sucht sich einen Tisch in einer Ecke. Er kommt mit einem Glas Champagner und einer Limonade zurück.

»Hast du Bereitschaft?«

Er nickt und legt das Handy auf den Tisch.

Sie lässt den Blick durch die plüschige Jugendstil-Bar schweifen, die wie eine alte Flüsterkneipe in Manhattan eingerichtet ist: Holzpaneele, braune Ledersofas, Samtvorhänge und glockenförmige Lampenschirme. »Tanzen wir?«

Er schüttelt den Kopf.

»Hast du das Bild gesehen, das Phoebe im Kindergarten gemalt hat?«

»Wie kommt's, dass wir nur über die Kinder reden, wenn wir mal ausgehen?«

»Dann reden wir über dich. Hast du dir das mit dem Unterrichten noch mal überlegt?«

Er sieht sein Glas an. Nein, natürlich nicht. »Ich glaube nicht, dass ich damit glücklich werden würde, Brig.«

Glaubt er, sie ist glücklich darüber, dass er jeden Tag bei der Arbeit ums Leben kommen könnte? Sie betrachtet ihre ungepflegten Fingernägel – für Marilyn nicht glamourös genug. Sie hätte sich unechte rote besorgen sollen.

»Vielleicht solltest du dir einen Job suchen«, sagt Sam.

»Ich habe einen Job.«

»Ein Artikel pro Monat für eine Elternzeitung ist nicht gerade –«

»Ich habe die Kinder gemeint.« Sie schaut zur Seite. Manny setzt sich ans Klavier und spielt »Sympathy for the Devil«.

Sam nimmt ihre Hände und hält sie fest.

Sie zieht eine Hand weg und trinkt ihr Glas aus. »Es gibt keine neuen Beweise?«

Sam runzelt die Stirn.

»In dem alten Fall.«

»Nein.« Er schüttelt den Kopf. »Reine Energieverschwendung.«

Sein Handy klingelt, er geht damit auf den Balkon. Sie schaut in ihr leeres Glas.

Sam kommt zurück und zieht sich die Perücke vom Kopf. »Sorry, Babe. Ein Zwischenfall in einem Gebäude in der Collins Street.« Er zieht das Kostüm aus, darunter trägt er eine normale Hose und ein hellgrünes Hemd – wie immer auf alles vorbereitet. Beinahe lacht sie über seine Superheldenverwandlung. Er legt das Kostüm und die Perücke auf den Tisch. »Bleib hier. Ich versuche, zurückzukommen, aber wenn es zu spät wird, nimm dir ein Taxi.« Er gibt ihr einen 50-Dollar-Schein aus seiner Brieftasche und einen flüchtigen Kuss auf die Wange.

»Sei vorsichtig.« Die Musik ist zu laut, er hört sie nicht.

Sie runzelt die Stirn und verschränkt die Arme vor der Brust. Alle anderen lachen und tanzen. Sie sieht sich nach Manny um. In der einen Hand hält er einen schaumigen pinken Cocktail, in der anderen Heath Ledger. Sie kann genauso gut nach Hause gehen, aber erst noch ein Drink. Sie zieht die Träger ihres Kleids nach, schiebt ihre Brüste nach oben und macht sich auf den Weg zur Bar, um sich ein Glas Champagner zu holen.

Nach dem dritten Glas braucht sie frische Luft und geht auf den Balkon.

Vom Rauch der Zigaretten wird ihr übel. Sie lehnt sich gegen das Geländer, die Lichter der Stadt verwirbeln wie in einem Kaleidoskop. In einer Ecke ist Kurt Cobain mit Prinzessin Diana ins Gespräch vertieft. Brigitte setzt sich – plumpst – auf eine Bank. Als Diana geht, setzt Kurt seine weiße Sonnenbrille ab, lächelt und kommt auf Brigitte zu. *Oh, Gott.*

»Hi, Marilyn. Tolle Party, wie?« Ein großer Typ in schwarzer Jeans und einem offen über einem T-Shirt getragenen Flanellhemd – nicht einmal verkleidet – schiebt sich vor Kurt. Kurt dreht ab und folgt Diana.

»Alles okay?«, fragt der Flanellhemdtyp. Seine Stimme ist tief und beruhigend.

»Ich fühle mich nicht gut. Könntest du mir vielleicht ein Glas Wasser holen?«

»Klar.« Er stellt sein Bier ab und geht nach drinnen.

Sie schluckt und hat die Übelkeit fast weggeatmet, als der Flanellhemdtyp wiederkommt.

»Du siehst aus, als wäre dir ein Geist begegnet.« Das muss er sich beim Wasserholen ausgedacht haben. Doch sie findet es witzig – blöd, aber witzig. Obwohl sie sich furchtbar fühlt, muss sie lachen.

»Woher kennst du Manny?« Sein Lächeln ist schief, der eine Mundwinkel höher als der andere. Sie weiß nicht recht, ob ihn das clever oder eingebildet wirken lässt.

»Er ist mit meinem Mann befreundet.«

»Wo ist dein Mann?«

Sie nippt am Wasser. »Weg.«

Er setzt sich neben sie.

»Und du?« Die Lichter der Stadt drehen sich nicht mehr im Kreis.

»Das Gleiche. Getrennt. Seit fast einem Jahr.«

Sie sollte das Missverständnis über ihren Ehestatus aufklären, lässt es aber sein.

»Kinder?«

»Nein.«

»Da hast du Glück.« Sie trinkt das Wasser aus. »Ich meine, weil ihr getrennt seid, nicht …«

»Schon gut. Wie heißt du?«

»Brigitte.«

»Ich bin Aidan.«

»Wieso bist du nicht verkleidet?«

»Bin ich. Als Jeff Buckley.«

Sie sieht ihn von der Seite an und merkt, dass er eine Perücke trägt. Er löst schnell den Blick von ihrer Brust, in seinen dunklen Augen spiegeln sich die Lichter der Stadt. Hat er ihre Narben bemerkt?

»Rauchst du?« Er hält ihr die Schachtel hin.

Sie schüttelt den Kopf.

»Ich auch nicht. Hab aufgegeben.« Er steckt die Schachtel wieder ein.

»Mir ist hier draußen ein bisschen kalt, Aidan – Jeff, meine ich. Und ich fühle mich besser, ich gehe lieber wieder rein.«

Weil alle Tische besetzt sind, nimmt sie an der langen Bar aus poliertem Holz Platz. Aidan folgt ihr und setzt sich auf den Barhocker neben sie. Das indirekte Licht glitzert diamantförmig auf den Hunderten von hinter dem Barmann im Regal aufgereihten Flaschen, der aus dem Mixen eines Cocktails gerade eine große Show macht.

»Lust auf einen Cocktail, Marilyn?«, fragt Aidan.

»Gern, Jeff. Einen Margarita vielleicht.«

»Wie wäre es mit einem *Slow Comfortable Screw Against the Wall*?«

Sie zieht die Augenbrauen hoch.

»Was? Das ist ein Cocktail.« Er lacht, als sie ihm die Cocktailkarte aus der Hand reißt. Ein hohes, quietschendes Lachen, das nicht zu ihm passt.

Der Barmann zwinkert und stellt zwei orangefarbene Getränke vor ihnen ab.

Sie trinken schnell und bestellen nach.

»Nimm die Perücke ab, Aidan.« Sie greift danach, er duckt sich weg. Sie lacht.

»Warum? Stehst du nicht auf Jeff?«

»Nun nimm sie schon ab.« Vielleicht hat er eine Glatze.

»Ich nehme sie ab, wenn du mit mir tanzt.«

»Abgemacht.« Sie nippt an ihrem Drink.

Seine dunkelbraunen Haare sind an den Kopf gedrückt. Sie sehen aus wie die Perücke, nur kürzer.

»Komm.« Er wuschelt sich mit den Fingern die Haare zurecht.

»Was?«

»Tanzen.«

»Hab mich anders entschieden.«

»Geht nicht, wir haben eine Abmachung.« Er greift nach ihrer Hand, sie kichert und lässt sich auf die Tanzfläche ziehen. Manny hat aufgehört, seine grauenhaften Rolling-Stones-Versionen zum Besten zu geben. Aus den Boxen schwurbelt ein Lied von Nick Cave und Kylie Minogue: »Where the Wild Roses Grow«.

»Ich liebe Nick Cave!«, sagt sie.

»Ich auch.« Er beugt sich vor und legt ihr die Arme um die Schultern.

Weil der Song eigentlich zu ruhig ist, haben die meisten anderen Tänzer die Tanzfläche verlassen. Brigitte und Aidan kümmert das nicht – sie bewegen sich langsam, fast unmerklich, halten einander fest und folgen nicht dem Takt der Musik. Sie singt den Text mit; er tut so, als würde er ihn kennen. Eine große Gestalt steht über eine Tinkerbell-Figur gebeugt: das Licht auf der Tanzfläche wirft ihre Schatten an die glänzende Holzwand.

Ist sie zu weit gegangen? Wie soll sie da wieder rauskommen? Vielleicht will sie das gar nicht. Sie tun nichts Schlimmes, sie tanzen nur, bis er sie an sich zieht und sie küssen will. Sie dreht das Gesicht weg, und er flüstert ihr ins Ohr: »Kommst du mit zu mir?«

Das kann sie schlecht tun, oder? Natürlich nicht. »Nein.«

»Auch gut. Ich habe kein richtiges Zuhause mehr. Können wir zu dir gehen?«

»Sei still und tanz.« Sie legt ihre Wange an sein Flanellhemd. Es ist so weich, und der schwache Geruch von Zitrone – Bergamotte vielleicht – trägt sie in eine andere Zeit zurück. Sie schließt die Augen und lässt sich einen Moment lang fallen.

3

»Entschuldige die Verspätung. Phoebe hat im Kindergarten Theater gemacht – mal ganz was Neues.«

Ryan sitzt vor einer ausgetrunkenen Kaffeetasse an einem Fenstertisch. Das Café ist hauptsächlich von Rentnern mit teuren Schuhen und fluffigen kleinen Hunden bevölkert, dazwischen sitzen junge Mütter um die vierzig mit Babys in Designerstramplern.

»Oh Gott, Schwesterherz, du siehst aus, wie ich mich fühle.«

»Das ist vermutlich kein Kompliment?« Brigitte bestellt einen Milchkaffee, zieht einen Stuhl heran und setzt sich zu Ryan. »Wie läuft's bei dir und Rosie?«

Er schüttelt den Kopf. »Frag nicht. Sie ist unter die Veganer gegangen.«

»Und trainiert für den Marathon?«

»Yep. Sie ist eine Bohnenstange geworden. Benimmt sich

total komisch, hat sich die Haare kurz schneiden lassen. Hat irgendwas damit zu tun, dass sie vierzig wird.«

»Na ja, du hattest immer ein Faible für ältere Frauen.«

»Und was hat es mit der Kein-Sex-Macke auf sich?«

»Verschon mich, Ryan.«

»Du bist eine Frau. Ich dachte, du kannst mir das vielleicht erklären.«

Sie zuckt mit den Schultern und gähnt.

»Wieso siehst du aus wie ausgespuckt?«

»Ist spät geworden.« Sie würde ihm zu gern alles erzählen – wie ein alberner Teenager. Ryan kennt Aidan vermutlich, die Filmcommunity von Melbourne ist überschaubar. Die Kellnerin bringt ihren Kaffee. Sie rührt Zucker hinein und leckt den Löffel ab.

Eine Frau schiebt einen Sportkinderwagen am Fenster vorbei. Ryan betrachtet die Kuchen in der Auslage. »Habt ihr noch Sex, Sam und du?«

»Ryan!«

»Was denn? Sei nicht so prüde, Brigi.« Er dreht seine leere Tasse auf dem Untersetzer herum. »Nun?«

Sie verzieht den Mund.

»Wie oft?«

Sie zuckt mit den Schultern und trinkt ihren Kaffee. »Was ist denn nun los mit dir und Rosie?«

Er lehnt sich zurück und verschränkt die Arme. »Rosie sagt, ich solle mir einen *richtigen* Job suchen. Ich habe gerade eine ganze Reihe von Versicherungswerbespots bekommen, die einen Haufen Geld bringen. Reicht ihr nicht. Sie sagt, sie kann die Hypothek nicht nur von ihrem Gehalt abbezahlen.«

»Na ja –«

»Als würde ich nichts dazu beitragen, was totaler Blödsinn ist.«

»Du hast dich auf die Fertigbauvilla eingelassen, daher –«

»Ich war viel zufriedener, als wir noch in der Groom Street zur Miete wohnten und ich die Rolle in *Neighbours* hatte.« Er schaut aus dem Fenster. Ein Mann in Lycraklamotten radelt auf einem Edelrad vorbei.

»Das Haus war Mist. Es konnte jeden Moment zusammenfallen und –«

»Wenigstens hatten wir am Monatsende noch ein bisschen Geld übrig – für eine Pizza oder eine Flasche Wein oder so.«

»Sam findet auch, ich soll mir einen Job besorgen. Keine Ahnung, was dann aus den Zwillingen werden soll. Er hat keinen Schimmer, was Kinderbetreuung kostet.«

»Vielleicht könnten Maggie und Doug babysitten.«

Sie lacht über die Vorstellung, dass ihre Schwiegereltern Unterstützung anbieten könnten. »Willst du noch einen Kaffee?«

»Lieber ein Bier. Lass uns in eine Kneipe gehen.«

Sie gehen am Fish-and-Chips-Laden vorbei, am Friseur, wo eine Frau eine Fönwelle bekommt, und über die Straße ins The Royal. Die Bar ist leer. Ryan geht Getränke holen, Brigitte setzt sich an einen Tisch am Fenster.

Langsam trinkt sie ihren Orangensaft. Ryan trinkt sein Bier schnell aus und holt sich ein neues.

»Du und Rosie, ihr habt wirklich Probleme, wie?«, sagt sie.

»Ich glaube, diesmal ist es ziemlich ernst.«

Sie tätschelt seine Schulter.

»Sicher, dass du kein Bier willst?«

Sie schüttelt den Kopf. »Du weißt, dass ich nicht trinke. Und ich muss die Kinder bald abholen.«

»Komm schon – eins ist keins.«

»Nein.«

»Los.«

»Nein.«

»Sicher?«

»Also gut, nur eins.«

Das Bier schmeckt gut.

»Fragst du dich je, ob du mit dem Richtigen zusammen bist, Brigi?«

»Was, mit meinem Seelenverwandten?«

»So was, ja.«

»Gibt's nicht. Wie hoch ist die Wahrscheinlichkeit, dass man unter den Milliarden von Menschen auf der Erde den Richtigen findet?«

»Ich dachte, ihr Frauen glaubt an solchen Mist.«

Sie zuckt mit den Schultern, trinkt einen Schluck Bier, tut so, als würde sie die Menütafel lesen. Sie will nicht darüber reden.

»Brigi! Du hast doch nicht etwa eine Affäre, oder?«

»Sei nicht albern, Ryan. Wann sollte ich dafür Zeit haben?« Sie lacht und trinkt aus. »Noch eins?«

Auf dem Rückweg von der Bar schüttet sie sich Bier über die Bluse.

»Weißt du was, es ist verdammt hart, mit einem Polizisten verheiratet zu sein.« Sie stellt die Gläser ab und setzt sich.

»Als Schauspieler mit einer Projektmanagerin verheiratet zu sein, ist auch kein Zuckerschlecken.«

»Jeden Tag denkt man, vielleicht kommt er heute nicht mehr nach Hause, wartet auf den Anruf.«

»Das wäre Scheiße.«

»Wie damals, als wir Kinder waren – und immer darauf gewartet haben, dass Dad nach Hause kommt. Und Joan sagt, sie hat ein *schlechtes Gefühl*, und erzählt uns die ganzen Horrorgeschichten von LKW-Unfällen. Daher stammen die ganzen Verlassensängste.« Sie rutscht auf dem Stuhl herum, findet aber keine bequeme Position.

Er nickt. »Mum war depressiv, weißt du.«

»Sag bloß.«

»Bist du je depressiv?«

»Nein.« Eine Lüge. »Du?«

»Nicht wirklich.«

Sie seufzt. »Was ist aus dem ganzen Spaß geworden, Ryan?«

»Keine Ahnung.«

»Prost.« Sie stößt mit ihm an, sie trinken.

»Tut dein Rücken weh?«

Sie schüttelt den Kopf.

»Du solltest wieder zum Arzt gehen.«

»Mir geht's gut.«

Sie trinken aus und bestellen nach.

»Brigitte Campbell, hat dir schon mal jemand gesagt, dass du säufst wie ein Mann?«

»Weißt du was, ich glaube, das hat mir mal jemand gesagt.« Sie lacht und blickt auf die menschenleere Straße hinaus. »Vor langer Zeit.«

Ryan nimmt einen großen Schluck, und sein rundes, faltenloses Gesicht verdüstert sich. Er räuspert sich. »Ich hab gesehen, dass die Polizei diesen alten Fall wieder aufrollt.« Er verschränkt seine Finger auf dem Tisch und spannt sie an. »Hat Sam was davon erzählt?«

»Er hält es für Zeitverschwendung. Keine neuen Beweise.« Sie schiebt den Stuhl zurück und geht auf die Toilette.

Der Pub hält seit Neuestem was auf sich: Bio-Flüssigseife, polierte Steine in einer Schüssel, ein Glas mit Duftstäbchen. Brigittes Wangen sind rot, sie spritzt sich kaltes Wasser ins

Gesicht. In der Ecke des Spiegels bewegt sich etwas. Sie dreht sich um. Niemand da. *Scheiße.* Sie verliert die Kontrolle – sie sollte die Finger vom Alkohol lassen. Sie hat Angst, noch einmal in den Spiegel zu sehen, und trocknet sich schnell die Hände mit einem Papierhandtuch ab.

Sie stolpert über die Stufe. Tief durchatmen. *Okay. Okay.*

»Alles gut?«, fragt Ryan, als sie sich wieder zu ihm setzt.

»Yep.«

Weil sie zu betrunken sind, um noch zu fahren, lassen sie die Autos in Clifton stehen und nehmen ein Taxi, um die Kinder abzuholen – gerade rechtzeitig.

»Ryan Weaver, du bist ein schlechter Einfluss.«

»Du auch.«

Sie laufen eilig in den Kindergarten – Brigitte in den Raum für Dreijährige, Ryan zu seiner Tochter Georgia bei den Vierjährigen – und versuchen vergeblich, die Bierfahne mit Tic Tacs wegzulutschen.

4

Gähnend parkt Brigitte in der Seitenstraße vor dem braunen Ziegelsteingebäude. Die Zwillinge sind in ihren Kindersitzen eingenickt.

»Aufwachen, ihr Schlafmützen.« Sie schnallt sie aus den Sitzen, hebt sie aus dem Wagen und nimmt die Obstkiste vom Beifahrersitz.

»Können wir nach Hause fahren? Opapa riecht«, sagt Phoebe.

Brigitte sagt ihr, sie soll still sein, sie ist nicht in Stimmung.

Der Zigarettenraucher mit dem einen Bein – Brigitte hat seinen Namen vergessen – winkt ihnen von seinem Platz auf der Verandabank aus zu. Immer sitzt er mit einer Zigarette im Mundwinkel vor dem Heim, ob bei vierzig Grad Hitze oder Hagel. Brigitte balanciert die Obstkiste auf der Hüfte und öffnet das kindergesicherte Eingangstor. Orangen fallen herunter, rollen die Seitenstraße hinab und auf die Hauptstraße hinaus. Die Zwillinge kreischen vor Lachen, als ein Lieferwagen eine zu Saft zerquetscht.

»Guten Morgen«, sagt sie fröhlich durch zusammengebissene Zähne zu dem Raucher. Sie gibt den Sicherheitscode ein, und die Glastür schiebt sich auf.

Im Foyer unterschreibt sie im Besucherbuch. Die Bürotür der Managerin steht offen; Brigitte steckt den Kopf durch, um sich nach Opapas Gesundheitszustand zu erkundigen.

»Er hält sich wirklich gut.« Petula dreht sich in ihrem Stuhl vom Computer weg. »Aber Sie sehen müde aus, Brigitte. Halten die beiden Frechdachse Sie wach?« Sie lächelt die Zwillinge an. Phoebe guckt böse, Finn versteckt sich hinter Brigittes Bein.

»Es wird einfacher«, sagt Petula.

Brigitte zwingt sich zu einem Lächeln. Tiger, der Heimkater, schleicht vorbei, die Zwillinge stürzen sich auf ihn.

Sie nehmen den Aufzug in den zweiten Stock, der immer überheizt ist. Der Geruch von abgestandenem Urin, Erbrochenem und Reinigungsmitteln kneift Brigitte in die Nase. Sie niest. Die Zwillinge laufen über den Korridor zum Zimmer ihres Urgroßvaters. Vor der Tür halten sie an und warten, zu schüchtern, um allein hineinzugehen.

Opapa sitzt in seinem alten Chesterfield-Sessel, dessen Armlehnen mit Gaffatape geflickt wurden, und schaut in den auf maximale Lautstärke gestellten Fernseher. Er trägt seinen braunen, fadenscheinigen Lieblingsmorgenmantel und Hausschuhe von Dimmeys. Als er sie erblickt, fallen zehn Jahre von ihm ab. Er hievt sich aus dem Sessel, gibt Brigitte einen Kuss und streicht ihr übers Haar. Phoebe hat recht: Er könnte eine Dusche vertragen.

Brigitte legt das Obst aus der Kiste in die Schüssel auf dem kleinen Holztisch. Sie zieht die Jacke aus, stellt den Fernseher ab und setzt sich auf einen grünen Plastikstuhl ans Fenster. Opapa holt für die Zwillinge Schokoriegel aus einer Schublade.

»Brigi?«

Sie sieht in Opapas blassblaue Augen.

»Hab gestern einen alten blauen Camry in der Bridge Road gesehen.«

Geht das schon wieder los. Er zieht einen kleinen Notizblock aus der Tasche seines Morgenmantels.

»Hier ist das Nummernschild.« Mit zitternder Hand reißt er das Blatt ab und gibt es ihr. »Damit Sam das mal nachprüfen kann.«

Sie steckt den Zettel in die Handtasche – um ihn später wie all die anderen aufgeschriebenen Nummernschilder, die Sam nie überprüft, in den Müll zu schmeißen. Opapa hält ein größeres, ledergebundenes Notizbuch mit Hunderten von notierten Nummernschildern von alten blauen Camrys in der Hand.

»Eines Tages kriegen sie den Scheißkerl.« Er schaut aus dem Fenster. Auf der anderen Straßenseite ziehen Bauarbeiter ein weiteres Hochhaus hoch. Eine Straßenbahn rattert die Church Street entlang.

Die Zwillinge haben das Einzelbett zum Trampolin erklärt. Brigitte schimpft und zieht die Tagesdecke glatt. Sie spielen mit Opapas Orden und drehen die Zeiger der alten Kaminuhr im Kreis. Der eiförmige Briefbeschwerer auf dem Nachttisch fasziniert sie – wie sind die blauen und grünen Wirbel bloß ins Glas gekommen? Sie streiten sich,

Phoebe lässt sich den Beschwerer auf den Fuß fallen und heult.

»Hier.« Opapa bringt eine pinke Tüte mit Salt-and-Vinegar-Chips zum Vorschein.

Brigitte schüttelt den Kopf.

»Sind doch bloß Kartoffelchips, Brigi.« Er gibt den Zwillingen die Tüte. Brigitte runzelt die Stirn, aber wenigstens sind sie ruhig. Opapa erzählt vom Krieg und vom Stadtteil Fitzroy, wie er früher war.

Brigitte setzt ihr Zuhörgesicht auf, ist aber abgelenkt – so sehr sie sich auch dagegen wehrt, ihre Gedanken wandern immer wieder zu Mannys Party zurück. Aidans weiches Flanellhemd … ein kalter, leerer Kamin, Zimt und Bergamotte, Segelboote – *nein*! Das war woanders. Daran darf nie gedacht werden … Sein schiefes Lächeln. Der Zitronenduft kann nicht synthetisch gewesen sein – sie hatte nicht niesen müssen.

»Mir geht's hier gut. Alle sind nett zu mir.« Opapa hustet. »Bist du müde?«

Sie war weit weg: *Where the wild roses grow*.

»Schläfst du nicht gut?«

Sie schüttelt den Kopf.

»Soll ich dir welche von meinen Schlaftabletten geben?«

»Nein, danke.«

Phoebe drückt Knöpfe an Opapas Kassettenrekorder, und Finn zieht sie an den Haaren. Brigitte schleppt die beiden zu der Kochnische am Ende des Gangs und gibt ihnen Milch und Kekse. Sie stellt den Kessel an und wäscht einen Löffel und eine Tasse für sich selbst ab – alten Leuten ist beim Abwaschen nicht zu trauen. Weil nur Instantkaffee vorhanden ist, macht sie sich einen Tee und kehrt damit in Opapas Zimmer zurück. Er will nie etwas, er sagt immer, er habe gerade erst eine Tasse gehabt.

Die Zwillinge halten noch etwa zehn Minuten durch, dann ist es Zeit zu gehen. Opapa steckt den Tabakbeutel und die Blättchen in die Tasche seines Bademantels und begleitet sie nach unten zum Ausgang.

»Danke für den Besuch, Brigi.« Er gibt ihr am Tor einen Abschiedskuss.

»Hab dich lieb.« Sie hält seine knöchernen, braungefleckten Hände in ihren. Seine sind kühl und fühlen sich wie Borke an. »Bis bald.«

Die Zwillinge rennen zum Auto. Die Raucher winken Brigitte zu, als sie hinter ihnen herhastet.

Waren seine Augen hell- oder dunkelbraun? Er hatte volle Lippen ... Sie macht einen Satz, als das Telefon klingelt.

Sam ruft an. Das schlechte Gewissen bohrt sich ihr wie eine Messerklinge zwischen die Rippen. Es ist nichts passiert: nur ein Tanz. Nicht mal ein Kuss. Nicht richtig. Gedanken zählen nicht. Sam sagt, er kommt zur Abwechslung früh nach Hause, und bittet sie, Nudeln aufzusetzen, er wird die Soße machen. Und er wird einen Kollegen zum Essen mitbringen. Gut – eine Ablenkung. Sie kann Sam nur schwer in die Augen sehen, seit ...

Sie öffnet eine Flasche Rotwein, den Sam für die Soße nutzen kann. Während sie wartet, dass das Wasser kocht, kann sie sich eigentlich ein Gläschen gönnen.

Beim zweiten Gläschen hört sie Sams Schlüssel klimpern und geht zur Haustür, um ihn zu begrüßen. Der Geruch von Kälte strömt herein.

»Hey.« Er lacht, von der Leidenschaft ihres Kusses überrascht. Sein Gesicht ist eiskalt, der Atem dampft. Er tritt die Schuhe auf der Fußmatte ab. In den Händen hält er eine Pappschachtel mit einem neuen Heizkörper. Sein Kollege –

groß, schlaksig – steht mit einem Bierträger im Arm hinter ihm. Er tritt aus dem Schatten heraus ins Licht der Verandalampe und folgt Sam ins Haus.

»Brig, das ist Aidan Serra.«

Das kann nicht wahr sein.

»Er hat früher mit Manny zusammengearbeitet.«

Er ist bei der Polizei! Und keiner von Mannys Filmfreunden? Das muss ein Witz sein. Jedes einzelne Haar an ihrem Körper stellt sich in Panik auf.

»Brigitte.« Er hält ihr seine Hand hin. »Ich glaube, wir sind uns auf Mannys Party begegnet.«

Sie zieht die Hand weg. »Tut mir leid, ich kann mich gar nicht erinnern.« Hört Sam das Zittern in ihrer Stimme?

»Wirklich? Ich war als Jeff Buckley verkleidet.«

Scheiße, Scheiße, Scheiße. Ihre Wangen glühen.

Feixend schiebt er sich dicht an ihr vorbei. Der Boden unter ihr scheint zu schwanken.

Sam packt den Heizkörper aus und stöpselt ihn im Wohnzimmer ein. Brigitte starrt wütend Aidan an, der zwei Bier aus dem Träger nimmt und den Rest im Kühlschrank verstaut. *Klar, fühl dich ganz wie zu Hause!* Sie dreht ihm den Rücken zu, schenkt sich noch ein Glas Wein ein – ein großes – und verschüttet dabei etwas davon auf der Arbeitsfläche.

»Serra sucht nach einer neuen Bleibe und muss solange irgendwo unterkommen.« Sam holt Knoblauch und eine Zwiebel aus dem Schrank unter der Spüle. »Ich hab gesagt, er kann erst mal im Bungalow wohnen. Wenn du nichts dagegen hast.«

Sie verschluckt sich am Wein, zieht die Stirn in Falten und deutet mit einem Kopfnicken aufs Badezimmer. Sam folgt ihr und schließt hinter ihnen die Tür. »Kein Sorge. Er ist okay. Er wird nicht lange bleiben.«

»Hat er keine Familie, bei der er bleiben kann? Oder eine Freundin?«

»Sei nicht so hart. Er hat eine schlimme Zeit mit seiner Frau hinter sich.«

»Ist er in deiner Einheit?«

»Nein. Er ist mit alten Fällen beschäftigt.«

»Mit alten Fällen? Aber –«

»Sprich leiser.«

Sie stellt das Wasser an und wäscht sich die Hände. Kitty – eine rote Fellkugel – springt durchs Fenster herein.

»Der Kater sollte so spät nicht draußen sein.« Sam schließt das Fenster. »Ich habe Urlaub beantragt.«

Brigitte blickt auf, ohne das Einseifen der Hände zu unterbrechen.

»Guck nicht so schockiert«, sagt Sam. »Wir brauchen Ferien.«

»Du hast gesagt, wir könnten uns keine Reise leisten.«

»Nur runter nach Raymond Island. Frag doch Ryan, ob er mitkommen will.«

Sie nickt und trocknet sich die Hände ab. Er beugt sich zu ihr herunter. Sie macht einen Schritt zurück. »Du stinkst. Du hast schon wieder geraucht.« Mit *ihm*.

Im Wohnzimmer sitzt Aidan am Tisch und bewundert eine von Phoebes Zeichnungen, während Finn ein Spielzeugauto über die Rücklehne seines Stuhls schiebt und Kitty sich an seine Waden schmiegt.

»Geht euch die Hände waschen. Das Essen ist gleich fertig.« Brigitte bleibt in der Tür stehen.

»Aidan liest uns eine Geschichte vor«, sagt Phoebe.

»Nein, tut er nicht.« Brigitte stemmt die Hände in die Hüften.

»Doch.« Phoebe kopiert die Haltung ihrer Mutter.

»Badezimmer. Jetzt.«

Aidan zuckt mit den Achseln und lächelt sein schiefes Lächeln.

»Sam hat erzählt, du schreibst«, sagt Aidan beim Abendessen.

»Mir hat er erzählt, du hast mit alten Fällen zu tun.« Brigitte hebt den Blick nicht vom Teller.

Sam kommt mit einer Pfeffermühle und zwei Bierflaschen aus der Küche.

»Danke.« Brigitte hält ihr leeres Weinglas hoch.

»Was schreibst du denn?« Aidan mahlt Pfeffer auf seine Nudeln. »Krimis?«

Sam lacht.

»Du hast ja ein bisschen Einblick in unser Strafrechtsystem –«

»Ratgeberartikel für Eltern.«

Aidan lächelt die Zwillinge an und öffnet sein Bier. »Danke, dass ich hier bleiben darf.«

Brigitte schiebt den Teller weg, sie hat genug.

Phoebe bittet Aidan, ihr den Pfeffer zu geben.

Aidan greift nach der Mühle.

»Du brauchst keinen Pfeffer«, sagt Brigitte.

Aidan zieht die Hand zurück.

»Doch.« Phoebe beugt sich über den Tisch und wirft ihr Wasserglas um.

»Herrgott, Phoebe!« Sam springt so heftig auf, dass sein Stuhl umkippt.

Phoebe beginnt zu weinen. Brigitte sieht Sam böse an, und er geht einen Lappen suchen.

»Nicht schlimm, es war ein Unfall«, sagte Aidan.

***

Im Traum liegt er auf ihr, bewegt sich langsam, rhythmisch. Das braune Sweatshirt, das er trägt, ist schnell über den Kopf gezogen. Sein Körper fühlt sich warm, hart an. Ihre langen Fingernägel krallen sich in die Schlangentätowierung auf seinem Rücken. Heftiges Verlangen. Gleich kommt er. Aidan? Nein, nicht Aidan. Sein Gesicht ist hinter Haaren verborgen. Etwas Blaues blitzt auf. Fast. Fast. Aber es ist weg …

Sie öffnet die Augen. Im Dämmerlicht der Lampe bewegt sich Sam auf ihr. Er quetscht ihre Brustwarzen zu kräftig, drückt ihre Beine zu weit auseinander.

»Das tut weh.«

Er hört nicht auf.

»Hör auf, Sam. Du tust mir weh, mein Rücken, mein Knie.«

Er hört immer noch nicht auf.

»Ich sagte *hör auf.*«

Er hört auf; sie rollt sich unter ihm weg und kauert sich an der Bettkante zusammen.

»Tut mir leid. Ich dachte, du wolltest …« Er berührt ihre Schulter. »Du hast mir echt heftig den Rücken zerkratzt.«

Sie reagiert nicht, er wendet ihr den Rücken zu. Als sein Atem langsam und gleichmäßig geht, dreht sie sich um und sieht die Kratzer und sogar ein bisschen Blut. Sie knipst die Lampe aus und wartet auf Schlaf. Er kommt nicht, und das heftige Traum-Verlangen hört nicht auf zu schmerzen. Sie steht auf, geht in die Küche, trinkt ein Glas Wasser und schaut dabei durch das Fenster zum Bungalow hinüber.

Sie trägt den Heizkörper ins Wohnzimmer, setzt sich mit einer Decke und dem Laptop aufs Sofa und beginnt, ihren monatlichen Artikel für *Parenting Today* zu schreiben. Das Thema der letzten Ausgabe war Kleinkindbändigung, vielleicht sollte sie diesen Monat was über Bastelarbeiten machen. Pappmaché-Ballons? Sie kann sich nicht konzentrieren, stellt seufzend den Laptop beiseite, schließt die Augen und schiebt eine Hand unter die Decke.

5

»Was war das Beste an eurem Geburtstag?«, fragt Ryan die Zwillinge, während Brigitte das Essen vom Tisch räumt.

»Rote Hintern«, sagt Phoebe.

»Was?« Ryan verschluckt sich am Wein.

»Rothinternaffen«, sagt Finn. »Im Zoo.«

»Ach, die Paviane.«

»Können wir jetzt den Kuchen haben?« Georgia krabbelt über Ryans Beine hinweg unter den Tisch.

»Gute Idee. Es ist fast Bettzeit für Vierjährige. Und Mummy fragt sich bestimmt schon, wo wir sind.«

»Tut sie nicht.«

»Da hast du wahrscheinlich recht, Georgi.« Ryan trinkt sein Glas aus. »Ich wette, sie ist noch beim Sport.«

»Können wir noch ein paar Minuten auf Sam warten? Er müsste eigentlich schon zu Hause sein.« Brigitte kaut am Nagel ihres kleinen Fingers. Sie will Sam gerade noch einmal anrufen, als ihr Handy klingelt. Es ist Sam – sie nickt Ryan zu. »Brauchst du noch lange?«

Er sagt, er stecke fest. Wieder eine unfreiwillige Nachtschicht. Sie hört Gesprächsfetzen im Hintergrund: Es klingt, als läge irgendwo oben eine Leiche. Sie zittert.

»Aber heute ist –«

»Sorry, Babe.«

»Sam –«

»Komme gleich«, sagt er zu jemandem am Tatort. »Ich muss Schluss machen, Brig.«

»Ich liebe dich.« Zu spät – er hat aufgelegt. Sie schiebt das Handy in ihre Rocktasche und verflucht Sam im Stillen. Sie hebt den Kopf, ein verlassenes Spinnennetz sammelt in einer Zimmerecke Staub.

»Okay. Wer möchte Kuchen?« Sie lächelt die Kinder an.

»Ich! Ich! Ich!«

Auf dem Weg in die Küche trinkt sie ihr Weinglas aus. Ryan folgt ihr und legt ihr den Arm um die Schulter. »Mach dir nichts draus. Wenn er könnte, wäre er hier.«

»Er hat ihre Geburtstagsfeier vergessen.« Sie schnieft.

»Du weißt, dass er dich und die Zwillinge liebt.« Er reicht ihr eine Schachtel Papiertücher, sie zieht ein paar heraus und putzt sich die Nase.

»Vielleicht.« Sie will die Tücher in den Mülleimer werfen, verfehlt, hebt sie auf und tritt mit einem Karatetritt den Schwingdeckel ab. Ihr Ausbruch wird mit scharfem Schmerz vergolten, der durch ihren Körper schießt. Sie entschuldigt sich, setzt den Deckel wieder auf den Eimer und wäscht sich die Hände.

»Wie wär's, wenn wir noch eine Flasche Wein aufmachen?« Sie geht mit der von Kerry gebackenen *Palace of Dreams*-Geburtstagstorte hinter Ryan ins Wohnzimmer zurück.

Die Kinder machen »Oooooh«, als sie die Torte auf den Tisch stellt: ein dunkellila Schloss, umringt von Marshmallow-Giftpilzen. Eine mit Lutschern verzierte Treppe führt zu Sorbettürmen, die mit Schokoblättchen und Liebesperlen belegt sind.

Brigitte zündet die Kerzen an, Ryan macht Fotos, während alle »Happy birthday« anstimmen.

Die Kinder verschlingen den Kuchen, und Brigitte schenkt Wein nach.

»Was ist aus dem Kein-Alkohol-Vorsatz geworden?«, fragt Ryan.

»Hab mich umentschieden.«

»Auch gut. Ich will mir Rosies Nörgeleien nicht nüchtern anhören müssen.«

»Und ich mir keine Sorgen machen, dass Sam nicht nach Hause kommt.«

»Nein, das macht keinen Spaß.« Er geht zur Stereoanlage im Bücherregal und streicht mit dem Finger über die CD-Hüllen. »Stehst du immer noch auf Nick Cave?«

Das Schloss klickt, das Seitentor quietscht. Ryan sieht Brigitte stirnrunzelnd an.

»Aidan! Aidan!«, quieken die Zwillinge.

»Der Typ, der im Bungalow wohnt.« Sie tut es mit einem Schulterzucken ab.

»Ah, stimmt ja. Euer Untermieter. Wie läuft's mit ihm?«

Sie verdreht die Augen und hofft, Ryan merkt nicht, dass sie rot geworden ist.

Fünf Minuten später klopft es leise an die Küchentür. Sie stöhnt, steht auf und murmelt: »Was will er jetzt wieder?«

Er entschuldigt sich für die Störung, im Bungalow sei die Glühbirne kaputt, ob sie welche in Reserve habe? Sein Hemd ist aus der Hose gezogen. Er riecht nach Schweiß und sieht müde aus, unter den Augen liegen dunkle Ringe. Über ihre Schulter hinweg sieht er Ryan und runzelt die Stirn.

Sie durchsucht die Krimskramsschublade im Küchenschrank. »Ist es ein Bajonett-Sockel?«

»Nein.« Er sieht ihr in die Augen – seine sind kakaofarben – und sagt: »Zum Einschrauben.«

»Tut mir leid, von denen habe ich keine mehr.« Sie wendet den Blick ab, ihr Herz hämmert, sie knallt die Schublade zu.

»Kein Problem. Ich habe eine Taschenlampe.«

Phoebe kommt mit von lila Zuckerguss und Liebesperlen verklebtem Gesicht in die Küche. »Aidan, ich hab heute Geburtstag.«

»Wirklich? Herzlichen Glückwunsch.«

»Und Finn auch. Willst du Kuchen?«

Er sieht Brigitte an und kapiert. »Tut mir leid, Süße, ich muss gehen.«

»Oooh.« Phoebe schiebt die Unterlippe nach vorne.

Er geht zur Küchentür – betont breitbeinig. Bestimmt glaubt er, sie würde ihn beobachten. Sie betrachtet ihre Hände und will etwas Cleveres sagen. Dreht an ihrem Ehering herum und fragt, ob er schon gegessen habe.

Er wendet sich um. Nein.

»Wir haben noch einen Haufen Partyfrikadellen und Brot übrig. Falls du bleiben möchtest.«

»Und Kuchen«, sagt Phoebe.

Er bleibt.

Im Wohnzimmer stellt Brigitte ihm Ryan und Georgia vor. Ryan steht auf, sie geben sich die Hand.

»Langer Tag?« Ryan schenkt ihm ein Glas Wein ein.

»Danke.« Er nimmt den Wein. »Ja, ist im Moment viel los.«

Ryans Handy klingelt. »Wir sind auf dem Weg … Ja, ja, ich weiß … Ist gut. Wir kommen gleich.« Er legt auf. »Sorry, Leute. Wir müssten längst im Bett sein und bekommen gleich Ärger.«

Aidan lächelt sein schiefes Lächeln und nickt, als könne er mitfühlen.

»Finn und Phoebe müssen auch hundemüde sein«, sagt Brigitte. »Und sie gehen jetzt ins Bad, waschen sich die Hände und putzen sich die Zähne, wie brave, große Vierjährige das machen, als Dankeschön für den wunderbaren Tag im Zoo mit Onkel Ryan und Georgia. Stimmt's?«

Während sie Ryan und Georgia zur Tür bringt, hört sie Aidan die Zwillinge fragen, was für Zahnbürsten sie haben.

»Ist es okay, dass ich gehe?« Ryan lehnt sich gegen den Türrahmen.

»Natürlich.« Sie verschränkt die Arme vor der Brust.

»Mach keine Dummheiten, Brigi.« Seine Stimme ist gedämpft, ernst.

»Wovon redest du?«

»Ich sehe, was hier vor sich geht.«

Sie blinzelt ihn mit großen Unschuldsaugen an.

»Du und er.«

»Du bist betrunken. Geh nach Hause zu Rosie.«

»Mach nichts –«

»Geh.« Sie gibt ihm einen Kuss und schiebt ihn aus der Tür.

Als sie wieder ins Wohnzimmer kommt, sind die Zwillinge gewaschen und ihre Zähne geputzt. Sie bringt sie ins Bett, es ist schon viel zu spät für sie, sie schlafen ein, bevor sie das Zimmer auf Zehenspitzen wieder verlassen hat.

Aidan steht im Wohnzimmer vor dem Bücherregal und betrachtet mit schiefgelegtem Kopf die dort aufgestellten Fotos. Er hört sie hereinkommen, dreht sich aber nicht um.

»Auf dem hier siehst du wie ein Teenager aus.« Er hält ein Foto von ihr und Sam in der Hand, auf dem sie kurz nach dem Kauf des Hauses auf dem vorderen Gartenzaun hocken. Sam hat einen Arm eng um ihre Schultern gelegt, ihre Haare sind zu einem Pferdeschwanz gebunden, und sie sieht leicht an der Kamera vorbei. Beide lächeln. Das Haus hat sich bis auf die Tür nicht verändert. Sie hat die alte, verwitterte braune Farbe abgeschliffen und sie kirschrot gestrichen.

»Nicht ganz.« Als sie ihm das Foto abnimmt, berühren sich ihre Finger, und die Wärme bleibt an ihrer Hand zurück. Sie hätte Ryan bitten sollen zu bleiben.

»Wie lange seid ihr eigentlich schon zusammen, du und Campbell?«

»Wir haben siebenundneunzig geheiratet.«

»Gute Güte. Polizistenehen halten normalerweise nicht so lange.«

»Vielleicht gilt das nur für dich.« Sie stellt das Foto wieder ins Regal.

Nick Cave ist verstummt, sie drückt *Play*, und die CD beginnt von vorne. Als sie sich umdreht, sitzt Aidan am Tisch.

»Ich habe heute an dich und die Zwillinge denken müssen.«

»Wirklich?« Sie runzelt die Stirn.

»Weißt du irgendwas über den Fall, an dem Sam gerade arbeitet?«

Sie schüttelt den Kopf. Nur was in den Nachrichten zu sehen und zu lesen war: die Frauen allein zu Hause, mit kleinen Kindern. Sam spricht nicht über die Arbeit.

»Du musst vorsichtig sein.«

»Uns passiert schon nichts, mit zwei Polizisten im Haus.«

Sie geht zum Tisch und denkt, *Murder Ballads* war nicht die beste Wahl.

»Du musst doch an ein paar interessanten Fällen arbeiten.« Sie setzt sich und rückt den Stuhl ein Stück von ihm weg.

»Manchmal. Im Moment an einem schwierigen – bei dem nichts ist, wie es scheint.«

»Worum geht es denn?« Beide wollen nach der Flasche greifen, wieder berühren sich ihre Finger. Sie zieht die Hand mit der Flasche schnell zurück und schenkt Wein nach.

»Du weißt, dass ich nicht über die Fälle reden darf.« Er wechselt das Thema. »Wie seid ihr euch begegnet, du und Campbell?«

»Vor ewigen Zeiten wurde ich von einem Auto überfahren und bin fast gestorben. Ich lag lange im Krankenhaus.« Sie nippt an ihrem Wein. »Sam kam, um mich in einer Mordermittlung zu befragen.« Sie lacht, weil es so albern klingt. »Irgendwas völlig Absurdes war passiert, vertauschte Beweismittel oder so was in der Art.«

»Das ist ungewöhnlich. Campbell ist immer so …«, er streicht mit dem Zeigefinger über den Stiel des Glases, » … gründlich.«

»Und dann hat er mich immer wieder besucht.« Sie blinzelt langsam.

»Aha.« Er nickt. »Wo ist der Unfall passiert?«

»In East Melbourne.«

»Hast du da gewohnt?«

»Nein, bei meinen Großeltern in North Fitzroy.«

Er hört nicht auf, sie auszufragen. »Was hast du in East Melbourne gemacht?«

»Keine Ahnung.« Sie ist nicht so betrunken, wie er zu glauben scheint. »Ich habe die Erinnerung an das verloren, was vorher war –«

»Tut mir leid.« Er teilt den restlichen Wein auf.

»Ist okay.« Sie greift nach ihrem Glas, zuckt vor Schmerz zusammen, verlagert ihr Gewicht auf dem Stuhl.

»Hast du immer Schmerzen?« Er stützt das Kinn in die Hand.

»Nein.«

»Es ist wohl nicht leicht, alleine auf die Zwillinge aufpassen zu müssen?«

»Ich bin nicht allein.«

»Ich kenne Sams Arbeitszeiten.«

»Es ist nicht immer so.« Sie steht auf und beugt sich über den Tisch, um den Kuchen abzuräumen. Sie ist sich seines Blicks auf ihrem Rücken bewusst, er kribbelt durch ihr T-Shirt wie Sonnenstrahlen.

»Warte, ich helfe dir.« Er greift nach der leeren Weinflasche, zu nah, sein Atem in ihrem Nacken. Der nach der Flasche ausgestreckte Arm berührt sie. Sie sollte aus dem Weg gehen, aber sie bleibt, wo sie ist. Sie lässt den Kuchen stehen und lässt ihren Körper gegen seinen sinken, während sich seine Arme um ihre Taille legen. Sie schließt die Augen, atmet seinen Geruch nach Schweiß und Zitrone ein. Er legt ihr die Hände auf die Schultern – sofortige Wärme – und reibt daran, bis sie sich entspannen. Nick und Kylie setzen an zu »Where the Wild Roses Grow«.

»Das ist wohl unser Lied«, flüstert er ihr ins Ohr, während seine Hände ihren Körper streicheln. Als sie sich zu ihm umdreht, stößt sie ihr Glas um, der Wein läuft aus. Seine Lippen sind weich, doch die Bartstoppeln des Tages kratzen auf ihrem Gesicht. Sie saugt an seiner Oberlippe, er vergräbt seine Finger in ihren Haaren, sie küssen sich heftiger, tiefer, ihre Zungen umspielen einander. Sie setzt sich auf den Tisch und schlingt die Beine um seine Hüften, ihr Rock rutscht nach oben. Als er ihr T-Shirt hochschieben will, zieht sie es wieder herunter, um ihre Narben zu verstecken. Sie scheinen ihn nicht zu stören, er schiebt das T-Shirt wieder hoch und küsst sie. Verlegen merkt sie, wie hart ihre Brustwarzen sind, wie nass sie ist. Gleichzeitig will sie seine Haut auf ihrer spüren und knöpft zu hastig sein Hemd auf – ein Knopf springt ab und rollt irgendwo unter den Tisch. Sie muss ihn nachher unbedingt suchen. Bevor Sam nach Hause kommt.

»Sollen wir aufhören?«, fragt er.

Ihr Atem weht flach und schnell an seiner Brust, während er seinen Gürtel öffnet.

Oh Gott. An seine Schulter gelehnt unterdrückt sie einen Schrei, als er sich in ihr bewegt. So gut hat sich Sex lange nicht mehr angefühlt.

Sie schiebt sich gegen ihn, so weit sie kann, zieht ihn tiefer in sich hinein.

Er packt ihre Hüften, bewegt sie schneller in seinem Rhythmus.

Ja. Ja. Sie rollt die Zehen zusammen, spannt die Muskeln an. *Ja.* »Oh, fuck.«

Er stöhnt im selben Moment, sinkt nach vorn und stößt sie in den *Palace of Dreams*-Tortenrest, den sie für Sam aufheben wollte.

»Geht's dir gut?«, flüstert er.

Sie kann nichts sagen.

Es klingelt an der Tür. *Fuck.* Sie reißt die Augen auf, stößt Aidan weg, wischt die Kuchenkrümel ab und richtet ihre Kleidung. Leise tappst sie durch den Flur und atmet ein paarmal tief durch, bevor sie die Tür öffnet.

»Kerry.« Brigitte klingt heiser, sie räuspert sich.

Kerrys braune Haare sind zu einem Pferdeschwanz gebunden, am Scheitel schimmern ein paar graue Strähnen durch. Sie ist ungeschminkt. Weil sie ohne Make-up nie das Haus verlässt, muss etwas passiert sein.

»Kitty«, sagt sie. »Er ist von einem Auto angefahren worden. Ich hab ihn bei mir zu Hause.«

Fuck, fuck.

»Er lebt noch.«

»Okay. Ich hol nur meine Jacke und sage …« Mit brennenden Wangen sieht sie auf ihre Füße hinab. »… Sam Bescheid, dann komme ich sofort rüber.«

Sie schließt die Tür, dreht sich um und prallt gegen Aidan, der in den Flur gekommen ist. Sie bittet ihn, bei den Zwillingen zu bleiben. Er nickt und reicht ihr die Jacke.

Kitty liegt in eine Decke eingewickelt auf Kerrys Veranda. Brigitte stolpert über die Stufe. Sie hatte nicht erwartet, Blut zu sehen. Er wird durchkommen, sagt sie sich.

Als sie fünf war, hat ihr Vater den alten Schäferhund der Familie von der Stelle auf der Autobahn, wo jemand ihn überfahren hatte, bis zurück zu ihrer Parkbucht getragen. Diggers Zunge hing heraus, sein Halsband war weg, die Schnauze blutverkrustet. Während sie alle schliefen, hatte er die Leine durchgebissen, mit der er an den LKW gebunden gewesen war. Dan hatte ihn in eine Decke gewickelt, um die Wunden zu verbergen, doch Brigitte sah, dass die Eingeweide tropfend heraushingen. Ryan begann zu weinen. Sie fragte Dan, ob Digger durchkommen würde, bekam aber keine Antwort. Sie hatte das Gefühl, keine Luft mehr zu bekommen, und ihr wurde übel. Es war das erste Mal, dass sie etwas Totes sah. Joan saß nur rauchend da, in der rot-weißen Fahrerkabine, und sah zu, wie Brigitte und Ryan Dan halfen, neben der Parkbucht für Digger ein Loch zu schaufeln.

»Komm und verabschiede dich von Digger«, rief Ryan ihr zu.

»Nein.« Joan verzog das Gesicht. »Ich kann Enden nicht ausstehen. Ich mag nur Anfänge.« Sie schnippte die Kippe in den Kies und zog die Tür der Kabine zu, auf deren Seite in geschwungenen Buchstaben *Dan Weaver* gemalt war. Dasselbe sagte sie, als sie sich bei Dans Beerdigung weigerte, an sein Grab zu treten.

»Kitty muss *sofort* zum Tierarzt«, sagt Kerry.

»Ja.«

»Soll ich dich fahren?«

Brigitte nickt und hört sich schlucken. Kerry hebt Kitty vorsichtig auf und legt ihn Brigitte in die Arme. Brigittes Hände zittern, sie hat Angst, ihn zu halten, falls sie ihm noch mehr wehtut.

Auf Brigittes Schoß hechelt Kitty in wässrigen kurzen Atemzügen – als wären seine Lungen voller Blut. Sie zuckt zusammen, als sie über Rüttelschwellen fahren und er gurgelnd miaut.

Kerry parkt vor einem grauen Gebäude. Von einer Stange hängt ein verrostetes Schild: Kl – ierpraxis.

Brigitte folgt Kerry über einen dunklen Pfad zu der hinter dem Haus gelegenen Notaufnahme. Kleine weiße Blumen schieben sich durch Risse im Asphalt und leuchten im Mondlicht. Brigitte bringt Kitty sonst immer in die blitzblanke, neue Klinik in North Fitzroy, doch die ist nachts geschlossen.

Der Tierarzt fragt Brigitte, ob das ihr Kater sei.

Sie nickt.

Er tastet Kitty mit seinen großen Händen ab. »Er hat schwere Kopf- und Rückenmarksverletzungen. Muss eingeschläfert werden.«

Kitty windet sich auf dem Stahltisch. Der größte Teil seines Kopfes ist blutverklebt, und Brigitte sieht, dass ihm ein Auge fehlt. Sie will ihn streicheln oder festhalten, doch der Tierarzt sagt, sie soll sich zurückhalten. Von dem sterilen Geruch nach Desinfektionsmitteln – Krankenhausgerüche – wird sie benommen. *Bitte, bitte, machen Sie schnell.*

»Hätte im Dunkeln nicht draußen sein sollen«, sagt der Tierarzt.

Brigitte lehnt sich gegen die kalte Wand; Tränen steigen ihr in die Augen.

Der Tierarzt will erst einmal bezahlt werden. Sie durchsucht ihr Portemonnaie nach der Kreditkarte, kann sie aber nicht finden. Ihre Knie werden weich, der Klinikraum dreht sich. Kerry übernimmt das Bezahlen, während Brigitte zitternd im Wartezimmer sitzt. Wäre sie am Tag ihres Unfalls eine Katze gewesen, hätte man sie auch eingeschläfert.

Kerry holt eine saubere Decke aus dem Auto. Sie ist gelb.

»Hast du irgendeine andere Farbe?«, fragt Brigitte.

Kerry runzelt die Stirn.

»Tut mir leid. Alles gut. Danke.«

»Du hast da was im Haar.«

Brigitte fährt sich mit den Fingern über den Kopf.

Kerry hilft ihr, Kitty einzuwickeln, und fährt sie nach Hause.

Brigitte geht durch das stille Haus, den kalten, schweren Kitty in der Decke auf den Armen tragend. Aidan hat den Kuchen weggeräumt, aber den auf dem Tisch vergossenen Wein nicht abgewischt – er hat die gleiche Farbe wie der runde Fleck auf der Straße, der zeigt, wo Kitty sein neuntes Leben gelassen hat. Missbilligend bemerkt sie die Zigarettenstummel in der Untertasse auf der Küchenbank.

Aidan ist im Hinterhof und trägt einen schwarzen Trenchcoat. Die Schaufel steht an das kleine Plastikspielhäuschen gelehnt. Brigitte lässt sich auf die Knie nieder und legt Kitty in das frisch gegrabene Loch.

Aidan wartet ein paar Minuten und räuspert sich dann. Er streckt die Hand aus, um ihr zu helfen, doch sie zieht sich am Spielhäuschen hoch. Er wirft Erde auf Kittys Grab und glättet sie mit dem Schaufelblatt. Brigitte zittert und wickelt sich die Jacke fester um die Schultern. Sie blickt auf und kann nur einen einzigen Stern am Himmel sehen.

»Holt ihr euch einen neuen Kater, für die Kinder? Oder wollt ihr lieber eine Weile warten?«, fragt Aidan, auf die Schaufel gelehnt.«

»Ich weiß nicht.« Sie wischt sich Tränen von den Wangen. »Eine Katze wandert vielleicht nicht so viel durch die Gegend. Wir könnten sie zur Hauskatze erziehen. Ich hätte gerne wieder eine rote.«

»Ich dachte, die roten sind immer männlich.« Sein Atem wirbelt als Dampf durch die Luft.

»Das sind Ammenmärchen. Weibchen haben zwei x-Chromosome, deswegen brauchen sie zwei Sätze der rothaarigen Variante, anstatt nur einen wie bei den Männchen. Kommt seltener vor, gibt es aber.«

»Mehr als nur ein hübsches Gesicht.« Aidan stellt die Schaufel an den Gartenzaun. »Du hast Kuchen im Haar«, sagt er mit dem Anflug eines Grinsens in einem Winkel seines Mundes. Er bürstet die Krümel weg und will sie küssen, doch sie wendet das Gesicht ab und sagt ihm, er solle gehen.

Er geht zum Bungalow.

Zurück im Haus schließt sie die Küchentür ab und lehnt sich dagegen, als ihre Knie nachgeben.

Nein, nein, nein. Sie schüttelt den Kopf. *Was habe ich getan?* Sie legt die Hand über ihren Mund. Nie wieder wird sie Sam in die Augen sehen können.

Sie schafft es bis ins Badezimmer, dreht die Wasserhähne auf und erbricht Rotwein und lila Kuchen in die Dusche. Als der letzte Rest ihres Mageninhalts durch den Abfluss verschwunden ist, reinigt sie gründlich ihren Körper – innen und außen. Sie putzt sich die Zähne, wäscht sich die Haare und schrubbt mit der Bürste jeden Zentimeter Haut, bis er rot und wund ist.

Durchs Fenster sieht sie im Bungalow das Licht einer Taschenlampe. Macht er das Gleiche? Wäscht er die Spuren ab?

Beim Abtrocknen erhascht sie einen Blick auf ihr nacktes, tropfendes Spiegelbild. *Wir haben alle unsere Gründe, unsere Umstände*: Joans Stimme in ihrem Kopf.

Sie macht Kittys Fenster zu und verschließt es.

Im Schlafzimmer steigen kleine Schluchzer aus ihrem Bauch empor und schütteln ihren Körper, während sie ihr schlabbrigstes Schlafshirt (das schwarze mit der schlummernden Kuh) und eine alte Jogginghose anzieht. Sie rollt sich an der Bettkante zu einem kleinen Ball aus Schmerz zusammen und hofft auf Schlaf, der lange auf sich warten lässt. Sirenen kreischen die Hoddle Street hinauf und hinunter, Züge rattern pfeifend durch den Bahnhof, Autos verlangsamen an der Rüttelschwelle vor dem Haus das Tempo – nicht alle, manche poltern mit 60 darüber hinweg. Eine Katze miaut wie ein schreiendes Baby, und Regen beginnt zu tropfen.

Die tätowierte Schlange auf seinem Rücken atmet, wenn er atmet; blau-grüne Schuppen heben und senken sich bei jedem Zug. Sie will sie berühren, doch sie schlängelt davon, als er sich umdreht und in Embryonalstellung zusammenrollt. Weiches Licht, silberner Nebel auf seinem schmutzigblonden Haar. Sam? Es ist nicht Sam. Aber jemand, den sie kennt. Es ist … Kurt Cobain.

Ein Traum im Traum. Sie wacht auf und döst, er ist verschwunden. Eine Gardine bläht sich vor einem offenen Fenster. Schuhe? Wo sind ihre Schuhe? Nicht auf dem Boden. Nicht unter dem Bett. Barfuß rennt sie – stolpert, fällt, verdreht sich das Knie – einen langen, stickigen Korridor entlang. Sie muss ihn finden.

Er steht, mit dem braunen Sweatshirt bekleidet, am Kopf der Treppe. Sie läuft die Stufen hinauf auf ihn zu. In der einen Hand hält er ein rotes Hundehalsband, in der anderen etwas Metallisches – dunkel, schwer, wie ein Bügeleisen geformt.

Dann rennt sie – eine gelbe Babydecke umklammernd – die Treppe hinunter und zur Tür hinaus. Auf der Straße rutscht sie in einer Blutlache aus. Eine Sirene heult. Jemand schreit – bis sie von dem Bild des auf dem Boden unter dem Tisch liegenden Knopfes aus dem Schlaf gerissen wird.

6

»Kitty ist nicht tot, Mummy«, sagt Phoebe.

»Doch, Liebling, das ist er.« Brigitte drückt mit den Fingern die Erde um Kittys Grabpflanze herum fest. Ein kleiner Busch, den die Zwillinge im Gartencenter wegen seiner orangefarbenen Blüten – die Farbe von Kittys Fell – und herzförmigen Blätter ausgesucht haben, die daran erinnern, dass sie Kitty lieb gehabt haben.

»Nein, er schläft.«

»Nun, tot sein ist ein bisschen wie schlafen«, sagt Kerry. »Aber man wacht nicht mehr auf.«

»Er hat letzte Nacht auf meim Bett geschlafen«, sagt Phoebe.

»Nein. Er schläft jetzt unter der Erde.« Brigitte steht auf, als sie sich streckt, schießt der Schmerz durch sie.

»Doch, er *war* auf meim Bett gestern Nacht.«

»Nein, war er nicht.«

»Doch, Mummy.«

»Lass das, Phoebe.«

»Du lass das, Mummy.« Phoebe rennt ins Haus und knallt die Tür hinter sich zu.

»Können wir jetzt ein Hündchen haben?«, fragt Finn.

Brigitte und Kerry sitzen auf der hinteren Veranda auf dem alten Loveseat, ein Hochzeitsgeschenk von Sams Eltern. Die blaue Farbe an den Armlehnen ist ausgeblichen, die Blümchenkissen zerschlissen, beim nächsten Sperrmüll fliegt er raus.

Kerry stellt Käse und Cracker auf den Tisch, öffnet die Weinflasche, die sie für den Leichenschmaus gekauft hat, und schenkt ein. Sie stoßen auf Kitty an.

»Wie war der Kuchen?«, fragt Kerry.

»Gut. Danke.« Brigitte nickt, während sich ihr der Magen umdreht.

»Was ist mit den Möbeln, die da am Zaun stehen?«

»Die sind aus dem Bungalow. Wir haben einen Mieter.«

»Wen?« Kerry blinzelt in die Sonne.

»Kenn ihn kaum. Ein Bekannter von Sam – ein Polizist.« Brigitte nimmt sich einen Cracker und schneidet Käse ab.

»Wie ist er so?«

Brigitte zuckt mit den Achseln und gibt vor, sich ganz auf den Cracker und den Käse zu konzentrieren.

»Jung?« Kerry balanciert ihr Weinglas zwischen den Knien, während sie einen Joint dreht.

»Nein. Etwa mein Alter.«

»Also jung. Süß?«

»Hab nicht so hingesehen.« Sie trinkt einen großen Schluck Wein und hat wieder das Gefühl, sich übergeben zu müssen.

»Hast du wohl! Du wirst rot, Brigitte.«

»Quatsch. Das liegt am Wein.«

»Oh mein Gott.« Kerry lacht, pustet den Rauch durch die Nase aus und gibt den Joint an Brigitte weiter.

»Sei nicht albern.«

»Weißt du, dass Tony und ich uns deswegen getrennt haben?«

»Weswegen?«
»Wegen dem Untermieter.«
»Im Ernst?«
Kerry nickt pseudotraurig und schenkt Wein nach.

7

Über dem Eastern Freeway droht ein pistolengrauer Himmel mit Regen. Die Wolken halten dicht, bis sie auf den Gippsland Highway abbiegen. Dann schüttet es. Sam stellt die Scheibenwischer auf Höchstgeschwindigkeit. Die Autofenster beschlagen, die Straße ist kaum noch zu erkennen. Die Zwillinge essen Reiskekse, plappern und schlafen in ihren Kindersitzen ein. Brigitte täuscht Schlaf vor, um nicht mit Sam reden zu müssen.

Als sie Paynesville erreichen, hört der Regen auf. Sie reihen sich in die Schlange an der Kettenfähre ein, die einzige Verbindung nach Raymond Island. Die Insel liegt inmitten eines Verbunds aus Salzwasserseen, die aus der Bass-Strait gespeist werden. Vertäute Fischerboote und Yachten in allen Formen und Größen dümpeln auf dem olivgrünen Wasser. Der Fährmann winkt sie an Bord und sammelt das Fährgeld ein.

Das Autodeck ist mit sieben weiteren Wagen halb voll. Eine grauhaarige Inselbewohnerin schiebt ihr Dreirad an Bord, an dessen Korb ein Aufkleber mit dem Schriftzug ICH ♥ DIE R. I. FÄHRE klebt. Zwei weitere Senioren mit Einkaufstüten aus dem Paynesville-Supermarkt in den Händen schlurfen unter die Passagierüberdachung. Ein Paar ist in eine Touristenbroschüre versunken – auf dem Titelblatt steht *Koala-Schutzgebiet* –, während sein Kind sich die Nase an der Scheibe plattdrückt und den Zwillingen Fratzen schneidet.

Die hydraulischen Rampen an beiden Seiten heben sich ächzend. Als die unter Wasser liegenden Ketten sich straffen und anfangen, die Fähre über die einhundertfünfzig Meter breite Wasserstraße zu ziehen, steigt Brigitte der Geruch von Diesel in die Nase. Sam liest auf dem Handy seine Nachrichten; irgendwas ist los, aber er sagt nichts. Finn und Phoebe schnallen sich ab und toben quietschend auf dem Rücksitz herum. Sam brüllt, sie sollen sich wieder hinsetzen. Die Fähre schaukelt, als sie an den Betonanleger auf der Insel stößt.

Sie fahren am Park und dem Gemeindezentrum vorbei und biegen links in die Sixth Avenue ab. Ein Blauzungenskink schleicht über die Straße. Sam hupt und brüllt, er solle sich beeilen. Brigitte sieht Sam böse an. »Wir müssen nicht hetzen.«

»Tut mir leid.« Er trommelt mit den Fingern aufs Lenkrad und wartet, dass das Tier die Straße überquert.

»Weißt du noch, als wir zum ersten Mal hergekommen sind?« Es war ihr erstes Liebeswochenende gewesen. Zu viel Liebe war es nicht gekommen – sie war, fast ein Jahr nach dem Unfall, gerade erst aus dem Krankenhaus entlassen worden und immer noch schwach gewesen. Sam hatte sie damals auf Händen getragen: für sie gekocht, Frühstück ans Bett gebracht, ihr den Rücken und die Beine massiert, wenn sie Schmerzen hatte. Sie hat Sam wirklich geliebt. Liebt ihn immer noch, versichert sie sich. Es hat sich nichts geändert. Sie legt eine Hand auf sein Bein.

Er ist abgelenkt.

»Und erinnerst du dich, als die Zwillinge klein waren?« Sie lächelt. »Sie sind auf der Veranda auf der Matte rumgekrochen.« Finn hat sich zum ersten Mal herumgerollt, und Phoebe hat dort angefangen zu krabbeln.

Sam hört immer noch nicht zu, als die Räder knirschend auf der Kiesauffahrt neben dem weißen Faserzementhaus zum Stehen kommen. Ryan hat bei seinem letzten Besuch die verblichenen hellblauen Fenster- und Türrahmen grün übermalt. Ein paar Stellen hat er übersehen.

Die Zwillinge hüpfen aus dem Auto. Brigitte schiebt sich langsam heraus. Sie braucht eine Weile, um sich zu strecken, um ihren Körper nach dreieinhalb Stunden Fahrt wieder aufzuwärmen. Während sie eine Tasche aus dem Kofferraum hebt, atmet sie tief die nach Eukalyptus duftende Luft ein. Im Baum neben dem Haus knuddelt eine Koalamutter ihr Junges.

Das Haus riecht nach abgestandener Luft, Staub, Fisch und Schimmel. Brigitte reißt Fenster und Türen auf, Sam stellt den Strom an, und sie beginnen mit dem Auspacken. Auf der Frühstückstheke steht ein Schuhkarton. Brigitte nimmt den Deckel ab, es liegen verstaubte Muscheln darin. Sie nimmt eine heraus und dreht sie in der Hand. Haben die Zwillinge die Muscheln gesammelt? Oder sie und Ryan als Kinder? Oder jemand anders?

»Was machst du da?« Sam steht mit Taschen und Stofftieren beladen in der Fliegengittertür. »Wie wär's mit helfen?«

Sie legt die Muschel zurück, schließt den Deckel und geht zu ihm.

Die Kinder ziehen die Kisten mit Spielzeug und Stiften im Wintergarten hervor und lassen sie dann stehen, um die kleinen Fahrräder mit den Stützrädern aus dem Schuppen zu holen.

Sam begibt sich auf eine lange Radtour um die Insel. Brigitte unternimmt mit den Zwillingen einen kurzen Spaziergang über die Strandpromenade zum Spielplatz und dann eine Fährfahrt nach Paynesville und zurück.

Die Nachtluft riecht nach Holzfeuer und Mückenspirale. Brigitte und Sam schlafen in Nanas und Opapas altem Bett im mittleren Schlafzimmer. Als Sam sie berührt, gibt sie vor zu schlafen. Die Zwillinge schlafen zusammen im unteren Stockbett am anderen Ende des Zimmers – jedenfalls so lange, bis sie zu ihrer Mum und ihrem Dad ins Bett krabbeln.

Brigitte liegt wach. Das Kissen fühlt sich heiß an, ihre Haare kitzeln im Gesicht. Sie tritt Sam – *geh ins Bett der Zwillinge, gib mir ein bisschen Raum* –, aber er rührt sich nicht.

Schmerz krallt sich in ihrem unteren Rücken fest, strahlt ins Becken und in die Beine aus, verkrampft ihre Zehen. Sie windet sich und versucht, den Druck auf andere Nerven zu verlagern. Den Schmerz wegzuatmen, gute Luft durch die Nase ein-, schlechte Luft durch den Mund auszuatmen, die Schmerzzonen mit reinem, heilenden weißen Licht zu füllen, hilft diesmal nicht.

Schuldgefühle mischen sich unter den Schmerz, kriechen durch die Haut in sie hinein und schnüren ihr die Kehle ab, dass sie kaum noch schlucken kann. Irgendetwas wirft einen tanzenden Schatten an die Wand, wahrscheinlich die Gardinen, doch es weht kein Hauch, der sie bewegen könnte. Das gutturale, unheimliche Geräusch – nicht ganz Grunzen, nicht ganz Kreischen – sich paarender Koalas schreckt sie auf. Vielleicht sollte sie es einfach hinter sich bringen und es Sam sagen.

***

Am zweiten Tag ist es wärmer, und sie laufen zu ihrer Lieblingsbadestelle am hinteren Teil der Insel. Brigitte blickt auf ihre Füße und konzentriert sich auf das rhythmische Knirschen ihrer Turnschuhe auf dem Strandweg.

Brigitte und Sam lassen sich auf einem Badehandtuch im Schatten eines Teebaums nieder und sehen Finn und Phoebe zu, die sich im Sand wälzen und am Seeufer herumplanschen. Ein großer schwarzer Schwan löst sich von seinem Schwarm und watschelt aus dem Wasser heraus auf die Zwillinge zu. Sie schreien, kichern, stoßen zusammen und fallen hin. Brigitte lacht, und Sam verscheucht den Schwan. Der Himmel spiegelt sich blau im Wasser, in der Ferne glitzern kleine Wellen im Sonnenschein. Brigitte hat Angst vor Wasser, hasst schwimmen, geht nie hinein.

»Schläfst du hier besser?«, fragt Sam.

»Ja«, lügt sie und betrachtet ein vorbeigleitendes Boot. »Ein bisschen.«

Er hebt eine Handvoll Sand auf und lässt ihn durch die Finger rinnen.

In der Abenddämmerung geht Sam mit den Zwillingen angeln. Brigitte bleibt im Haus, sie versucht, fernzusehen oder ein Buch zu lesen, doch sie kann sich nicht konzentrieren, nicht still sitzen. Sie wandert durch die Zimmer. Ihre Großeltern und Urgroßeltern blicken aus alten Porträtfotos an der Wand auf sie herab.

»Was soll ich tun, Opapa?«, fragt sie die Schwarzweiß-Aufnahme eines jungen, gutaussehenden Opapa, der im See angelt.

Er lächelt sie aus dem alten Blechboot heraus aus. *Er ist dem Schweinehund in dem blauen Camry nie auf die Spur gekommen; er wird auch dir nicht auf die Spur kommen.* Sie fährt sich mit den Fingern durch die Haare und schaut weg – direkt in den großen, goldgerahmten Spiegel über dem Sofa. Schnell wendet sie den Blick ab. Ryan hat früher immer behauptet, wenn sie in den Spiegel sehen, würden sie Gespenster sehen.

Sei nicht albern. Gespenster gibt es nicht. Die Küchenuhr über der Spüle tickt laut. Sie holt eine Flasche Weißwein aus dem Kühlschrank und schenkt sich ein Glas ein.

Schritte trappeln über die Veranda, dann schlägt die Fliegentür zu. Das Angeln hat nicht lange gedauert. Sam ist direkt hinter den Zwillingen, er wischt sich die Füße an der Fußmatte ab. Das Haus füllt sich wieder mit Leben.

»Wir haben eine große Krabbe gefangt, Mummy«, sagt Finn.

»Ja, aber sie ist vom Haken und zurück ins Wasser gesprungen, stimmt's, Finny?« Sam hebt die von den Zwillingen auf den Boden geworfenen Angeln auf und stellt sie in das Gestell in der Küchenecke.

»Und Tang«, sagt Phoebe.

»Ja, ganz viel Tang.«

»Und hat Daddy einen Fisch gefangen?«, fragt Brigitte.

»Nein«, sagen die Zwillinge einstimmig.

»Es war ein bisschen laut. Fische mögen es still.« Sam holt ein Bier aus dem Kühlschrank und schiebt es in den ICH ♥ DIE R.I. FÄHRE-Bierkühler. Die Zwillinge kichern und sausen los, um mit den Spielsachen im Wintergarten zu spielen.

»Möchtest du ein Glas Wein?« Sam nimmt die Flasche aus der Kühlschranktür. »Gott, Brig, du hast die halbe Flasche getrunken!«

»Ich hab Urlaub.« Sie hält ihm ihr Glas zum Nachfüllen hin. »Und was essen wir dann zu Abend? Ich wollte den Fisch machen, den du angelst.«

Sam lacht.

»Iih, du riechst nach Fisch.« Seine Stoppeln kratzen, als er sie küsst. »Und rasieren musst du dich auch.« Sie schiebt ihn weg.

»Angler rasieren sich nicht.« Er reibt sich über die Kinnstoppeln.

»Geh duschen.«

»Kommst du mit?«

»Vielleicht.« Sie sieht ihm nicht in die Augen.

»Leg ihnen eine DVD ein und komm mit.«

Sie tut so, als würden die Zwillinge irgendetwas von ihr wollen, und geht nicht mit.

»Jemand verloren in diesem Haus«, sagt Phoebe in einer Schreipause beim Haarewaschen.

»Wie bitte?« Brigitte kämmt ihr Conditioner ins Haar.

»Noch jemand hier. Verloren.«

»Nein. Hier sind nur wir.«

»Ist nicht mit uns gekommen.«

»Was meinst du?«

»Jemand verloren in diesem Haus. Für immer. Ein Kind. Ein Baby.«

Brigitte läuft ein Schauer über den Rücken. »Sei nicht albern.«

»Das Risotto ist fast fertig«, ruft Sam aus der Küche.

»Phoebe, ich habe dich sehr lieb, aber manchmal gruselst du mich.«

»Was heißt das, Mummy?«

»Nichts.« Brigitte spült den Conditioner aus, und Phoebe fängt wieder an zu schreien.

Brigitte liegt wach im Bett, der Gedanke an Aidan nagt an ihr wie eine Ratte an einem Stromkabel. Eine Mücke surrt ihr um die Ohren. Hier sind alte Träume gefangen, Familiengeheimnisse stülpen sich über sie und mischen sich mit ihren eigenen Träumen und Geheimnissen. Vielleicht gibt es doch Gespenster. *Jemand verloren in diesem Haus. Für immer.* Schlaf. Schlaf nicht – Herzrasen holt sie zurück, als sie gerade in die dunkle Traumwelt eintauchen will. Sie keucht, kann aber nicht genug Luft in ihre Lungen ziehen.

Sie steht auf und läuft durchs Haus, ihr Puls rast. Tick, tick, tick: die Küchenuhr über der Spüle. Sie trinkt ein Glas Wasser und geht nach draußen. Millionen Sterne zwinkern am Himmel. Sie zündet mit zitternden Händen eine Mückenspirale an und lässt sich in die alte schwarze Ledercouch auf der Veranda fallen. *Atme. Atme.* Als ihr Puls sich schließlich beruhigt, schließt sie die Augen.

Es ist kalt in ihrem Traum, und sie geht in die Küche.

»Ich hab ja gesagt, das ist ein gutes Rennpferd, ich wusste, es würde den Melbourne Cup gewinnen.« Nana sitzt mit Kurt Cobain am Tisch.

»Ich dachte, es hieße Dune – wie der David-Lynch-Film, der mit Sting.« Kurt hat eine Muschel in der Hand, er betrachtet sie und wirft sie in eine Schüssel, die auf dem Tisch steht.

»Nein, Kurt, das wird Dschü-ane ausgesprochen. Das ist Französisch.«

Nana hält ein winziges Baby, das in eine gelbe Decke eingewickelt ist. Das Baby zu halten wäre das Beste auf der Welt. Kurt zieht ein weißes Band um eine kleine blaue Schachtel auf und holt das rote Hundehalsband und einen Schlüssel an einem glitzernden Silberschlüsselanhänger in der Form eines »J« aus der Schachtel. »Heb die hier gut auf. Verlier sie nicht.« Er gibt beides Brigitte.

Nana hält das Baby an ausgestreckten Armen, die Decke fällt ab. Es ist kein Baby – nur ein Bügeleisen. Nana gibt es ihr und sagt, sie soll rennen. Brigitte hält das Hundehalsband und den Schlüssel, doch das Bügeleisen ist zu schwer und glitschig. Sie sieht es an, es trieft vor Blut, sie lässt es fallen. Was ist mit dem Baby passiert?

»Beeil dich. Die Straßenbahn ist fast da«, sagt Kurt. »Renn diesmal schneller.«

Mit hämmerndem Schädel erwacht sie auf der Verandacouch. Es ist eiskalt, silberner Frost liegt auf dem Gras, ein paar Vögel beginnen zu zwitschern. Sie geht ins Haus. Fast vier, sagt die Küchenuhr. Sie zieht ein Paar Socken an und quetscht sich zwischen Sam und die Zwillinge ins Bett.

***

Am dritten Tag kommen Ryan, Rosie und Georgia. Sie beziehen das hintere Schlafzimmer. Das Haus scheint glücklich zu sein, es braucht viele Menschen.

Sam und Ryan setzen mit den Kindern nach Paynesville über, um Eis essen zu gehen. Brigitte macht Kräutertee und stellt einen Teller mit Keksen auf die Frühstückstheke.

»Wow, du hast aber abgenommen, Rosie.«

Rosie schiebt die Kekse weg. »Danke. Ich achte im Moment sehr auf mich.«

Die kurzen, das Gesicht einrahmenden Haare bringen ihre großen braunen Augen zur Geltung. Ryan hatte recht: Sie sieht aus wie eine Bohnenstange. »Wenn man älter wird, ist es wichtig, gesund zu leben.« Rosies Blick wandert über Brigittes Körper. Abschätzend?

»Ja. Wenn man vierzig wird, ändert sich anscheinend eine Menge.« Brigitte nimmt sich einen Keks. »Hab ich gehört.«

»Ich wünschte, Ryan würde gesünder leben. Er nimmt ständig zu.«

»Er geht viel zu Fuß. Ihm geht's gut.« *Und er ist eine ganze Ecke jünger als du.*

Rosie zieht eine Augenbraue hoch. Eine peinliche Stille entsteht.

»Wie macht sich Georgia dieses Jahr im Kindergarten?«

»Na ja – Georgia wird immer schwierig bleiben. Ryan lässt ihr viel zu viel durchgehen.« Sie macht eine abschätzige Geste. »Ich weiß wirklich nicht, wie du es aushältst, den ganzen Tag zu Hause zu sitzen und dich um die Kinder zu kümmern, Brigitte.«

»Ich arbeite auch.«

Rosie ignoriert den Einwand, für sie ist Schreiben keine richtige Arbeit. »In gewisser Weise ist es ein Glück, dass Ryan arbeitslos ist – so kann er das übernehmen.«

»Er ist nicht arbeitslos«, sagt Brigitte. »Er hat Jobs. Und geht zu Vorsprechen.«

Rosie lacht – ein falsches Lachen – und tut so, als würde sie sich an ihrem Tee verschlucken. Sie lässt die halbleere Tasse auf der Frühstückstheke stehen und geht in ihr Zimmer. Brigitte isst noch einen Keks und räumt die Spülmaschine ein.

Rosie kommt in Lycrakleidung und Turnschuhen zurück, bereit für einen Lauf um die Insel. »Du solltest mitkommen, Brigitte.« Sie füllt ihre Wasserflasche am Hahn.

»Nein, danke.«

»Sorry, ich hatte vergessen, dass du nicht kannst ...«, sagt sie mit einem Blick, in dem fast Mitleid liegt.

Rosie joggt los, und Brigitte setzt sich mit einem Buch auf die Verandacouch – Rosie hat es ihr letzte Weihnachten geschenkt: *Alias Grace* von Margaret Atwood. Sie kann sich nicht konzentrieren und liest immer wieder dieselbe Seite. Sie überlegt, die im Kühlschrank stehende Weinflasche aufzumachen.

Wo bleiben die Männer und die Kinder? Rosie kommt vor ihnen zurück. Sie duscht und bleibt danach bei geschlossener Tür in ihrem Zimmer.

Sam und Ryan kommen mit nach Alkohol riechendem Atem zurück, die Gesichter und T-Shirts der Kinder sind mit Eis verklebt. Ryan trägt einen Bierkasten. Brigitte klappt das Buch zu und folgt ihnen ins Haus.

»Was gibt's zum Abendessen, Schwesterherz?«, scherzt Ryan, stellt das Bier auf die Frühstückstheke und legt ihr einen Arm um die Schulter.

»Geh weg. Ihr wart in der Kneipe. Du stinkst nach Bier. Alle beide.«

»Ich mach nur Spaß. Sam und ich fahren noch mal rüber und holen Fish and Chips.« Er hat Schluckauf. »Wo ist Rosie?«

»In eurem Zimmer.«

Er geht, um nach ihr zu sehen. Sam stellt Bier in den Kühlschrank. »Willst du eins?«

»Okay.«

Sie nehmen ihre Drinks mit nach draußen. Die Kinder fahren im Hof Fahrrad. Sam küsst Brigitte, die an einen Verandapfosten gelehnt steht, seine Hand schiebt sich unter ihr T-Shirt. Sie dreht den Kopf weg und sieht über seine Schulter.

»Was ist los?«

»Ryan«, flüstert sie. Er steht in der Tür und räuspert sich. Brigitte schiebt Sam weg und zieht ihr T-Shirt zurecht.

»Alles okay?«, fragt sie.

»Ja. Rosie ruht sich aus.« Er zieht die Plastikabdeckung vom Billardtisch und stöpselt den uralten gelb-blauen CD-Spieler ein, von dem niemand mehr weiß, wer ihn mitgebracht hat. Bei jedem Besuch stellen sie Spekulationen an, woher er stammen mag. Ryan tippt darauf, dass Nana und Opapa ihn als Geschenk für die »jungen Leute« dagelassen haben. Brigitte weiß, woher er kommt, sagt aber, Joan habe ihn bestimmt für ein Liebeswochenende mitgebracht und vergessen.

Rosie kommt etwa eine Stunde später auf die Veranda und rümpft die Nase über die Fish and Chips, deren Fett sich in das Papier gesogen hat. Sam und Ryan spielen Poolbillard, und Brigitte sieht den Kindern zu, die mit Knicklichtern auf dem Rasen tanzen.

»Hey, Rosie, willst du ein Bier?«, fragt Ryan.

»Du weißt genau, dass ich kein Bier trinke, Ryan.«

»Im Kühlschrank steht eine Flasche mit veganem Wein«, sagt Brigitte.

»Ich nehme mir ein Glas, wenn die Kinder im Bett sind.« Rosie stemmt die Hände in die Hüften und betrachtet kopfschüttelnd Georgias dreckiges Gesicht. »Georgia – Zeit fürs Bett.«

»Ich bin nicht müde, Mummy«, sagt Georgia mit Schmollmund.

»Lass sie noch ein bisschen spielen, Rosie«, sagt Ryan.

»Es ist fast acht, Ryan.«

»Wir sind im Urlaub.«

»Georgia. Bitte komm jetzt.« Rosie wirft Brigitte einen Blick zu. »Du kannst mit deinen Kindern machen, was du willst, Brigitte, aber Georgia muss jetzt ins Bett. Sonst ist sie morgen früh ganz quengelig, nicht wahr?« Sie sieht Georgia stirnrunzelnd an, nimmt sie an der Hand und zieht sie ins Haus.

»Ich bringe wohl besser auch die Zwillinge ins Bett.« Brigitte seufzt.

Als die Kinder schlafen, holt sich Rosie ein Glas Wein, Brigitte nimmt sich noch ein Bier.

»Wollt ihr Doppel spielen? Mädels gegen Männer«, sagt Ryan, als sie wieder auf die Veranda kommen.

»Nein, danke. Und wir sind keine Mädels, Ryan.«

»Tut mir leid, Rosie. *Frauen.*« Er zieht Paul Kelly aus dem CD-Spieler und begutachtet den Stapel CDs auf dem Regal neben dem Grill. »Was wollt ihr hören?«

»Foo Fighters«, sagt Sam.

»Hab ich nicht. Tom Waits. The White Stripes … Nick Cave – für Brigi.« Er stellt die CD an, nimmt ihre Hand, und sie tanzen. Sam lehnt sich auf der Couch zurück, lacht, legt die Füße auf den Tisch.

Rosie wirft Brigitte einen wütenden Blick zu. »Warum steigst du nicht auf den Billardtisch, Brigitte? Genau wie früher.«

Brigitte erstarrt.

»Halt die Schnauze, Rosie.« So hat Brigitte Ryan noch nie mit Rosie sprechen hören. Sie hören auf zu tanzen. Sam hört auf zu lachen und nimmt die Füße vom Tisch.

»Ach, stimmt ja. Du erinnerst dich nicht, wie?«, sagt Rosie.

»Wovon redet sie, Ryan?« Brigitte sieht ihn an, er geht auf Rosie zu.

»Aber man sollte ihr besser nicht in die Quere kommen, wenn sie wütend wird, oder, Sam?«

Brigitte sieht Sam an, dann wieder Ryan.

»Schon erstaunlich, womit manche Leute durchkommen.«

»Ich sagte, halt die Schnauze, Rosie.« Ryan ist wütend. Er wird nie wütend.

Rosie knallt ihr Glas auf den Tisch – der Stiel bricht ab – und stapft in Monsterlaune die Einfahrt herunter.

»Was war das denn?«, fragt Brigitte, ihr Herz hämmert. Was hat Ryan Rosie erzählt?

Ryan zuckt mit den Schultern. »Rosie sollte nicht trinken.«

»Soll ich ihr nachgehen?«, fragt Sam.

»Nein, lass sie laufen.«

Brigitte und Sam räumen wortlos die Glasscherben weg, und Ryan dreht Nick Cave auf.

***

Brigitte sitzt in der Morgensonne auf der Verandacouch – ein kleines Kissen im Rücken, den Laptop auf den Knien, sie schreibt einen Artikel –, als Sam mit dem Handy in der Hand aus dem Haus kommt. Sie weiß sofort, was er sagen wird.

»Sorry, Babe. Ich muss zurück.«

Sie sieht ihn nicht an.

»Wir haben Riesenscheiße gebaut – den falschen Mann verhaftet.«

Finn und Phoebe werden also wieder einmal Urlaub ohne ihren Dad machen. Sie hat einen Trick gelernt: Wenn man den oberen Gaumen mit der Zunge kitzelt, kommen die Tränen nicht bis in die Augen. Das hat ihr ein Dreijähriger im Kindergarten der Zwillinge beigebracht – wie man mutig bleibt, wenn einem etwas wehtut.

»Tut mir leid. Ihr bleibt hier. Mit Ryan. Ihr braucht euch ja nicht auch noch den Urlaub vermasseln zu lassen.«

Sie hält den Blick starr auf die Tastatur gerichtet, während Sam die Kindersitze aus dem Auto holt und sie in Ryans Wagen einbaut. Widerstrebend willigt er ein, Rosie mit zurück nach Melbourne zu nehmen, küsst seine Familie zum Abschied und wirft seine Tasche auf den Rücksitz.

Ryan liegt auf der Couch, die Kinder springen auf ihm herum, als Sam und Rosie abfahren. »Sei nicht sauer, Brigi.«

Sie geht ins Haus und knallt die Tür hinter sich zu.

***

Im Biergarten des The Old Pub kommt eine betrunkene Frau ins Stolpern und wirft im Fallen einen weißen Plastiktisch um. Zigarettenkippen aus dem vollen Aschenbecher fliegen in alle Richtungen.

Brigitte und Ryan entscheiden sich für die Bar. Auf verstaubten Regalen stehen vor einem Spiegel Flaschen, darüber hängt ein großer Plastikfisch. *Happy Hour 17 – 19* steht mit gelber Kreide auf einer Tafel. Der junge Shannon begrüßt Ryan wie einen alten Freund. »Wo ist dein Kumpel?«

»Sam?«

»Ja, der Polizist.«

»Woher weißt du das?«

»Seh ich sofort.«

»Musste heute Morgen nach Hause fahren. Wegen der Morde in Melbourne.«

»Furchtbare Sache.« Shannon schüttelt den Kopf und schnalzt mit der Zunge. »Das deine Frau?«

»Nein, meine Schwester, Brigitte.«

Shannon küsst ihr die Hand und nimmt das Gespräch mit dem alten Jim über seine Vorfahren wieder auf, die Schlossbesitzer in Irland sind. Einer von ihnen hat als Erster in einem Flugzeug die Welt umrundet, behauptet jedenfalls Shannon. Jim erzählt ihnen, dass er seit vierzig Jahren hier lebt und als Fischer arbeitet. Er gibt ihnen ein Bier aus und schenkt den Kindern Münzen, damit sie das Maschinengewehrvideospiel in der Ecke spielen können.

Als sich Shannons und Jims Gespräch wieder der Wildschweinjagd zuwendet, gehen Brigitte und Ryan Pool spielen.

»Ist neulich Abend irgendwas passiert?« Ryan locht beim Anstoß die erste Kugel ein. Sie spürt, dass sie rot wird.

»Nach dem Geburtstag der Zwillinge?«

Sie sieht ihn mit großen, unschuldigen Augen an – sie hat keine Ahnung, was er meint.

»Sei vorsichtig, Brigi.«

Sie nickt und kreidet ihr Queue ein. Er beugt sich über den Tisch, um den nächsten Stoß zu machen.

»Beim Anstoß ist nur ein Stoß erlaubt«, sagt sie.

»Blödsinn.«

Brigitte stößt, und die Kugel verfehlt knapp die Tasche. »Weißt du, was Rosie gestern Abend gemeint hat?«

»Nein. Sie ist total durchgedreht, wie?« Ryan versenkt drei Kugeln nacheinander. »Sie ist eifersüchtig auf dich.«

Sie nippt an ihrem Bier und lacht. »Warum in aller Welt sollte Rosie auf mich eifersüchtig sein?«

»Weil du hübsch und witzig bist und alle dich lieben.«

»Rosie nicht.« Sie landet mit einem Stoß zwei Glückstreffer.

»Nein, Aidan aber vermutlich schon.«

Sie rutscht ab und versenkt eine von Ryans Kugeln. »Hör auf, Ryan.«

»Und die Typen hier auch. Seit du reingekommen bist, haben sie dich nicht mehr aus den Augen gelassen.«

»Sei nicht albern.« Sie wirft einen Blick über die Schulter. Shannon winkt und zeigt auf den Drink, den er ihr ausgegeben hat. Ryan zuckt mit den Schultern – *ich hab's dir gesagt.*

»Rosie denkt, ich verbringe mehr Zeit mit dir als mit ihr.«

»Tust du ja auch.«

Er räumt den Tisch ab und versenkt die schwarze Kugel.

Als sie aus dem Pub kommen, liegt gerade die Fähre am Anleger. Ryan hebt sich Finn auf die Schultern und nimmt Georgia an der Hand. Brigitte zieht Phoebe hinter sich her, und sie rennen über die Straße.

Finns Turnschuhe kommen klatschend auf dem Metallboden unter der Passagierüberdachung auf, als Ryan ihn atemlos absetzt.

»Guckt mal – Wasserlichter.« Phoebe steckt den Kopf zwischen den Streben der Reling hindurch und zeigt auf das rote, blaue und silberne Glitzern: Das Neonlicht des Cafés spiegelt sich im dunklen Wasser wieder. »Hübsch.«

»Vielleicht könnte ich herziehen und mir ein Boot kaufen.« Ryan lehnt sich an die Reling und atmet tief die salzige Luft ein.

»Du bist betrunken.«

»Bin ich nicht. Aber du. Ich könnte Fischer werden, mir einen Bart wachsen lassen …« Er streicht sich über das glattrasierte Kinn.

»Und was soll Rosie machen?«

»Keine Ahnung. Fischweib werden.« Er hat Schluckauf.

Sie lachen, und Ryan stimmt »Don't Pay the Ferryman« an.

»Was zum Teufel singst du da?« Brigitte klammert sich so fest an die Reling, dass ihre Knöchel weiß werden. Die Fähre ächzt und schippert langsam los.

»Erinnerst du dich nicht mehr an das Lied? Wie hieß der Sänger noch? Christopher irgendwas? Chris –«

»Oh mein Gott, wo ist Finn?« Brigitte sieht sich um und rennt zum Bug der Fähre. Er ist nicht zu sehen. Ryan nimmt Phoebe auf den Arm, greift nach Georgias Hand und sieht sich am Heck um.

»Ist er da?«, schreit Brigitte.

Ryan schüttelt den Kopf. Sie ruft Finns Namen.

Weil nur ein Wagen an Bord ist, lässt sich das Autodeck gut überblicken, aber dort ist er nicht. Auch nicht an der Reling oder auf der Treppe, die hoch in die Steuerkabine des Fährmanns führt. Weitere Verstecke gibt es nicht. *Er ist nicht da. Das kann nicht wahr sein.* Brigitte dreht sich wieder und wieder im Kreis. Alles scheint verschwommen an ihr vorbeizurasen, gleichzeitig ist alles stark verlangsamt – das Licht des Münztelefons auf der Insel, die Lichter von Paynesville vor ihnen, das Mondlicht auf dem Wasser. Sie erinnert sich, so etwas schon einmal gemacht zu haben, und schiebt die Erinnerung schnell von sich.

»Alles gut, Liebes, Ihr Sohn ist hier.« Ein alter Mann mit rotem Gesicht hält Finn an der Hand. »Er hat ganz vorne gesessen.«

Wie konnte sie ihn dort übersehen? Sie greift nach ihm, hebt ihn hoch und drückt ihn fest an sich. Ihr Rücken gibt nach. Ryan übernimmt Finn, als Brigitte auf die Holzbank sackt.

»Bitte sag Sam nichts davon.« Sie senkt den Kopf zwischen die Knie und atmet kurz und flach.

»Es ist nichts passiert.«

»Doch.«

Ryan bückt sich, um ihr den Rücken zu reiben, und Finn sagt: »Tut mir leid, Mummy. Tut mir leid, Mummy …«

»Alles gut«, sagt Ryan.

»Nein, ist es nicht.« Sie beugt sich zu Ryan und sagt mit leiser Stimme, damit Finn nichts hören kann: »Ich habe mit ihm geschlafen – Aidan.«

8 Der Zigarettenmann sitzt hustend vor der Tür und winkt Brigitte zu, als sie den Türcode eingibt.

Opapa sitzt im Chesterfield-Sessel, streichelt Tiger und streitet sich mit dem Moderator in seinem Transistorradio.

»Brigi.« Er sieht sie durch die Tür kommen und grinst – braune Zähne, einige Lücken. »Du sieht grauenhaft aus.« Er schiebt die Katze vom Schoß und stellt das Radio leiser. »Stimmt was nicht?«

»Nur müde.« Sie lächelt schmallippig, gibt ihm einen Kuss und holt sich einen Stuhl vom Fenster.

»Wo sind die Zwillinge?«

»Im Kindergarten.«

»Gehen sie schon zur Schule?«

»Nein.« Sie hebt die Stimme. »Im Kindergarten.«

Eine Weile sitzen sie schweigend da.

Opapa räuspert sich. »Vor'n paar Tagen war so'n Detective da.«

»Was?« Sie sieht ihn stirnrunzelnd an.

Er betrachtet seine Hände, ballt sie zu Fäusten, dürre Fingerknöchel und knotige Adern treten hervor. »Groß – irgendein Italo-Name.«

»Etwa Serra?«

»Jau.«

Ihr Rücken schmerzt, trotzdem richtet sie sich auf und lehnt sich vor.

»Sah gar nicht richtig nach Italo aus. Hat Fragen nach irgendeinem windigen Musiktypen gestellt, der etwa zur gleichen Zeit ums Leben gekommen ist wie du …« Er sieht auf und schluckt, die dünne, faltige Haut am Hals spannt sich über dem Adamsapfel, »… den Unfall hattest. Du erinnerst dich nicht, oder?«

Sie schüttelt langsam den Kopf.

»Kam in den Zeitungen und im Fernsehen. Als es passiert ist, warst du zu Hause bei mir und Nana. Sie war wegen ihrem Herzinfarkt im Krankenhaus, erinnerst du dich?«

Er weiß, dass sie sich nicht erinnert.

»Der Scheißkerl hat bekommen, was er verdient.« Opapa ist aufgewühlt, tippt die Fingerspitzen aneinander. Vielleicht hat er seine Tabletten nicht genommen. »Der Detective meinte, irgendein anderer Kerl hätte gesagt, du wärst in der Nacht mit ihm zusammen gewesen. Aber er lügt, oder? Weil du ja bei mir und Nana warst, stimmt's?«

»Genau.« Brigitte nickt und betrachtet durch das Fenster die Pelaco-Leuchtreklame.

Petula steckt den Kopf durch die Tür. »Kommst du mit auf die Bustour heute Nachmittag, Eddie?«

»Nein, danke.« Er winkt ab und sieht Brigitte an. »Was hat sie gesagt?«

»Gehst du mit auf die Bustour?«

»Die lässt mir keine Ruhe. Busfahrten, Tai Chi, Scheiß-Aromatherapie.«

»Aromatherapie ist toll.«

Er schnaubt.

»Ich hole mir eine Tasse Tee. Du auch eine?«, fragt Brigitte.

»Nee, hab gerade erst gehabt, Liebes.«

In der Küche knallt sie eine Tasse auf die Arbeitsfläche und trommelt mit den Fingern auf dem Rand der Spüle herum, während sie darauf wartet, dass das Wasser kocht. Aidan kann was erleben!

Wieder zurück in Opapas Zimmer trinkt sie hastig den Tee.

»Na ja.« Er gähnt. »Hast du diese Dicken gesehen, bei – wie heißt die Sendung – *Biggest Loser*?«

»Nein.«

»Ich begreif nicht, wie Leute so fett werden können.« Er saugt an seinen Zähnen, was wie das Sauginstrument beim Zahnarzt klingt. Brigitte knirscht mit ihren.

»Okay, Opapa. Ich muss los.« Sie nimmt ihre Tasche und steht auf.

»Jetzt schon?«

***

Brigitte sitzt auf dem Loveseat und sieht hinter einer dunklen Sonnenbrille Finn und Phoebe beim Spielen auf dem frisch gemähten Rasen zu.

Das kratzende Geräusch der sich öffnenden Bungalowtür schreckt sie auf, und ihr Blick wird von seinen nackten Füßen, seiner verwaschenen Jeans und dem weißen T-Shirt mit den blauen Buchstaben *Captain America* auf der Brust gefesselt. In der Sonne ist es warm, trotzdem zittert sie. Unter seinem linken Ärmel lugt eine Tätowierung hervor: irgendein ausländischer Schriftzug, vielleicht gälisch.

»Hi.« Er lächelt sein schiefes Lächeln, kneift die Augen zusammen und schirmt sie mit der Hand gegen die Sonne ab. So verdammt eingebildet. Er geht zurück in den Bungalow und kommt mit einer Sonnenbrille heraus.

»Was machst du hier?«, fragt sie, ohne ihn anzusehen.

»Ich wohne hier, weißt du nicht mehr?«

»Warum bist du nicht bei der Arbeit?«

»Nachtschicht.«

»Sam ist gleich zu Hause.« Sie wirft einen Blick zur Küchentür hinüber.

Er kommt und setzt sich neben sie – zu nah. Der Loveseat quietscht, als er seine langen Beine ausstreckt. Es stimmt also, was man über große Füße sagt.

»Schöner Tag«, sagt er.

»Was ist mit dem Rasen passiert?«

»Ich hab ihn gemäht.«

»Es hat dich keiner gebeten.«

»Macht mir nichts aus.«

»Warum zum Teufel hast du mit meinem Großvater gesprochen?« Sie spürt ihr Gesicht heiß werden.

»Komischer Zufall, wie?« Er lacht. »Eddie ist ein netter Typ.«

»Beantworte meine Frage.«

»In der Nähe seines alten Hauses ist ein Mord passiert, der ungelöst blieb. Ich wollte wissen, ob er damals irgendwas gehört hat und sich noch erinnert.«

»Sein Gedächtnis ist nicht mehr gut.«

»Oh, er hat sich erinnert.« Er dreht sich zu ihr um und sieht sie an. Ihre Knie berühren sich. »Deine Großmutter hatte damals gerade einen Herzinfarkt gehabt.«

»Ich habe auch da gewohnt. Warum hast du mich nicht befragt?«

»Wozu? Ich weiß doch, dass du dich an nichts erinnerst.«

Treffer, versenkt. »Das hat also nichts mit mir zu tun?«

»Es dreht sich nicht immer alles um dich.«

Sie hat keine Lust mehr, mit ihm zu reden, und wünscht sich, er würde gehen – sich in irgendein Loch verkriechen und nie wieder herauskommen. Und dass die Berührung seines Knies nicht so ein warmes, kribbelndes Gefühl auslösen würde. Sie sollte von ihm abrücken, tut es aber nicht.

»Stammen die Narben vom Autounfall?«

Sie zieht eine Haarsträhne über die Narbe auf der Stirn und antwortet nicht.

»Und dein Knie?«

Sie blickt starr geradeaus, schlägt die Beine übereinander und widersteht dem Drang, sie zu spreizen.

»Was ist los?«, fragt er.

Sie schiebt sich die Sonnenbrille höher auf die Nase.

»Ich dachte, du magst mich.«

»Kein sehr guter Detective. Kein Wunder, dass sie dir die alten Fälle geben.«

Er räuspert sich. »Du hast es genauso gewollt wie ich.«

»Wieder daneben.«

»Warum hast du gesagt, du wärst von deinem Mann getrennt?«

»Das habe ich nicht gesagt.« Sie setzt sich auf und starrt finster vor sich hin.

»Doch, auf Mannys Party.«

Sie knabbert an einem Fingernagel.

»Jedenfalls sollte ich das denken.«

»Ich war betrunken, okay. Und sauer – wenn du's genau wissen willst.« Die Haut am Fingernagel fängt an zu bluten, sie schiebt die Hand unter ihr Bein.

»Und das erklärt alles?«

»Ich will nicht darüber reden.«

»Ich aber«, sagt er. Sie drehen sich um und sehen einander an, doch sie kann hinter der Sonnenbrille seine Augen nicht erkennen.

»Wenn du nicht aufhörst, sage ich Sam, dass du ausziehen sollst.« Warum rückt sie nicht ab?

»Sam will mich in der Nähe haben.«

»Was soll das heißen?«

»Freunde, Feinde.«

»Ich sage ihm, dass du mich belästigst.« Sie springt auf, eine Schmerzwelle rauscht durch ihren Körper. »Finn, Phoebe, rein ins Haus.«

»Nein«, sagte Phoebe. »Wir wollen mit Aidan spielen.«

Aidan zuckt mit den Schultern.

»Schön. Wie auch immer.« Sie knallt die Tür so heftig hinter sich zu, dass einer der Blumentöpfe vom Fensterbrett fällt und auf dem Boden zerbricht.

9

Der Blumenstrauß auf der Mittelkonsole lässt die Blätter hängen. »Siebenunddreißig Grad in der Stadt«, verkündet der Radiomoderator. »Das für November ungewöhnlich –« Sam schneidet ihm mit einer Foo-Fighters-CD das Wort ab. Sie stecken im Verkehr der Sydney Road fest, und die Klimaanlage ist ausgefallen. Sam trommelt auf dem Lenkrad herum. Es wird grün, aber das Auto vor ihnen bewegt sich nicht.

»Los jetzt.« Er hupt. Das Auto vor ihnen rollt los, der Fahrer zeigt ihm den Mittelfinger. »Fick dich selber«, zischt Sam.

Ihr letzter Besuch bei Sams Eltern in Coburg liegt fast sechs Monate zurück und lässt sich nicht länger aufschieben. Brigitte spürt Schweißtropfen zwischen ihren Brüsten herabperlen, ihr Kleid wird nass. Die Zwillinge haben vor Hitze rote Gesichter und sind benommen und stumm. Sie gibt ihnen Wasserflaschen.

Während sie sich umdreht: *Pop*! Brigitte schreit, die Zwillinge schreien. Sam steigt auf die Bremse, und Brigittes schlimmes Knie rammt gegen das Armaturenbrett.

»Brigitte!«, brüllt Sam. »Was zum Teufel soll das?« Hinter ihnen wird gehupt.

Die Handcremetube auf dem Armaturenbrett hat sich in der Hitze ausgedehnt und ist explodiert, die Windschutzscheibe von innen weiß verschmiert. Brigitte und Sam sind besprenkelt – vor allem Sam.

Instinktiv stellt er die Scheibenwischer an. Dumm. Er wischt mit dem Handrücken die Creme aus den Augen und von der Windschutzscheibe und fährt an den Straßenrand. Die Zwillinge weinen.

»Ich wollte bloß meine verdammten Eltern besuchen! Warum wird mit dir immer alles zur Katastrophe?«

»Was? Ich hab doch gar nichts gemacht.«

»Was hat die beschissene Creme überhaupt im Auto zu suchen?«

»Hör auf, Sam, du machst den Zwillingen Angst.«

»Warum kannst du nichts richtig machen? Nicht mal das verdammte Katzenfenster schließen?«

Sie öffnet den Mund, kann nicht sprechen.

»Und ich habe gehört, was du bei Mannys Party abgezogen hast.«

Im Auto herrschen über vierzig Grad, doch sie friert ein.

»Dich besoffen, dich blamiert? Manny musste dir in den Aufzug helfen?« Sein Gesicht ist rot, an der Schläfe puckert eine Ader. »Jetzt weiß die halbe Truppe, dass meine Frau Alkoholikerin ist. Du bist genau wie deine beschissene Mutter.«

»Und du genau wie dein Vater.«

Er schlägt ihr ins Gesicht. Sie hält sich die Wange – es brennt, Tränen steigen ihr in die Augen. Sie kitzelt den oberen Gaumen mit der Zunge, aber diesmal funktioniert es nicht.

Sam brüllt weiter: »Du warst schon völlig verkorkst, als ich dich kennengelernt habe, und heute bist du es immer noch …«

Sie dissoziiert – konzentriert sich auf Dave Grohl, der »Long Road to Ruin« singt – und lässt Sams Worte über sich hinwegrauschen. Ihr Schweigen steigert seine Wut.

Genug. Sie schüttelt den Kopf. Es sind genug Jahre vergangen, sie braucht ihn nicht mehr. Sie atmet tief durch, öffnet ihre Tür, steigt aus und geht die Straße entlang, wobei sie die Creme auf ihren Armen verreibt.

Sam öffnet die Fahrertür, steigt aus und lehnt sich an den Wagen. »Steig wieder ins Auto.« Seine Polizistenstimme, seine blöde Schikanierstimme. Er hat immer noch Creme im Gesicht. Die Zwillinge sind hysterisch. Brigitte ist schon an ein paar Läden vorbei, er brüllt ihr nach: »Ich hab gesagt, du sollst in den verdammten Wagen steigen.«

»Nein!« Sie geht weiter. Dann sieht sie sich über die Schulter nach den Zwillingen um und hält inne.

Sam knallt die Fahrertür zu, läuft ihr nach und versucht, sie am Arm zurückzuzerren, doch sie wehrt sich. Er hebt sie hoch wie ein Kind, trägt sie zum Auto und stößt sie auf den Beifahrersitz, schiebt ihre Arme und Beine nach, tut ihr weh. Andere fahren vorbei, langsam, um auch nichts zu verpassen, aber niemand hält an; niemand will sich in solche Dinge einmischen.

Das Auto wackelt, als er sich auf den Fahrersitz wirft. Er ballt die Fäuste und öffnet sie wieder und atmet ein paarmal tief durch. Sie dreht sich nach hinten um und streichelt die Beine der Zwillinge, bis die beiden sich beruhigen. Dann sagt sie mit leiser, kontrollierter Stimme zu Sam: »Ich bin nicht verkorkst, Sam. Ich bin keine Alkoholikerin. Ich bin nicht wie meine Mutter.« Und noch leiser: »Mach das ja nie wieder.«

Sie stellt die CD ab. Gott, sie hasst die Foo Fighters. Lange sitzen sie still da, nur die Zwillinge wimmern.

»Alles, um Maggie und Doug nicht besuchen zu müssen.« Er zieht einen Finger durch die Creme auf der Windschutzscheibe.

Kein Lächeln.

»Tut mir leid, Brig.« Er beugt sich zu ihr, nimmt ihr Gesicht zwischen die Hände und küsst sie. »Entschuldige. Ich hab's nicht so gemeint.« Er ist cremeverschmiert und riecht nach Lavendel. Sie entzieht sich und gibt ihm ein paar Papiertücher aus dem Handschuhfach.

»Tut mir leid. Hab bei der Arbeit im Moment echt Druck.« Er wischt sich das Gesicht ab und legt es an ihre Brust.

Instinktiv hebt sie eine Hand, um ihm übers Haar zu streichen, hält sich aber davon ab.

»Und ich weiß nicht, warum du nicht mehr mit mir schlafen willst«, sagt er.

10

Beim Fegen der hinteren Veranda findet Brigitte ein altes Spielzeug von Kitty unter der Fußmatte. Sie hebt es auf und steckt es in die Tasche. Vielleicht wäre es gut, ein neues Kätzchen zu holen. Sie lehnt den Besen an die Hauswand, geht zum Bungalow und klopft an die Tür. Auf der Stufe stehen neu aussehende Laufschuhe.

Aidan lässt sie herein, er knöpft sich gerade das Hemd zu und hört ABC Radio – den Sender, der auch bei ihr in der Küche läuft. Der Geruch von feuchtem Haar, Zitrone, Toast und Kaffee füllt den Raum. Sie sieht sich um. Neben der Spüle trocknen eine Tasse und ein Teller auf dem Abtropfgestell, das schmale Bett ist ordentlich gemacht. Auf der Kommode hat er ein paar Fotos aufgestellt: ein Schwarzweißbild einer hübschen Frau mit heller Haut und Stupsnase, die die Arme um einen jungen Robert-de-Niro-Doppelgänger gelegt hat; ein großer, schlaksiger Junge, etwa fünfzehn, in Badehose zwischen zwei älteren Mädchen mit langem dunklen Haar vor einem Swimmingpool; und eins der beiden Mädchen, erwachsen, mit einem Baby auf dem Arm.

Aidan stellt das Radio leiser und fragt, was los sei.

»Kannst du mir Brot leihen?«

Er nickt, zeigt auf die Tiefkühltruhe, sie geht hinüber. Die Regale sind voller Bücher – sie hat ihn nicht für eine Leseratte gehalten –, und soweit sie sehen kann, sind auf den Rücken keine Goldbuchstaben. Sie öffnet die Kühltruhe und sieht hinein; sie weiß, dass er sie beobachtet.

»Ich habe mich gefragt, wann du mal zu Besuch kommen würdest«, sagt er. »Willst du einen Kaffee?«

»Nein.«

»Ach komm, bleib auf einen Kaffee.«

»Okay.« Als sie die Kühltruhe schließt und sich umdreht, steht er direkt vor ihr. Er legt die Arme um sie, sie stößt ihn weg. Was hat sie erwartet: höfliche Konversation, im gegenseitigen Einvernehmen, die Finger voneinander zu lassen? Dumm.

Als er es wieder versucht, schlägt sie ihm das gefrorene Brot gegen den Kopf.

Überrascht hält er sich die Wange – das wird einen ordentlichen blauen Fleck geben. Sie denkt daran, was Sam ihr angetan hat, und zuckt zusammen: Tut mir leid, wirklich leid, das hätte ich nicht tun dürfen. Sie verdrängt den Impuls, sein Gesicht zu berühren.

Er macht ein paar Schritte zurück. Verärgert oder verletzt? »Ich weiß, was du getan hast, Brigitte.« Ein Wassertropfen rollt über seine Wange auf den Hemdkragen hinab. »Ich weiß, wo du gearbeitet hast. Ich weiß, was du gewesen bist.«

Als sie zur Tür gehen will, versperrt er ihr den Weg. Neben dem Fenster hängt an einem Haken ein Paar Boxhandschuhe. Er stemmt die Hände gegen den Türrahmen, nimmt sie gefangen. »Ich weiß alles über dich.«

Das denkt er sich aus, er wird ihr etwas tun, ihr etwas antun. Sie sieht zum sicheren Haus hinüber, aber Sam ist bereits zur Arbeit gefahren.

»Ich weiß, was Sam getan hat.« Er beugt sich vor, sein Gesicht dicht vor ihrem. »Und ich weiß, wer Matt Elery ist.«

Sie zupft am Aufschlag ihres Ärmels herum. »Ich kenne keinen Matt …«

»Elery. Anscheinend schreibt er Kriminalromane.«

»Du meinst nicht zufällig James Ellroy?« *Zu clever, nicht witzig*.

»Er erinnert sich an dich.«

Sie wendet den Blick ab – sieht das Buch auf seinem Nachttisch, *Kaltblütig* –, sieht dann wieder ihn an, ihm direkt in die Augen. »Ich habe keine Ahnung, wovon du sprichst.«

»Wie viele Männer hast du verarscht, Brigitte? Was ist mit Eric Tucker? Klingelt bei dem Namen was?«

Sie zwingt sich zu einer ausdruckslosen Miene, aber er hätte genauso gut einen Eimer Eiswasser über ihr ausschütten können.

»Ach, stimmt ja, du erinnerst dich ja nicht. Wie du dich auch nicht erinnerst, mich auf Mannys Party getroffen zu haben.«

Sie zuckt mit einer Schulter und verzieht den Mund.

»Du bist so scheißegoistisch.« Seine Stimme ist einige Dezibel lauter geworden.

Sie runzelt die Stirn.

»Hast du echt gedacht, mein Interesse an dir hätte nichts mit der Arbeit zu tun?«

»Was?« Noch ein Eimer Eiswasser.

»Ja.« Er nickt. »Ich ermittle die ganze Zeit in deinem Fall.« Seine Augen glänzen – sie sind fast schwarz wie Tinte geworden. »Der Gelegenheitsfick kam als Bonus.«

Sie will ihn wieder schlagen, aber er reagiert und packt ihr Handgelenk.

»Elery hat also die Wahrheit gesagt. Du neigst zu Gewalt.«

Ihr Herz schlägt so heftig, dass es gleich explodieren wird, aber sie rührt sich nicht.

»Fass mich ja nicht wieder an.« Er stößt ihre Hand weg. »Oder ich verhafte dich wegen Körperverletzung.« Er nimmt sein Handy und die Schlüssel vom Klapptisch, das Jackett von der Stuhllehne, wendet sich ab und verlässt das Haus.

Sie steht in der Tür, die Arme schützend vor der Brust verschränkt. »Aidan!« Keine Antwort. »AIDAN!« Er ist verschwunden. Sie lässt das Brot fallen, hockt sich auf die Stufe und vergräbt das Gesicht in den Händen.

11

Sam kommt erst nach Mitternacht nach Hause, trotzdem ist sie noch wach. Leise legt er seine Uhr und die Schlüssel auf den Nachttisch. Seine Kleidung raschelt, als er sich in der Dunkelheit auszieht; das Bett knarrt, als er sich auf die Kante setzt, um Schuhe und Socken auszuziehen.

»Aidan arbeitet an dem Fall, an dem du gearbeitet hast, als wir uns kennengelernt haben.« Ihre Stimme scheint in der Dunkelheit zu schweben. »Er denkt, ich hätte irgendwas getan. Er sagt, du hättest auch was getan.«

»Nein«, sagte Sam. »Er kriegt da was durcheinander.«

»Ich weiß nicht, Sam. Er klang ziemlich ernst. Er hat mir Angst gemacht.«

»Ist er hinten?« Sam greift nach seiner Kleidung.

»Nein, er ist nicht nach Hause gekommen.«

Er lässt das Hemd wieder fallen und nimmt ihre Hand. »Ich kümmere mich morgen darum. Und wenn er dir Angst macht, muss er ausziehen.« Er schlüpft unter die Decke, sie schmiegt sich an ihn – warm, stark, ein Hauch von Sportdeo und getrocknetem Schweiß. Sie braucht ihn mehr denn je.

»Mach dir keine Sorgen.« Er streicht ihr übers Haar. »Hat Serra irgendwas davon gesagt, was seiner Meinung nach an jenem Morgen passiert ist?«

»Morgen?«

»In der Nacht.«

»Nicht wirklich.«

»Hast du dich an irgendwas erinnert?«

Sie zupft an einer Ecke des Kopfkissens herum. »Nein.«

»Brig. Ich muss dir was sagen, über meinen Vater.«

»Doug?«

»Nein, meinen echten Vater.«

Als gute Partnerin sollte sie ihm zuhören, aber sie ist erschöpft.

»Hat das Zeit bis morgen?«

Sie liegen eine Weile schweigend wach.

»Sam, ich will noch ein Baby«, flüstert sie. Die Zwillinge haben sie näher zusammengebracht. Ein neues Leben macht alles besser.

Im Nebenzimmer surrt die Klimaanlage, ein Hund bellt, das Straßenlicht kriecht unter der Jalousie hindurch.

»Lass uns darüber auch morgen reden.«

***

Sie hat noch die Augen zu, da steigt ihr der Geruch von Regen in die Nase. Donner grollt, Blitze zucken durch das Zimmer. Sie streckt die Hand nach Sam aus. Er ist weg. Es ist dunkel, doch der Radiowecker zeigt 10:05 Uhr an. Verdammt – wie konnte sie so verschlafen? Sie tastet unter dem Bett nach den Hausschuhen, zieht eins von Sams T-Shirts über und schlurft augenreibend durch den Flur. Die Zwillinge sind noch im Schlafanzug, sehen fern und schlecken Eislollys. Fast hätte sie losgeschimpft, stattdessen geht sie auf die Knie und nimmt die beiden in den Arm.

»Wir ham Hunger. Daddy ist zu Arbeit und du bist geschlafen«, sagt Phoebe.

»Schon gut.« Sie umarmt sie noch fester. Wieder Donner, diesmal in der Nähe.

»Schießt da jemand?«, fragt Finn.

»Nein, Dummerchen, das ist nur ein Gewitter. Kommt mit, ich mache euch Frühstück.«

Auf ihrem Handy sind drei SMS von Sam:

Morgen, Marge. Habe mit Serra alles geklärt.

Hab drüber nachgedacht, was du letzte Nacht gesagt hast. Glaube, ich will auch. Wir reden, wenn ich nach Hause komme.

Hab auch noch mal über die Lehrerausbildung nachgedacht.

Sie schreibt zurück: Morgen, Homer. Ich liebe dich. Er antwortet nicht.

Die Zwillinge haben vor dem Kühlschrank einen Stuhl stehen lassen, die Tür der Tiefkühltruhe steht offen, alles

Gefrorene taut auf und schmilzt auf den Boden. Brigitte wischt die Pfütze auf und macht Toast und Kaffee.

Als sie am Kindergarten ankommen, ist der Tag fast schon vorbei. Sie fährt heim und versucht, in den bis zur Abholzeit verbleibenden fünfundvierzig Minuten das Haus zu putzen.

Sie fängt an, die Jalousien abzuwischen, hält inne, geht ins Arbeitszimmer und tut das, was sie bisher vermieden hat – woran sie die ganze Nacht gedacht hat: Sie googelt Eric Tucker. Klick.

Polizei rollt Ermittlung im ungelösten Mordfall an Konzertveranstalter Eric Tucker neu auf (2008)

Polizei in Victoria setzt Ermittlung von 1994 im Fall des ermordeten Konzertveranstalters Eric Tucker fort (2008)

Mordfall Tucker bleibt ungelöst (1997)

Detective Sam Campbell vom Vorwurf der Beweismittelmanipulation freigesprochen (1995)

Polizei verlor Beweise im Mordfall Tucker (1995)

Polizei sucht junge Frau, die beim Verlassen von Tuckers Wohnung gesehen wurde (1994)

Konzertveranstalter tot aufgefunden (1994)

Sie wirft einen Blick über die Schulter, scrollt zum ersten Artikel und liest:

Die Polizei in Victoria nimmt im ungelösten Mordfall Eric Tucker die Ermittlungen neu auf.

Eric Tucker, 45, wurde am 23. Dezember 1994 in seiner Luxuswohnung in Carlton von dem inzwischen verstorbenen Hausmeister Sean McMahon tot aufgefunden. Er war erschlagen worden.

Dr. Simon Marks, Rechtsmediziner am Victorian Institute of

Forensic Medicine, führte in seinem Bericht als Todesursache schwere Kopfverletzungen nach mehrfachen Schlägen mit einem schweren, stumpfen Gegenstand durch eine oder mehrere Personen an.
Der Täter konnte trotz einer umfangreichen Untersuchung nie ermittelt werden.
Detective Sergeant Aidan Serra hat bestätigt, dass die Ermittlungen in diesem Mordfall neu aufgenommen worden sind, und bittet die Öffentlichkeit um die Mithilfe.
Alte, ungelöste Kriminalfälle werfen oft Probleme auf, allerdings gab es in diesem Fall einen Zeugen.
»Es gab konkrete Beweise, die diese Person mit Mr. Tucker in Verbindung bringen«, so Detective Serra. »Leider ist der Großteil der Beweise aus der ursprünglichen Ermittlung nicht mehr erhalten. Dank des technologischen Fortschritts können aber jetzt auch die wenigen noch existenten DNA-Proben vom Tatort analysiert werden.«
Jeder, der Informationen zum Fall Eric Tucker hat, wird gebeten, die Polizei oder Crime Stoppers zu kontaktieren.

Oh, Gott. Ihr dreht sich der Magen um, Gallenflüssigkeit steigt die Kehle hoch, sie schluckt sie herunter. Es klingelt an der Tür. Sie fährt hoch, schreit fast und klappt den Computer zu.

Es ist Aidan – zur Abwechslung an der Vordertür. Widerstrebend schließt sie das Sicherheitsschloss auf. Er steht schweigend da. Das gefällt ihm bestimmt: *Die Katze mit der Maus. Er sollte Arnikacreme auf die Brotwunde schmieren.* Kerry geht mit dem Hund und einem pinken, gepunkteten Regenschirm vorbei und winkt.

Brigitte wartet, bis Kerry außer Hörweite ist, und sagt: »Na los. Willst du mir nicht Handschellen anlegen?« Sie streckt ihre Hände aus, ist wütend. *Warte, bis Sam davon erfährt.*

»Nicht jetzt.«

»Was willst du dann?« Sie sieht auf. Sein Blick ist ernst, mitleidig. Er hat lange Wimpern. Sein Adamsapfel bewegt sich auf und ab, das Schlucken scheint ihm schwerzufallen. Sie wendete den Blick ab – auf dem nassen Pfad liegt eine zertretene Schnecke –, sieht dann wieder ihn an. An der Tür, die sie bei ihrem Einzug kirschrot gestrichen hat, schlägt die Farbe Blasen und pellt sich, aber man merkt es nur, wenn man genau hinsieht. Sie runzelt die Stirn, ihr Bein beginnt zu zittern. *Nein.*

»Nein.« Ihre Stimme ist ein Flüstern, sie schüttelt langsam den Kopf.

»Kann ich reinkommen?«

Der Moment. Erwartet, aber nicht bereit dafür. Sie hat sich immer einen Anruf vorgestellt. *Wie dumm – so eine Nachricht würde man niemals telefonisch überbringen. Und warum Aidan? Müsste er nicht damit beschäftigt sein, ihr Leben zu zerstören?* Er setzt sich mit ihr aufs Sofa, auf ihr und Sams Sofa, und sagt ihr, dass Sam tot ist. Ihr kommt noch ein dummer Gedanke, sie hat ein schlechtes Gewissen: *Wenigstens muss sie jetzt nicht mehr auf den Moment warten.*

Sie will wissen, was passiert ist, in allen Einzelheiten, aber es ist zu früh – obwohl er langsam und deutlich spricht, hört sie nur: schnell, ein Messer, Chapel Street … und das Blut, das in ihren Ohren rauscht. *Ob die Polizeikapelle auf Sams Beerdigung wohl etwas von den Foo Fighters spielen würde?* Wo kommen diese dummen Gedanken her? Vielleicht ist es irgendwie ihre Schuld: weil sie Sam nicht genug geliebt hat, weil sie sich nicht mehr Mühe gegeben hat, weil sie Aidan gevögelt hat. Vielleicht war Sam misstrauisch geworden, war abgelenkt gewesen, unvorsichtiger als sonst und hatte sich nicht gut genug geschützt. Er kann nicht tot sein, wir bekommen doch noch ein Baby. Der Boden schwankt, die Welt verschiebt sich, sie lässt sich von Aidan festhalten. Noch mehr Schuldgefühle blubbern an die Oberfläche. Sie hat einen Flashback zur ersten Umarmung: Zitronenduft, die Wärme, das weiche Flanellhemd an ihrer Wange auf Mannys Party. Heute ist es ein richtiges Hemd, regenfeucht, die Knöpfe kratzen ihr im Gesicht.

»Die Zwillinge sind im Kindergarten?«

Sie nickt in seine Brust hinein.

»Ich rufe Ryan an«, sagt er.

»Warte noch einen Moment, bitte.« Sie greift nach seinem Arm.

»Es tut mir so leid, Brigitte.«

Ryan kommt, eilt zu Brigitte, und Aidan verschwindet mit den Kindern. Ryan legt ihr den Arm um die Schultern, schweigend sitzen sie lange da. Sie hört das Ticken seiner Uhr, den auf der Straße vorbeirumpelnden Verkehr, nebenan einen summenden Staubsauger.

»Willst du eine Tasse Tee?« Ryan durchbricht das Schweigen.

Sie schüttelt den Kopf.

»Wasser?«

Sie nickt, er geht es holen. Sie hört ihn und Aidan in der Küche flüstern, versteht aber nicht, was sie sagen. Ryan kommt mit dem Wasser zurück.

»Du brauchst Ruhe.« Er gibt ihr eine Tablette.

Sie schluckt sie und legt sich aufs Sofa. Er kniet sich neben sie und nimmt ihren Kopf und die Schultern in seine Arme. Sie ist nicht sicher, ob die Tränen auf ihrem Gesicht von ihr oder von ihm stammen, als sie in den Schlaf sinkt.

Im Traum ist sie nackt inmitten einer Menschenmenge in einem Club. Kurt Cobain schiebt sich auf sie zu, er trägt ein braunes Sweatshirt und legt ihr einen schwarzen Kapuzenumhang um die Schultern.

Auf dem Boden liegt eine Spur aus weißen Blumen verstreut, das Innere rot wie frisches Blut. Sie folgt der Spur nach draußen, wo Sam in einem aufblasbaren Planschbecken liegt. Er hält Kitty im Arm. Im Becken ist kein Wasser, sondern Blut. Es läuft über die Seiten und bildet einen Ozean. Ein Welpe mit rotem Halsband rennt am Strand entlang und bellt die Wellen an. Kurt Cobain läuft über den Steg, springt in den Ozean und ruft, sie solle zu ihm schwimmen, aber ihre Angst ist zu stark. Perlfarbenes Mondlicht schimmert auf der Oberfläche. Er taucht unter und nicht wieder auf. Dann wird alles – der Sand, die See, die Sonne – schwarz.

»Du hast gesagt, du würdest mich nicht allein lassen!«, schreit sie gegen den Ozean an.

Keine Antwort. Nur schwarz.

Aus dem Nebenzimmer schwebt der Klang des Radios herein: Paul Kelly singt »How to Make Gravy«. Ist Morgen oder Nachmittag? Brigitte rappelt sich vom Sofa auf und stolpert in die Küche, von Ryans Schlaftablette benommen. Aidan und die Zwillinge merken nicht, dass sie in der Tür steht. Sie sind mit dem Bau eines Lebkuchenhauses beschäftigt – kleben mit dickem weißem Zuckerguss Wände und Dach zusammen und dekorieren das Haus mit einer Unzahl von Süßigkeiten. Finn steht auf einem Hocker, Phoebe sitzt auf der Bank.

»Bitte noch einen Lolly.«

»Psst, wir wollen deine Mum nicht wecken.« Aidan steckt Phoebe eine Jellybean in den Mund.

»Ich auch.« Finn öffnet seinen Mund wie ein kleiner Vogel.

Gott, der ganze Zucker wird sie die ganze Nacht wach halten. Wo ist Sam? Da kommt die Erinnerung. Ihre Knie werden weich, sie hält sich am Türrahmen fest. Das Neonlicht ist zu grell und flackert. Ihr wird heiß, dann kalt. Vor ihren Augen verschwimmt alles. Ihre Ohren nehmen nichts mehr wahr. Sie fällt, in Ohnmacht. Aidan fängt sie auf.

12

Brigitte starrt die Ampel an der Bridge Road an, wartet darauf, dass sie umspringt, obwohl längst grün ist und die Autos hinter ihr hupen. Sie fährt bei Rot drüber und wirft einen Blick nach hinten auf die leeren Kindersitze. Nach einem panischen Herzschlag weiß sie wieder, dass die Zwillinge im Kindergarten sind. Seit Sam gestorben ist, hat sie kaum geschlafen – maximal zwei Stunden pro Nacht. Fast eine Woche ist das jetzt her. Die Träume, das Schuldgefühl, der körperliche Schmerz – alles schlimmer geworden.

Der Zigarettenraucher sitzt heute nicht vor dem Heim. Die Tür geht nicht auf. Sie hat den falschen Code eingegeben. Neuer Versuch. Sie kann sich nicht an die Zahlen erinnern. Sie lehnt sich mit einer Hand ans Glas, versucht, tief zu atmen, bekommt nicht genug Luft in die Lungen. Ein Pfleger öffnet von innen die Tür. Brigitte versucht zu lächeln und vergisst, sich ins Besucherbuch einzutragen.

Oben räumen zwei Pfleger ein Zimmer aus. Einer packt persönliche Gegenstände in einen Pappkarton. Der andere entfernt das Namensschild von der Tür: John Lilly. So hieß der Zigarettenraucher.

Opapa sitzt im Sessel am Fenster, starrt die Pelaco-Leuchtreklame an, auf seinem Schoß sitzt Tiger, eine Bing-Crosby-Kassette läuft.

»Oh, Brigi«, sagt er, als er aufschaut und sie in der Tür stehen sieht. Sie tritt schnell ein, lässt ihre Tasche zu Boden fallen und hockt sich in den Plastikstuhl gegenüber von ihm. Opapa schiebt Tiger von seinem Schoß und nimmt ihre Hände. Sie senkt den Kopf – kann sich nicht länger zurückhalten. Tränen fließen über ihr Gesicht, die Arme hinunter und auf Opapas papierene Hände. Sie drückt sie fester, rutscht vom Stuhl und sinkt zu Boden. Legt ihren Kopf in seinen Schoß, ignoriert den Geruch von Hefe und Lake. Er streicht ihr übers Haar, wie er den Kater gestreichelt hat. So sitzen sie lange da, vielleicht eine Stunde lang.

Als sie aufschaut, fangen die blauen und grünen Wirbel im gläsernen Briefbeschwerer das Sonnenlicht ein. Sie starrt hin, bis ihre Augen nicht mehr fokussieren können und die Wirbel verschwimmen – sie winden und schlängeln sich wie eine Schlange. Die Schlangentätowierung aus ihrem Traum. Sie blinzelt und wendet den Blick ab.

Opapa ist eingeschlafen.

Brigitte kann nicht atmen, die abgestandene Luft, der Körper- und der Krankenhausgeruch ersticken sie. Sie muss hier raus, sonst kommt sie um.

Im Aufzug wird es schlimmer. Sie klammert sich an den Handlauf und drückt die Wange an das kalte Metall.

Auf der Straße saugt sie Luft ein und läuft hügelabwärts, ohne zu merken, wohin sie geht. Der Pub, Bridge Road, der Friseur, McDonald's, das Polizeirevier treiben verwischt an ihr vorbei.

Am Spielplatz hält sie an und sieht einem Mann zu, der zwei kichernde Kinder um die gelb-schwarzen Spielgeräte jagt. Es ist nicht fair, dass Finn und Phoebe ohne Vater aufwachsen müssen. Sie wühlt mit der Stiefelspitze im braunen Mulch. Ein alter Asiate in blauem Trainingsanzug macht am Klettergerüst Klimmzüge, Hunde rennen ohne Leine auf dem Oval herum, das von schwarzem Maschendraht eingezäunt ist. Brigitte schaut zur St. Ignatius-Kirche hinüber: Das Gebäude selbst ist nicht zu sehen, aber der Kirchturm lugt über das Dach des Polizeireviers hinweg. *Nicht fair, Sam. Scheißunfair.*

Sie zieht die Jacke aus, bindet sie sich um die Hüfte und marschiert um das Oval herum. Eine Fabrik stößt Rauch aus, der nach verbranntem Keks riecht und sich in ihrer Kehle verfängt, als sie zu schnell durch die Nase ein- und den Mund ausatmet. Auf halbem Weg verschwimmen die vier Torpfosten zu acht, dann wieder zu vier. Sie hält an und lehnt sich gegen den Zaun, bis das Schwindelgefühl nachlässt. Als sie sich aufrichtet, knirscht etwas in ihrer Wirbelsäule, verrutscht und findet nicht wieder zurück. Sie sieht Punkte, kneift die Augen zusammen und umklammert den Zaun. Eine alte Erinnerung treibt an die Oberfläche und verdrängt den Schmerz: der sichere Ort ihrer Kindheit, das Schlafabteil in Dans LKW. Sie erinnert sich an die Wärme, das Brummen des Motors, den Geruch von Autopolitur und an den Klang von Johnny Cash aus dem achtspurigen Kassettenspieler, der von verlorener Liebe und Einsamkeit sang.

Als sie auf der Schule waren, waren Brigitte und Ryan nicht mehr oft mit Dan auf Fahrt gewesen, außer manchmal in den Ferien. Die Kegel der Schweinwerfer, die über die Gardine huschten, und das Zischen der Bremsen rüttelten die schlafende Vorstadt auf und signalisierten Dans Heimkehr nach einer Woche oder länger auf der Straße. Am nächsten Morgen war er immer auf, mit dunklen Ringen – eher Reifen – unter den Augen, und machte ihnen pfeifend

Pfannkuchen. Einmal mischte er ein wenig rote Farbe unter den Teig. Die rosa Pfannkuchen waren zu einer märchenhaften Kindheitserinnerung geworden: besonders und exotisch.

Joan hat Dan nicht geliebt. Brigitte nimmt ihr das nicht übel, es gibt immer Gründe und Umstände. Wer weiß, was Joans Gründe und Umstände gewesen waren, oder was sie dafür hielt. Depression oder Melodrama? Joan vergoss immerzu Tränen, nur als Dan starb, weinte sie nicht.

Brigitte hat keine Tränen übrig. Sie öffnet die Augen. Ein leises, kehliges Stöhnen kommt aus ihrem Mund. Vielleicht hat die Zahl der Tränen nichts mit der Menge an Liebe zu tun. Aber sie hat Sam geliebt. Nicht gleich am Anfang. Und am Ende vielleicht nicht genug. Aber irgendwo dazwischen hat sie ihn geliebt – vor allem nach der Geburt der Zwillinge. So muss es gewesen sein, im Moment kann sie sich an das Gefühl nicht erinnern. Er hatte den Jähzorn seines Vaters geerbt, aber ihr nie wehgetan. Nicht wirklich. Und er war nie grob zu den Kindern, hat sie nie geschlagen. Schade, dass die Arbeit wichtiger gewesen war als die Familie.

Dans Freunde waren immer da, wenn Dan weg war. »Onkel Len«, der Mechaniker, kümmerte sich um das Auto. »Onkel Keith«, der Fahrer im Ort, strich das Haus und verrichtete Gelegenheitsarbeiten. Irgendein Onkel war immer schnell zur Stelle, wenn Joan nachts mit den Kindern allein war und Angst bekam.

Brigitte beugt sich über den Zaun, um sich zu übergeben, doch ihr Magen ist leer – sie hat vergessen, etwas hineinzutun. Sie würgt und spuckt auf den Rasen.

Joan hatte für Dans Beerdigung eine Trauerrede geschrieben. Sie hatte sie wieder und wieder vor dem Spiegel geprobt, wie eine Dankesrede auf einer Preisverleihung. Aber am Tag der Beerdigung betrank sie sich dermaßen, dass sie sie nicht halten konnte. Onkel Keith musste sie beim Verlassen der Kapelle stützen. Als sie stolperte und sich den Knöchel verdrehte, brach der schwarze Absatz ihres Stöckelschuhs ab.

Taumelnd setzt Brigitte ihren Weg um das Oval herum fort. Tauben wippen mit den schillernden Köpfen und picken im Gras. Ein Feuerwehrwagen rast kreischend vorbei. Als sie sich auf eine Parkbank sinken lässt, ist sie auf den brennenden Nervenschmerz vorbereitet.

Sie bemüht sich, tief zu atmen, um die Schmerzbereiche mit reinem, weißem, heilendem Licht zu fluten, als sich zwei vollgedröhnte Teenager neben sie setzen. Sie kratzen an Schorfstellen an ihren Armen und reden über einen Arzt in der Lennox Street.

***

Brigitte hockt, an ihrem kleinen Fingernagel kauend, auf einem roten Sofa unter einem Poster über die »Folgen des Rauchens«. Über einer Plastikpalme hängt eine Tabelle mit Melanomen; sie hat auf dem Rücken einen Leberfleck, der einem davon sehr ähnelt. Sie spannt und lockert immer wieder die Muskeln in ihren Beinen und beißt am Fingernagel herum, bis sie Blut schmeckt. Sie wartet seit fünfzehn Minuten. Eigentlich sollte sie nicht die Zeit des Arztes verschwenden. Sie ist nicht krank. Wenn er sie in einer Minute nicht hereingerufen hat, geht sie wieder. Sechzig Sekunden, neunundfünfzig, achtundfünfzig …

Sie schreckt auf, als sie ihren Namen hört, und folgt dem Arzt ins Untersuchungszimmer. An der Wand hängt ein Bild von einem Wasserfall: *so entspannend*.

»Ich bin Dr. Rhys Michaels.« Er schüttelt ihre kalte, verschwitzte Hand. Quacksalber Rhys hatten die Teenager im Park ihn genannt. *Gibt einem alles. Stellt keine Fragen.* »Ich glaube, wir kennen uns noch nicht.«

»Nein, ich gehe sonst zu Dr. Walpole in Clifton Hill. Aber ich konnte heute keinen Termin bekommen.« Eine Lüge.

»Wie kann ich Ihnen helfen, Brigitte?« Er setzt sich und deutet auf den Patientenstuhl neben seinem Schreibtisch,

»Ich stehe lieber.«

»Rückenschmerzen?«

»Ein wenig. Und Schlafprobleme. Mein Mann ...« Der Knoten in der Kehle lässt plötzlich keinen Platz mehr für ihre Stimme. Sie räuspert sich. *Los, sag es.* »Ist gestorben.«

»Das tut mir sehr leid.« Sein Tonfall ist ausgeglichen, tröstlich, geübt. Er streckt die Hand aus und tätschelt ihren Arm. Sein Haut fühlt sich weich, kühl an – manikürt und gepeelt.

Sie betrachtet die Regale voller verblichener medizinischer Bücher, Einweghandschuhe und Probendosen.

»Haben Sie Kinder?«

»Zwillinge – ein Junge, ein Mädchen.« Auf dem untersten Regal stehen Medikamentenproben neben Schneekugeln, Rezeptblöcken, Getränkeflaschen mit Pharmalogos und einem Nike-Schuhkarton.

Sie sieht auf, als er das auf seinem Tisch liegende Blutdruckmessgerät berührt, und versucht, den Rücken durchzudrücken, als wäre sie jemand, mit dem alles in Ordnung ist, jemand, dessen Blutdruck nicht gemessen werden muss.

»Wie alt?«, fragt er.

»Vier.«

»Schönes Alter. Haben Sie Unterstützung?« Aufrichtige Anteilnahme, Blickkontakt, zusammengezogene Augenbrauen – alles geübt.

Sie nickt und hat Mühe, Luft zu bekommen.

Quacksalber Rhys schreibt und druckt ein Rezept für Stilnox aus. Dr. Walpole würde ihr niemals ein Schlafmittel verschreiben. Er würde Kamillentee und Entspannungsübungen und solche Dinge empfehlen. *Atmen Sie reines, weißes Licht in die Schmerzbereiche, Brigitte.* Bei ihrem letzten Besuch hat er angedeutet, dass ihr Gedächtnisverlust eher auf Repression als auf ein Schädeltrauma zurückzuführen sein könnte, und Hypnosetherapie empfohlen. Was für ein Scheiß.

»Ich weiß, dass es schwer ist«, sagt Quacksalber Rhys, »aber Sie müssen versuchen, sich zu entspannen. Gehen Sie gut mit sich um und tun Sie was für sich, ohne die Kinder.«

»Ich habe das Gefühl, nicht atmen zu können.«

»Das ist nur Angst. Ich gebe Ihnen auch ein Rezept für Valium – das wird Ihnen durch diese schwere Zeit helfen.«

Dr. Walpole würde von damals schwafeln, als sie nicht mehr aufhören konnte, das von ihrem vorherigen Arzt zur Muskelentspannung verordnete Valium zu nehmen ... von ihrer Suchtpersönlichkeit ... und den Halluzinationen.

»Angst ist eine normale Reaktion auf Trauer.«

Ja, das kommt davon, wenn einem der Ehemann von zwei Junkies bei einer häuslichen Auseinandersetzung abgestochen wird. Vor allem, wenn man schuld war, weil er herausgefunden hatte, dass man seinen Kollegen gevögelt hat, und abgelenkt war. *Onkel Aidan.* Sam muss es gewusst haben. Und jetzt kann er einen nicht mehr beschützen, und sein Kollege bringt einen ins Gefängnis. Wer würde da keine Angst haben?

Er schreibt etwas in ihre Akte. »Kann ich Ihnen sonst noch mit irgendetwas helfen?«

Sie sieht das Schmerzmittel-Logo Di-Gesic auf seinem Kugelschreiber und denkt an die fast glücklichen, verschleierten Tage voller Wein und Schmerztabletten nach ihrer zweiten nutzlosen Rückenoperation zurück. Wäre es zu viel verlangt, auch etwas gegen die Schmerzen zu bekommen? Sie entscheidet sich dagegen und schüttelt den Kopf, sie erinnert sich genau, wie schlimm der Medikamentenentzug war. Und die Halluzinationen.

»Dann alles Gute.« Er steht auf.

Sie überlegt es sich anders. »Na ja, ich warte gerade auf eine Rücken-OP.« Die Lüge fällt nicht schwer. »Die Schmerzen sind in letzter Zeit wirklich schlimm gewesen. Nurofen hilft nicht wirklich. Könnte ich vielleicht etwas Stärkeres bekommen?«

Er runzelt die Stirn, tippt und liest etwas auf dem Bildschirm nach. Oh-oh, hat er Zugang zu ihrer Akte?

»Sie haben nie mit Alkoholismus oder Medikamentenmissbrauch zu tun gehabt?«

Sie schüttelt den Kopf.

»Keine psychischen Krankheiten in der Familie?«

»Nein.«

Er schreibt noch ein Rezept aus, diesmal für Di-Gesic, und sagt ihr, sie solle alle vier Stunden zwei Tabletten nehmen und der Packungsbeilage genau folgen. Und er betont, dass sie das Mittel auf keinen Fall zusammen mit Alkohol nehmen dürfe.

»Natürlich nicht.« Sie setzt eine ernste Miene auf, zieht die Augenbrauen zusammen, imitiert seine Körpersprache – geübt.

»Möchten Sie einen Termin, um mit jemandem zu reden? Einem Therapeuten?« Noch mehr aufrichtiger Blickkontakt.

Sie lächelt höflich, schüttelt aber den Kopf.

»Gut, aber bitte kommen Sie jederzeit wieder. Und viel Glück mit der Rücken-OP.«

Sie dankt ihm und nimmt die Rezepte entgegen. Sie nur

in den Händen zu halten, gibt ihr Sicherheit, als sie nach Hause fährt, um eine Trauerrede zu schreiben.

13

Natürlich ist Sams Beerdigung eine große Angelegenheit. Ein Meer aus dunkelblauen Uniformen, ernste Blicke, respektvolles Nicken, verschwitzte Achseln, zu viel Billigdeodorant, Fernsehkameras. Vom Gehweg steigt Hitze auf. Eigentlich ein schöner Tag für den Strand oder den Zoo. Die wenigen Beerdigungen, denen Brigitte bisher beigewohnt hat, fanden alle an kalten, grauen Tagen statt – dem Anlass entsprechend. Sam war Atheist, doch Maggie und Doug Campbell haben auf einer religiösen Trauerfeier bestanden. Außerdem haben sie der Polizeikapelle untersagt, etwas von den Foo Fighters zu spielen, dem Organisten in der Kirche aber widerwillig »Into my Arms« gestattet.

Brigitte sieht hoch zu der gewölbten Holzdecke und wünscht sich, sie würde in der Hitze zusammenklappen und im Krankenwagen weggebracht werden, dann hätte sie es hinter sich. Vielleicht hätte sie die Medikamente von Dr. Rhys nehmen sollen. Oder zumindest etwas trinken sollen. Nein, sie ist nicht wie ihre Mutter. Als die Reihe an ihr ist, stellt sie sich nüchtern an den Altar und ehrt »Detective Senior Sergeant Sam Campbell, meinen gutherzigen, großzügigen Ehemann, der Finn und Phoebe der beste Vater der Welt war«.

Ein paar Huster, Schniefer und das Scharren von Schuhen aus der Trauergemeinde.

»Er liebte seine Arbeit und gab alles dafür, und ich glaube, deswegen war er in seinem Traumberuf auch so erfolgreich.« Sie betrachtet den mit einer australischen Flagge verhüllten Sarg und Sams Tapferkeitsmedaillen – jetzt nutzlos –, die auf einem kleinen Tisch liegen, gebadet in goldenem, durch die Fenster fallendem Licht.

»Er war mutig«, sagte sie, »und wurde von allen respektiert, ein guter Mensch, der, wie unser Sohn Finn sagen würde, sein Leben dafür gab, andere gute Menschen zu beschützen.« Sie sieht Finn an, der in der ersten Reihe auf Ryans Schoß sitzt, zwingt sich zu einem Lächeln, atmet tief durch und räuspert sich. »Er ist gestorben, weil er die Öffentlichkeit beschützt hat, und das zeigt, welchen Gefahren sich unsere tapferen Polizisten jeden Tag stellen müssen. Sams Tod erinnert uns daran, wie wertvoll und zerbrechlich das Leben ist.« Ihr Blick fällt auf Aidan, sie wendet ihn schnell ab. »Sam, wir lieben dich, du wirst immer in unseren Herzen sein.«

Nach dem Gottesdienst spielt die Polizeikapelle, und Polizisten stehen an der Straße Spalier. Ein Polizeihubschrauber dreht eine Ehrenrunde über den Köpfen der Trauergäste, die zu ihren Autos gehen.

Tränen haben Spuren auf Phoebes Wange hinterlassen, auf Finns Gesicht klebt getrockneter Rotz. Aidan findet in Brigittes Wagen Wasserflaschen und Papiertücher, wischt Phoebe die Tränen ab und säubert Finns Gesicht. Joan, in einem hellroten Anzug – anscheinend die in Südafrika übliche Trauerfarbe – raucht auf dem Gehweg eine Zigarette.

»Kannst du jetzt unser Daddy sein?«, fragt Finn Aidan.

Joan verschluckt sich an ihrem Rauch, und Brigitte umklammert den Autositz. Aidan erklärt den Zwillingen, dass ihr Daddy immer ihr Daddy bleiben werde.

Eine Polizeieskorte geleitet die Trauerwagen durch die hitzeflirrende Luft zum Friedhof.

Am Grab wirft Aidan Brigitte über den Sarg hinweg tiefe,

besorgte Blicke zu. Sie ignoriert ihn. Ein Pfleger schiebt Opapa im Rollstuhl neben sie. Joan tätschelt ihr den Arm und fragt, ob alles okay sei. Phoebe fragt immer wieder, wie Daddy aus der Sargschachtel rauskommen soll. Ryan drängt Joan ab, und Brigitte drückt – zu stark – seine Hand. Sie tut ihm bestimmt weh, ihre Fingernägel krallen sich in sein Fleisch, doch er zuckt nicht.

Nach dem letzten Gruß verstreuen Brigitte und die Zwillinge die ersten Rosenblüten über dem Sarg. Wie hätte ihr nächstes Kind ausgesehen? Wäre es ein Junge oder ein Mädchen geworden? Doch nicht noch einmal Zwillinge? Ryan legt ihr einen Arm um die Taille und führt sie weg. »Du warst in der Kirche sehr tapfer«, flüstert er.

Der private Leichenschmaus findet bei Maggie und Doug statt. Brigitte sitzt in einer Ecke und hofft, ihr braunes Kostüm würde ihr helfen, im braunen Ledersessel vor der braunen Ziegelwand zu verschwinden. Es funktioniert nicht. Sie nickt höflich zu Beileidsbekundungen und Hilfsangeboten, nimmt aber nichts richtig wahr. Es ist, als würde sie sich selbst aus der Ferne beobachten. Ihr Kopf ist schwer, müde, sie könnte hier im Sessel einschlafen. Aidan bringt ihr einen Teller mit Sandwiches und ein Glas Whisky. Sie nimmt den Whisky.

Joan hat das Jackett abgelegt und eine durchsichtige Bluse enthüllt. Sie schwenkt eine bernsteinfarbene Flüssigkeit im Glas. Wahrscheinlich Brandy, ohne Lime und Soda – Mixgetränke hat sie vor langer Zeit schon aufgegeben. Sie hockt mit übereinandergeschlagenen Beinen auf einem Hocker an Dougs mit Leder und Holz verkleideter Bar, lässt ein schmales Fußgelenk kreisen und die Ferse immer wieder aus einem roten Absatzschuh rutschen – sie flirtet mit Doug.

Brigitte ist übel. Sie stellt den Drink ab und hastet auf die Toilette.

Im kühlen, ruhigen Badezimmer ihrer Schwiegereltern mit den Goldhähnen, dem flauschigen Toilettenbezug und dem Lavendellufterfrischer atmet sie in kurzen, flachen Zügen. Sie legt sich auf den Boden, der Kopf ruht auf der Badematte – die nach Puder und Schimmel riecht. Sie zieht die Knie an, um die Schmerzen im unteren Rücken zu lindern, und starrt an die Decke. In der Ecke hat eine kleine graue Spinne eine giftbetäubte Fliege in ihrem Netz gefangen. Das Sonnenlicht glitzert auf den silbernen Fäden, mit denen die Spinne ihre Beute einwickelt. Fühlt sich die Fliege wohl? Ein warmes, betäubtes, einlullendes Gefühl, dem Ende nah? Brigitte bewundert die Komplexität und zynische Schönheit und schließt die Augen.

Joan stürmt herein. »Was machst du da? Steh auf, dummes Ding.«

»Mir ist übel.«

Joan zieht sie am Arm nach oben. »Das ist nur der Stress.« Sie dreht einen Goldhahn auf. »Spritz dir kaltes Wasser ins Gesicht.«

Brigitte betrachtet ihr weißes Gesicht im Spiegel: dunkle Ringe unter den Augen, das Make-up verschmiert, das Haar ist in der Feuchtigkeit kraus geworden und windet sich aus dem Knoten heraus.

Joan kramt in ihrer Louis-Vuitton-Imitat-Handtasche und gibt ihr eine Tablette.

»Was ist das?«

»Xanax. Jetzt reiß dich zusammen und geh da wieder raus.«

Als Maggie Brigitte anvertrauen will, was für ein brutales Arschloch Sams leiblicher Vater gewesen ist, wird es Zeit zu gehen.

Brigitte findet Aidan im Gespräch mit Sams Schwester und bittet ihn, sie und die Zwillinge nach Hause zu fahren. Sie verabschiedet sich von niemandem, nicht einmal von Ryan.

Am Abend kommt Kerry mit einer Flasche Johnny Walker herüber.

Einige Sorgen schwimmen noch und einige sind in der halben Flasche ertrunken, als Aidan ins Wohnzimmer kommt und fragt, ob es Brigitte gut gehe.

»Was denkst du, Kumpel?«, sagt Kerry lallend.

»Dich hab ich nicht gefragt.«

Brigitte sieht den ausschreitenden Mann mit Zylinder und Frack auf dem Johnny-Walker-Etikett an, als wäre er ein alter Freund.

»Wo sind die Zwillinge?«

Sie zuckt mit den Schultern. Weil sie nicht in der Lage ist, die beiden ins Bett zu bringen, übernimmt Aidan. Als er zurückkommt, ist sie am Einnicken, das Glas in beiden Händen haltend, als würde es sie wärmen. Sie zittert.

»Das ist genug für heute Abend.« Er nimmt ihr die Flasche weg.

»He!« Sie reißt die Augen auf. »Ich habe heute meinen Mann beerdigt. Du hast mir gar nichts zu sagen.« Ihre Stimme klingt zu sehr nach Joan.

Sie steht auf, schwankt, hebt ihren Kopf, denkt darüber nach, ihn zu küssen, ist deswegen wütend auf sich, wütend auf ihn, weil er überhaupt da ist, wütend auf Sam, weil er sie und die Zwillinge allein gelassen hat. Sie ballt die Hände zu Fäusten und trommelt gegen seine Brust. Kerry schleicht sich davon. Er lässt sie eine Weile lang ihren Ärger an ihm austoben, dann nimmt er ihre Hände, drückt sie nach unten, und sie sinkt an seine Brust – wieder einmal.

»Alles gut, Brigitte. Du wirst das schaffen.«

»Nein, werde ich nicht.«

»Du bist stärker, als du denkst.«

»Wegen Eric Tucker?« Sie löst sich von ihm, klingt auf einmal nüchtern.

»Lass uns später darüber reden.«

»Du denkst, ich hätte irgendwas mit dem Mord an ihm zu tun, stimmt's?«

»Ich hätte mit dir nicht über die Ermittlung sprechen dürfen.«

»Muss ich ins Gefängnis?«

»Hör auf.«

»Ich kann nicht ins Gefängnis. Ich habe zwei Kinder.«

»Dann sei um ihretwillen stark.«

Sie tritt einen Schritt zurück, stützt sich am Tisch ab und geht zum Kinderzimmer der Zwillinge.

14

»Super Schuss, Finny!« Aidan kickt den Fußball zurück zu Finn.

Brigitte geht nach draußen und sieht ihnen einen Moment lang zu, die Hände in die Hüften gestützt, mit dem Fuß tappend. »Zeit für den Kindergarten, Finn.«

Er mosert, will weiterspielen.

»Ich muss zur Arbeit, Kumpel«, sagt Aidan. »Aber wir können heute Nachmittag wieder spielen.«

»Finn, komm rein und hol deine Tasche.« Sie wendet sich an Aidan. »Was denkst du dir dabei?«

»Hä?«

»Du bist nicht ihr Vater.«

»Und damit willst du sagen …?«

Sie weiß es nicht. Sie verschränkt die Arme vor der Brust. »Wann willst du mit mir über Eric Tucker sprechen?«

Aidan wirft einen Blick zu Finn hinüber, der ins Haus trödelt. »Nicht jetzt.« Er hebt den Fußball auf und lässt ihn prellen. »Aber ich habe gute Nachrichten für dich.«

Sie verzieht den Mund und hebt eine Augenbraue.

»Meine Frau hat sich gemeldet – sieht aus, als würde sie mich doch noch mal zurücknehmen.« Er dreht den Ball in den Händen. »Ich werde wahrscheinlich nicht mehr lange hier sein.«

Sie sollte froh, erleichtert sein.

»Hör zu, ich weiß, dass du mich nicht magst, Brigitte, aber warum lässt du mich nicht ein bisschen helfen? Mit den Zwillingen. Solange ich noch hier bin. Während du so viel zu regeln hast.«

Sie will ihm eigentlich sagen, dass er sich verpissen solle, aber eine dicke, schwere Müdigkeit hüllt sie ein, und Hilfe wäre nicht schlecht – sogar seine. Sie betrachtet einen Riss im Beton und sagt leise: »Okay.«

Er lässt den Ball noch einmal prellen und wirft ihn ihr zu. Sie greift daneben.

»Bis heute Abend dann«, sagt er.

Wie wäre es mit einem Abschiedskuss? Hab einen schönen Tag, Liebling? Glückliche Familien. Als er geht, lehnt sie sich an den Gartenzaun und suhlt sich ein, zwei Minuten lang in Selbstmitleid – stellt sich die dunklen Tage vor, die vor ihr liegen, eine Nulllinie aus Einsamkeit und Schmerz. Nie wieder am Abend das Verandalicht anlassen, kein Partner, der einen unterstützt und die Monotonie vertreibt. Ihre Arme und Beine fühlen sich zementschwer an. Was, wenn es immer so sein wird? Was, wenn es nie besser wird?

»Los, zum Kindergarten, Mummy!«, ruft Finn.

Aidan hat recht: Sie muss stark sein, um der Zwillinge willen weitermachen. Sam hat sowieso nie geholfen. Die Zeit des Suhlens ist vorbei. Sie seufzt und stößt sich mit größter Mühe vom Zaun ab.

***

Sie atmet flach und panisch, auf ihrer Stirn stehen Schweißperlen, sie läuft im Wohnzimmer hin und her. Sie hält die Di-Gesic-Packung umklammert und dreht sie immer wieder in den Händen. Ihre Rückenschmerzen sind schlimmer geworden: Sitzen ist schwierig, nur stehen oder liegen geht noch. Wenn sie sich an die empfohlene Dosis hält, sollte es kein Problem geben. Auf jeden Fall besser als der Schmerz, besser als eine Rückkehr ins Krankenhaus. Bei dem Gedanken rauscht Angst über sie hinweg, und sie wischt die blöden Tränen weg, die ihr in die Augen schießen. Alles ist besser als das Krankenhaus. Schließlich öffnet sie die Packung – bricht die Versiegelung auf –, drückt zwei Tabletten aus dem Blisterstreifen und spült sie mit einem Glas Wasser herunter.

Sie sitzt mit dem Laptop auf dem Sofa, will an einem Artikel arbeiten und googelt stattdessen Kurt Cobain. Er hatte blaue Augen und beging 1994 Selbstmord – das Jahr, in dem Eric Tucker ermordet wurde, das Jahr des Unfalls.

Sie hat noch eine Erinnerung vom Anfang jenes Jahres: Umzugshelfer tragen die letzten von Joans Möbeln aus dem rosa Haus in Brunswick. Sie ließen Rattengift, Mäuseköttel, vergammelte Essensreste und in dem viereckigen Fleck, wo der Kühlschrank gestanden hatte, eine vertrocknete Maus zurück. »Schau nicht so traurig«, sagte Joan. »Das ist ein Neuanfang, kein Ende.« Joans Wagen war bis unter das

Dach vollgepackt, als sie Brigitte zu Jennifers WG-Haus in Fitzroy fuhr. Jennifer hatte die High-School abgebrochen – sie war nicht mal eine richtige Freundin, Joan kannte nur ihren Vater. »Ich muss wieder die Sterne sehen, Brigitte«, sagte Joan, als sie sie absetzte und ihr einen kalten Kuss auf die Wange gab. Jennifers Haus roch nach Wasserpfeife, dreckiger Wäsche und Spaghetti Bolognese. Brigitte hockte auf dem ausgesessenen, speckigen Sofa und suchte in *The Age* nach Jobanzeigen und Mietwohnungen.

Eine Erinnerung vom Ende des Jahres (oder vom Anfang des nächsten?) ploppt nach oben: Im Krankenhaus, Sam hatte einen Kollegen dabei und stellte Fragen, die keinen Sinn ergaben. Die Worte liefen ineinander, erschöpften sie. Ihr Gehirn schien in ihrem Kopf zu wabbeln. Und Opapa war da, schickte die beiden zum Teufel und befahl ihnen, den verdammten Mistkerl in dem blauen Camry zu suchen, der sie über den Haufen gefahren hatte. Sie war eingeschlafen und aufgewacht, und Sam war immer noch da oder wieder da.

Sie folgt einem Link zu einer Verschwörungstheorie-Webseite, die sich damit befasst, dass Kurt Cobain ermordet wurde, und über Courtney Loves Beteiligung spekuliert. Eine von vielen Ungereimtheiten besteht angeblich darin, dass Kurt viel zu viel Heroin gespritzt hatte, um noch den Abzug ziehen zu können. Auf dem Gewehr waren keine Fingerabdrücke von ihm gefunden worden. Und sein Abschiedsbrief war eigentlich ein Brief an Courtney, in dem er ihr mitteilte, dass er sie verlassen würde.

Was tut sie da? Sie hat keine Zeit für tote Rockstars. Sie schließt die Webseite und öffnet ein Word-Dokument, ist aber zu müde zum Arbeiten. Ihr ist schwindelig, sie muss sich ausruhen. Sie stellt den Laptop beiseite und legt sich auf den Boden, die Waden auf dem Sofa, um den Rücken zu entlasten. Sie schließt die Augen – nur eine Minute.

Im Traum richten Opapa und Ryan den hinteren Raum in Nanas und Opapas altem Haus her. Er ist groß wie eine Wohnung. Ein sicherer Ort – niemand wird sie hier je finden. An der Wand hängt ein Bild: Zwei traurige, gespensterhafte Gestalten umarmen sich auf einer fingergemalten Leinwand. Die männliche Gestalt hält einen Strauß weißer Blumen, die in der Mitte blutrot sind.

Nana tritt vor das Gemälde. »Sie ist unter dem Teppich«, sagt sie.

Brigitte kniet sich hin und zieht den Teppich hoch, reißt die Dielen auf, gräbt unter dem Zimmer. Ihre Finger bluten, die Nägel sind schwarz vor Dreck. Sie ist in die kleine gelbe Babydecke eingewickelt: die kleine blaue Schachtel mit dem weißen Band. Ein Schatten fällt darauf.

»Nicht öffnen«, sagt eine raue Stimme.

Zu spät. Sie ist offen. Ein leuchtend blauer Schmetterling flattert heraus. Darunter liegen ein Brief von Kurt Cobain, das rote Hundehalsband und der Schlüssel mit dem »J«-Anhänger.

Eine Sirene klingelt.

Das Telefon klingelt. *Sam? Was ist passiert?* Sie steht vom Boden auf, rennt zum Telefon im Flur, stolpert, fällt – ihre Beine sind eingeschlafen und kribbeln.

Sie fummelt mit dem Hörer herum, lässt ihn fallen und hebt ihn auf. »Hallo.« Ihre Stimme ist heiser. Mit der freien Hand rubbelt sie sich die Waden.

»Brigitte?«

»Ja.«

»Hier ist Yasmine aus dem Kindergarten.«

»Was ist passiert? Geht es Finn und Phoebe gut?«

»Ja. Wir haben versucht, Sie anzurufen – es ist zwanzig nach vier. Sie warten auf Sie.«

Scheiße. Zwanzig Minuten über die Zeit. Sie reibt sich die Augen. »Tut mir leid. Ich wurde aufgehalten, ich bin in fünf Minuten da.«

Die Autoschlüssel? Die Autoschlüssel! Sie dreht ihre Handtasche auf den Kopf: Quittungen, Wasserflaschen, Stifte, Tic Tacs, Spielzeugautos, Tabletten und jede Menge anderer Mist fallen heraus. Und die Schlüssel. Sie greift danach (und nach den Tabletten) und lässt den Rest als Haufen auf dem falschen Perserteppich liegen.

Der Kindergarten ist leer. Brigitte hastet durch die Tür. Es riecht nach Kiefer, im Foyer steht ein geschmückter Weihnachtsbaum. »Morningtown Ride« rockt und rollt und rüttelt aus dem CD-Spieler. Sie zittert – Gott, wie sie dieses Lied hasst. Sie stürmt in den Raum der Dreijährigen. Phoebe weint, Finn schiebt auf dem Teppich ein Auto vor und zurück. Sie geht in die Hocke und breitet die Arme aus. »Es tut mir leid«, sagt sie zu Yasmine. »Ich hatte zu arbeiten, und es hat ein bisschen länger gedauert als gedacht.«

Yasmine ist wie immer fröhlich und höflich. »Schon gut. Wir wussten, dass es was Wichtiges sein musste.« Sie hat ihren Nasenring herausgenommen, das Loch ist entzündet.

Brigitte schnallt Finn und Phoebe in ihre Kindersitze und findet im Handschuhfach ein paar Lollies für sie. »Tut mir leid, Leute.« Sie schließt den Gurt und sieht die beiden im Rückspiegel an. Sie lutschen zufrieden, sie haben ihre Nase, ihren Mund, Sams Augen.

»Wann kommt Daddy wieder?«, fragt Phoebe.

15

Es ist sieben Uhr abends. Schlafenszeit. Auf ein Neues. Brigitte fehlt die Energie für das abendliche Ritual und Drama. Sie ist widerwillig dankbar, dass Aidan ihr hilft.

Aus dem Badezimmer ruft sie die Zwillinge, sie sollen kommen und sich bettfertig machen. Finn kommt sofort und stellt sich auf den Hocker vor dem Waschbecken. Sie hilft ihm, Zahnpasta auf seine Bob-der-Baumeister-Zahnbürste zu drücken. Und ruft noch einmal nach Phoebe.

Finn putzt und spült und spuckt ganz alleine aus.

»Gut gemacht, Finn.« Sie hilft ihm, Hände und Gesicht zu waschen. Dann knöpft sie den obersten Knopf seines Spiderman-Schlafanzugs zu, und er läuft los. Sie hört Phoebe im Wohnzimmer mit Aidan streiten.

Bitte mach einfach und geh ins Bett. Brigitte sieht in den Spiegel. Sie hat abgenommen. Während sie wartet, könnte sie eigentlich ihre Augenbrauen zupfen, hat aber keine Lust.

»Nicht müde, Aidan!«

»Wenn du nicht müde wärst, würdest du nicht mit dieser Stimme reden.«

»Nicht ins Bett.«

Bitte, nur einmal kein Theater. Brigitte knirscht mit den Zähnen und lehnt sich gegen die Wand.

»Dann gibt es weder eine Geschichte noch einen Kuss.«

»Egal!« Bäng. Irgendetwas knallt gegen die Wand.

»Phoebe!«

Trotzige kleine Schritte trappeln durch die Küche.

»Was ist da los, Phoebe?«, fragt Brigitte.

»Aidan böse.«

»Wirklich? Was hast du gemacht?«

»Nichts.«

»So hat es sich aber nicht angehört.«

Phoebe schiebt die Unterlippe vor. »Nicht müde.«

»Okay. Aber wir machen dich trotzdem schon mal sauber.«

Phoebe wehrt und windet sich, während Brigitte ihr die Zähne putzt und einen Waschlappen übers Gesicht reibt.

Brigitte zieht sie am Arm zum Bett – an einem Loch in der Gipswand vorbei, das die Form ihres Plastikspielzeugtigers hat.

Aidan sitzt an Finns Bett und liest ihm eine Geschichte vor. Er hält kurz inne, sieht Brigitte über das Buch hinweg an und liest dann weiter. Er trägt das Hemd mit dem fehlenden Knopf. Sie spürt ein Flattern in der Brust: eine Nebenwirkung von Dr. Rhys' Medikamenten?

Phoebe sucht sich *Grünes Ei mit Speck* von Dr. Seuss aus. Schon wieder. Brigitte deckt sie zu und legt sich neben sie. »Hier kommt Sam! Hier kommt Sam! Ich hasse dieses Hier-kommt-Sam.«

»Sam ist Daddy.«

»Ja.« Brigitte blättert um.

»Daddy schläft jetzt mit Kitty unter der Erde.«

Brigitte legt *Grünes Ei mit Speck* weg und nimmt Phoebe in den Arm. Sie riecht nach Sandelholz und Rose. Brigitte lehnt ihren Kopf an ihren kleinen Hals, gibt ihr einen Kuss und streichelt ihr feenhaftes Haar, bis sie einschläft. Auch Finn und Aidan sind eingeschlafen. Sie küsst Finn auf den Mund und knipst das Licht aus.

Aidan kommt ein paar Stunden später aus dem Kinderzimmer gestolpert, als sie das Schreiben ihres Artikels vor sich herschiebt, indem sie fernsieht. Der Knopf liegt in der Nähschachtel im Wäschezimmer, sie sollte ihn für ihn annähen.

»Gute Nacht«, sagt er.

Sie nickt. Ihr Rücken tut weh, und Schmerz schimmert in ihrem Becken.

Als im Bungalow alles dunkel ist, öffnet sie eine Flasche Wein und schluckt zwei Schmerztabletten.

16

Ida ruht auf dem Stuhl neben dem Aufzug, ihr Kopf ist nach vorne auf die Brust gekippt. Niemand bemerkt, dass sie irgendwie blaugrau aussieht, wie überkochtes Eigelb. Brigitte informiert Petula, die wartet, bis alle Bewohner im Speiseraum sind, und dann einen Krankenwagen ruft, um Ida wegbringen zu lassen.

Opapa sitzt fast am Ende eines langen Tisches und dreht eine Papierserviette in den Händen. Als Brigitte sich zwischen den Stühlen zu ihm durchquetscht, sieht er auf und lächelt. Sie gibt ihm einen Kuss und setzt sich auf den Stuhl mit ihrer Platzkarte. Er trägt seinen einzigen Anzug – braun und nach Mottenkugeln riechend.

Das Personal hat Weihnachtsmützen auf, und die Wände des Speisesaals sind mit Lametta dekoriert. Auf den Tischen liegen Knallbonbons und mit Stechpalmzweigen und Efeu bedruckte Papiertischdecken. In einer Ecke gibt ein Mann mit Halbglatze auf einem Keyboard Lieder zum Besten: »White Christmas«. Zwei Pfleger versuchen Rose zu überreden, ihre Medizin zu nehmen, aber sie will sich nicht hinsetzen. Joyce spuckt irgendetwas in ihre Serviette, und Roy beschwert sich, dass die Partyhüte in den Knallbonbons nicht so gut wie die vom letzten Jahr sind. Alles genauso wie bei der Weihnachtsfeier im Kindergarten vor ein paar Tagen.

Als das Personal große Kannen mit Obstbowle auf die Tische stellt, füllt Brigitte zwei Plastikbecher. »Frohe Weihnachten, Opapa.« Sie stoßen mit den Bechern an. Sie trinkt einen großen Schluck.

»Sind die Kinder in der Schule?«, fragt Opapa.

»Kindergarten.«

»Mit dir alles okay?«

Sie sieht in den Becher.

Opapa tätschelt ihren Arm. »Wird schon werden.«

Sie schenkt ihnen beiden nach.

Petula und der angestellte Fußpfleger kommen auf einen Schwatz. Während der Fußpfleger sich mit Opapa über Hühneraugen unterhält, beugt sich Petula zu Brigitte hinunter und reibt ihr die Schulter. »Wir haben hier Leute, mit denen Sie reden können – psychologische Beratung, nicht nur für die Bewohner.«

»Danke. Mir geht's gut.« Sie versucht zu lächeln.

»Zu dieser Jahreszeit vermisst man einen geliebten Menschen besonders. Vor allem, wenn Kinder da sind. Sagen Sie Bescheid, wenn wir helfen können.«

Brigitte nickt und kitzelt den oberen Gaumen mit der Zungenspitze.

»Was hat sie gesagt?«, fragt Opapa, als Petula weitergegangen ist.

»Nichts. Bloß frohe Weihnachten.«

»Das geht sie gar nichts an.«

Brigitte trinkt einen großen Schluck Bowle.

Als die Teller auf den Tischen verteilt werden, hat sie bereits drei Becher getrunken. Schinken, Grillfleisch (vermutlich Rind, vielleicht auch Schwein), Kartoffeln, Blumenkohl, Erbsenpüree und Tomaten aus der Dose ertrinken in einem See aus blasser Soße.

Sie schiebt das Essen hin und her, isst weniger als Opapa. Den Christmas Pudding mit Vanillesoße lehnen sie beide ab, gönnen sich aber noch Bowle.

Ihr Kopf schwankt, während sie Opapas Kriegsgeschichten lauscht, sie stützt ihn auf der Hand ab. Sie hat zu viel getrunken. Und das Valium war auch keine gute Idee. *Dumm.* In einer Stunde muss sie die Kinder abholen. Sie füllt ihren Becher mit Wasser.

Die Bowle war nicht stark. Fahren wird schon gehen – es ist ja nicht weit. Sie fummelt mit den Schlüsseln und schließt den Wagen auf. In der Church Street ist viel Verkehr. Es dauert lange, bis die Straße frei wird und sie eine Kehrtwende machen kann.

In der Nicholson Street halten uniformierte Polizisten Autos an. *Scheiße.* Stichprobenartige Alkoholkontrollen. Sie lächelt den Polizisten an: *Bitte lass mich weiterfahren.* Doch er winkt sie heran. Als sie parkt und den Motor abstellt, bricht ihr der Schweiß aus.

»Haben Sie heute Alkohol getrunken?«, fragt der Polizist.

»Hmm, ein Glas Bowle vielleicht. Ich dachte, die wäre ohne Alkohol, war sie aber wohl doch nicht. Im Altersheim. Auf der Weihnachtsfeier.«

Sie solle in das Röhrchen pusten, sagt er.

»Ich bin die Frau von Sam Campbell. Könnten Sie mich vielleicht einfach durchlassen?« Sie versucht es mit einem langsamen Wimpernklimpern, aber es funktioniert nicht.

»Tut mir leid, M'am. Egal mit wem Sie verheiratet sind, pusten müssen Sie trotzdem.«

Wichser. Er hat keine Ahnung, was er da anrichtet. Sie pustet.

Er betrachtet das Ergebnis; sie atmet tief ein, hält die Luft an, ist benommen.

»Leider liegt Ihr Blutalkohol über dem erlaubten Limit, M'am. Ich muss Sie bitten, aus dem Wagen zu steigen und einen Kollegen für einen zweiten Atemtest aufs Revier zu begleiten.«

Fuck. Sie atmet aus, reibt sich die Stirn und tut, was man ihr gesagt hat.

»Kann ich telefonieren? Ich muss jemanden bitten, meine Kinder abzuholen.«

Er nickt. Er ist jung, arrogant.

Sie ruft Ryan an.

»Hey, Brigi. Was gibt's?«

»Nichts. Kannst du die Zwillinge vom Kindergarten abholen?«

»Was ist passiert?«

»Mach's einfach, okay?«

»Sag mir, was los ist.«

»Nichts.«

»Was?«

»Ich bin wegen Alkohol am Steuer rausgezogen worden, okay?«

»Was!«

Sie wirbelt mit einem Stiefeltritt den Dreck neben der Straße auf.

»Hast du gesagt, wer du bist?«

»Interessiert sie nicht.«

»Dann ruf Aidan an.«

»Ich will ihn nicht anrufen.«

»Ruf ihn einfach an.«

»Nein.« Sie legt auf.

***

»Brigitte. Was zum Teufel …?« Aidan kommt in den farblosen Raum marschiert, in dem man sie in der Richmond Police Station festhält. »Ich hab keine Zeit für so was.«

Sie blickt auf. Er wirkt größer, als sie ihn in Erinnerung hat. Und attraktiver. Sie wendet den Blick ab. Wehe, Ryan hat ihn angerufen. Vielleicht hat er es einfach mitbekommen – irgendwie. Die Scheißbullen wissen immer alles. Fast alles.

»Wo sind die Zwillinge?«

»Ryan holt sie ab.«

»Gottverdammt unverantwortlich.«

Sie kommt sich wie ein ungezogener Teenager vor.

»Komm.«

»Was?«

»Ich bring dich nach Hause.«

»Musst du nicht arbeiten?«

»Doch.«

Sie hat zu lange gesessen, ihr Rücken tut weh, der Schmerz strahlt in die Beine aus. Erst beim zweiten Anlauf kommt sie aus dem Stuhl hoch. Als er nach ihrem Arm greift, meint sie Mitleid, nicht Lust, in seinen Augen zu sehen. Sie stößt ihn weg.

»Du solltest wieder zum Arzt gehen.«

Ärzte haben noch nie geholfen. Sie haben Dan sterben lassen, Sam nicht retten können und sie überleben lassen, als es vielleicht das Falsche war. Oder sollte Gott das entscheiden? Ärzte und Gott – beide völlig nutzlos.

Als sie durch die Automatiktür nach draußen gehen, sagt Aidan: »Sam hat gesagt, du brauchst nur eine weitere Rücken-OP, dann würde es dir gut gehen. Aber du bist zu stur, um wieder hinzugehen.«

»Ist das wahr? Darüber habt ihr beide euch also unterhalten, anstatt Verbrecher zu fangen?«

Er fährt sie in einem offiziellen Polizeiauto nach Hause, das nach Fastfood und Schweiß riecht. Sie glaubt nicht, dass es der einzige verfügbare Wagen war.

»Muss ich meinen Führerschein abgeben?«

»Nein.«

»Was ist mit meinem Auto?«

»Keine Sorge. Ich bringe es heute Abend mit nach Hause.«

Sie kaut an ihren Nägeln.

»Die Bowle bei den Oldies muss ja gut gewesen sein.«

Sie sagt nichts und sieht ihn von der Seite an – er bemüht sich, nicht zu lachen.

Natürlich steht Kerry in ihrem Vorgarten, als sie die Straße entlang fahren. Brigitte stürmt ins Haus, an Ryan vorbei, der im Flur wartet. Die Zwillinge rennen nach draußen, und sie hört, dass Aidan für sie die Sirene anstellt.

***

Die Mikrowellenuhr zeigt 19:55 Uhr an. Die Zwillinge schlafen, Aidan ist noch nicht zu Hause. Zum ersten Mal seit Sams Beerdigung nüchtern und drogenfrei starrt Brigitte durch das Küchenfenster die braune Ziegelwand des Bungalows an und fragt sich – aber sorgt sich nicht –, wo er ist. Wahrscheinlich irgendwo mit seiner Frau.

Als sie das Klicken des Schlosses und das Quietschen des Seitentores hört, weicht ein Teil der Anspannung aus ihren Schultern. Aber als er ans Küchenfenster klopft, fährt sie zusammen. Sie schiebt es auf.

»Kann ich reinkommen?«

Sie nickt in Richtung Küchentür und schließt auf. Er hat eine Pappschachtel mit einer Takeaway-Pizza in der Hand und eine Flasche Rotwein unter dem Arm. »Das Auto steht vorne.« Er wirft ihr den Schlüssel zu. »Die Klimaanlage war kaputt, ich hab sie reparieren lassen.« Sie folgt ihm ins Wohnzimmer, wo er die Pizza und den Wein auf dem Couchtisch abstellt. »Mir war heute Abend nicht nach allein essen. Hoffe, das macht dir nichts aus.«

Sie will gerade sagen, dass es ihr sehr wohl etwas ausmacht, hält sich zurück und sagt: »Danke. Für alles heute.« Die Pizza riecht gut, zum ersten Mal seit langer Zeit verspürt sie Hunger.

Sie holt Gläser und Teller aus der Küche und setzt sich neben ihn auf den Boden, mit dem Rücken ans Sofa gelehnt – zu nahe. Sie rückt ein Stück von ihm ab.

Die Pizza ist aufgegessen, und sie hat gerade das zweite Glas Wein eingeschenkt, als sie fragt: »Wurde ich verdächtigt?« Kein Schuldiger würde das fragen.

Er schwenkt sein Weinglas. »Damals warst du zumindest von Interesse.«

»Glaubst du, Sam hat gedacht, ich hätte es getan?« Natürlich hatte Sam gedacht, sie hätte es getan.

»Wer weiß, was Sam gedacht hat?« Er trinkt einen Schluck Wein. »Ich wette, ich weiß, wo*mit* er gedacht hat.«

Sie zieht die Augen zusammen.

»Und er hat wegen der verschwundenen Beweise fast seinen Job verloren.«

Schweigen. Am Bahnhof klingelt die Bahnschranke, ding-ding-ding.

»Eric Tucker war Abschaum«, sagt Aidan. »Hat Musiker als Drogenkuriere missbraucht, ist wiederholt gewalttätig geworden. Die Opfer hatten immer zu viel Angst, um ihn anzuzeigen. Er hat bekommen, was er verdient hat – egal wer es getan hat.«

»Warum war ich in seiner Wohnung?«

»Woher weißt du das?«

»Schon mal vom Internet gehört?«

»Es sieht so aus, als hättest du dort gewohnt.«

»Nein.« Sie schüttelt den Kopf. »Ich habe bei Nana und Opapa gewohnt.«

»Das sagen Eddie und Ryan.«

»Glaubst du, sie lügen?«

»Keine Ahnung.« Er schenkt Wein nach. »Ehrlich gesagt – ich glaube, jemand anders war da. Ein Freund, Nachbar, vielleicht dein Freund.«

Sie reibt die Narbe an ihrer Stirn.

»Oder der Hausmeister. Vielleicht hat er mehr getan, als die Leiche nur zu finden.«

»Der Hausmeister!«

»Ja, Shane McMahon.«

Sie öffnet den Mund, will etwas sagen, schweigt aber. Er wartet einen Moment, bevor er sich korrigiert: »Sean McMahon.«

Guter Trick, Aidan. Aber jeder kann den Namen in den Nachrichten gehört haben. Den Namen nicht zu sagen, lässt sie genauso verdächtig erscheinen, wie ihn zu sagen. »Er hat sich auf der Farm seiner Eltern mit einem Gewehr erschossen, nicht lange nach dem Mord an Tucker.«

Sie zeigt keine Regung. Er spielt Wer-zuerst-blinzelt mit ihr. Er verliert – ein langsames Blinzeln, mit langen Wimpern.

»Und mein Freund?« Sie muss fragen.

Er nickt. »Matt Elery. Hat ausgesagt, dass du zur Tatzeit mit ihm zusammen warst.«

Sie schüttelt den Kopf. »Er lügt. Und wenn er mein Freund war, warum hat er mich nach dem Unfall dann nicht besucht?«

»Das ist seltsam. Er meint, Sam hätte ihm gesagt, du wärst verschwunden, die Polizei hätte dich nie gefunden.«

Sie starrt mit gerunzelter Stirn in ihr Glas.

»Soll ich ein Treffen organisieren?«

Sie schüttelt langsam den Kopf und betrachtet den Läufer auf dem Boden.

»Denk darüber nach. Ich werde nicht mehr lange an dem Fall arbeiten«, sagt er. »Die Abteilung für ungelöste Fälle wird dicht gemacht. Ich gehe zurück zur Mordkommission – zur Purana-Gangland-Sondereinheit.«

»Aid!« Ihr Kopf schießt hoch. »Das ist total gefährlich.«

Er dreht sich um und sieht sie an, als sei sie irre. Irgendwie sind sie wieder zusammengerutscht, ihre Beine berühren sich fast.

»Was ist mit dem Fall?« Sie zupft an den Fransen des Läufers.

»Der wird in aller Stille ad acta gelegt, du brauchst dir also keine Sorgen mehr zu machen.«

Sie glaubt ihm nicht. Er trinkt den Wein aus. Sie ist müde, ihr Kopf schwer, sie würde ihn gerne auf seine Schulter legen.

Er steht auf und stellt sein leeres Glas auf den Tisch. »Bis morgen früh dann.«

»Und …«

»Ja?«

»Hast du wirklich die ganze Zeit gegen mich ermittelt, sogar auf Mannys Party?«

»Was glaubst du?«

Sie zuckt mit den Schultern und sieht ihm nach, als er in die Küche geht. In der Tür hält er inne. »Nein. Nicht auf Mannys Party.« Als er geht, schließt er leise die Tür hinter sich.

17

»Wo ist Aidan?« Rote Soße spritzt auf Phoebes Wange, als sie einen Spaghettistrang einsaugt.

»Weggegangen«, sagt Brigitte.

»Wo weggangen?«

»Abendessen mit einer Freundin.«

»Seiner Frau?«

»Ja.«

»Kommt er nach Hause, um uns eine Geschichte vorzulesen?«, fragt Finn.

»Nein.«

Phoebe schiebt ihre Schüssel beiseite, ihre Unterlippe vor und beginnt zu weinen. Finn stimmt ein.

»Hört auf!« Der Rücken bringt Brigitte um. Seit dem Alkohol-am-Steuer-Zwischenfall bemüht sie sich, sich verantwortlich zu verhalten, den Alkoholkonsum einzuschränken und die Medikamente nur dann zu nehmen, wenn es wirklich nötig ist.

»Beeilt euch und esst auf. Es ist Schlafenszeit.«

Sie heulen lauter. Brigitte hält sich die Ohren zu und knirscht mit den Zähnen. Vielleicht wäre eine Valium – oder nur ein halbe – keine schlechte Idee.

Ohne Aidans Hilfe dauert es länger, die Zwillinge ins Bett zu bekommen. Als sie endlich schlafen, setzt sich Brigitte mit einer Wärmflasche im Rücken an den Tisch, den Kopf in den Händen.

Ein Flattern im Bauch, als sie das Seitentor hört. Sie hat ihn nicht so früh zurück erwartet, sogar gedacht, er würde heute Nacht gar nicht nach Hause kommen. Aber es ist nicht das übliche Klicken und Quietschen – eher ein Rütteln. Brigitte runzelt die Stirn, steht auf und geht zum Fenster. Wieder ein Rütteln. Sie zieht den Vorhang zurück. Es ist dunkel und regnet, aber sie erkennt, dass die Gestalt am Zaun nicht Aidan ist. Die Gestalt versucht, über das Tor zu klettern, plumpst zu Boden, versucht es noch ein paarmal vergeblich. Brigitte sieht wie erstarrt zu, während die Gestalt sich umschaut – sie am Fenster nicht bemerkt –, den Mülleimer heranrollt und sich darauf stellt. Sie hält den Atem an, ihr Herz hämmert, als die Gestalt sich rittlings aufs Tor setzt, kurz innehält und dann vorsichtig auf die Einfahrt herunterspringt. Grauenhafte Szenen gehen ihr durch den Sinn. *Alles alleinstehende Frauen mit kleinen Kindern.* Du musst vorsichtig sein: Aidans Worte. Sie ist nicht vorsichtig gewesen. Nicht mal die Hintertür hat sie abgeschlossen.

Sie regt sich, zieht das Telefon aus der Ladestation in der Küche und ruft Aidan an, während sie die Tür verschließt. Die Gestalt läuft am Fenster vorbei.

»Was ist los?« Aidan ist rangegangen, im Hintergrund hört sie Restaurant- oder Kneipengeräusche.

»Da ist jemand im Garten.« Ihre Hände zittern, sie kann kaum atmen.

»Bist du sicher, dass es nicht bloß eine Katze ist?«

»Es ist ein Mann.«

»Beruhig dich.« Die Restaurantgeräusche werden leiser, eine Tür wird geschlossen. »Bleib mit den Kindern im Haus, sieh nach, ob die Türen und Fenster verschlossen sind, ich schicke eine Streife vorbei.«

»Aidan, ich habe wirklich Angst.«

»Ich komme so schnell ich kann.« Er legt auf, und sie läuft zu den Zwillingen, die fest schlafen.

Innerhalb von Minuten trifft ein Polizeiwagen mit heulender Sirene ein. Das Blaulicht wirft Pfützen aus verlaufenen Farben auf die nasse Straße.

Anscheinend ist der Eindringling hinten über den Zaun

gesprungen und davongerannt. Nachdem die Polizisten sich überall umgesehen und einen Bericht geschrieben haben, begleitet Brigitte sie zurück zum Wagen und entschuldigt sich dafür, ihre Zeit verschwendet zu haben.

»Überhaupt nicht«, sagt die Frau. »Es treiben sich jede Menge Verrückte rum. Man kann gar nicht vorsichtig genug sein.«

Die meisten Nachbarn sind aus den Häusern gekommen, um herauszufinden, was los ist. Ein Taxi kommt angefahren, hält, und Aidan steigt aus. Mit seiner Frau. Brigitte stockt das Herz, sie beginnt zu zittern. Sie reibt sich die Oberarme – tut so, als wäre ihr kalt oder sie würde sich fürchten. Das ist schlimmer als der Eindringling. Gott, sie braucht einen Drink.

Aidan eilt auf sie zu. »Alles okay?«

Sie nickt.

»Die Zwillinge?«

»Haben alles verschlafen.«

Er geht zu den anderen Polizisten, wechselt ein paar Worte mit ihnen, dann folgen er und seine Frau Brigitte den Gartenpfad entlang. Er hält an, um das Tor zu untersuchen, holt sie wieder ein und stellt sie an der Hintertür einander vor. Er nennt sie »Brig«, und sie weiß nicht richtig, ob seine Vertraulichkeit sie freut oder ärgert. Sie fühlt Hitze aufsteigen. Seine Frau heißt Megan. Sie ist groß und wirkt fit. Sie sieht wie eine Anwältin aus, trägt ein Designerkostüm und polierte Schuhe mit hohen Absätzen und kleinen Schnallen an der Seite. Ihr glänzendes, braunes Haar fällt ihr über die Schultern, auf der Hälfte ist eine kleine Welle, wo es zu einem Pferdeschwanz oder Knoten zusammengebunden war. Brigitte hat sie sich blond vorgestellt. Und kleiner.

Sie sehen perfekt aus: wie ein Paar auf der Titelseite eines

Kaufhauskatalogs. Ihre Wangen sind rosig vom Wetter, oder vielleicht vom Alkohol beim Abendessen, auf ihren Schultern glitzern ein paar Regentropfen. Sie stehen so dicht nebeneinander, dass Brigitte nicht sagen kann, wer von beiden den schwarzen Faltschirm in der Hand hält. Sie sieht an sich herunter, schäbige Hausschuhe, Trainingshose und ein verwaschenes Nick-Cave-T-Shirt.

»Aidan hat mir alles von dir erzählt.« Megan streckt ihr die Hand entgegen und zeigt ihre perfekten Nägel.

Brigitte runzelt die Stirn.

»Nur Gutes.« Megan lächelt. »Du Arme, du zitterst immer noch.« Sie legt die andere Hand obenauf – kein Ehering – und hält Brigittes Hand zwischen ihren manikürten Fingern. »Sollen wir dir ein bisschen Gesellschaft leisten?«

Brigitte schüttelt den Kopf und zieht ihre Hand weg. »Mir geht es gut. Vielleicht gönne ich mir einen Drink zur Beruhigung.«

»Gute Idee«, sagt Megan. »Hast du Valium oder so was da?«

Aidan wirft Brigitte einen strengen Blick zu, den sie mit weit geöffneten *Was?*-Augen erwidert.

»Aidan sieht nachher noch mal nach dir.« Megan schaut ihn an. »Nicht wahr?«

Er nickt. In Brigittes Augen brennen Tränen, die der Zunge-Gaumen-Trick nicht aufhält. Sie wendet sich ab und läuft ins Haus, bevor Aidan und Megan etwas mitbekommen. Während die beiden zum Bungalow gehen, verschließt sie die Tür.

Sie stellt sich vor den Kühlschrank und lehnt sich einige Minuten lang mit der Stirn dagegen. Wahrscheinlich küsst er Megan da drüben gerade, sie leckt seine weichen, vollen Lippen. Brigitte öffnet den Kühlschrank und holt eine Flasche

Wein heraus. Jetzt zieht er ihr die Kleider von ihrem perfekten, fitten Körper – kein Kind, viel Zeit für Sport, flacher Bauch, keine Narben. Brigitte stellt den Wein zurück und knallt die Kühlschranktür zu. Jetzt fickt er sie. Brigitte klettert auf einen Hocker, um an die Johnny-Walker-Flasche im oberen Küchenschrank heranzukommen. Sie schenkt sich ein Glas ein, ein großes, und spült damit ein paar Schmerztabletten herunter.

Lautes Klopfen an der Hintertür weckt sie aus ihrer Benommenheit. Sie liegt auf dem Sofa, den Drink immer noch in der Hand, von dem sie beim Aufstehen einen Teil auf ihrem T-Shirt verschüttet.

»Geht es dir gut?«, fragt er, als sie die Tür öffnet.

Sie sieht an ihm vorbei. »Ist sie weg?«

»Ja.«

»Hast du sie gefickt?«

Er zieht den Atem ein und schüttelt beim Ausatmen den Kopf. Sie weiß nicht, ob er genervt oder amüsiert ist.

»Hast du?« Sie klingt irre und eifersüchtig, kann sich aber nicht zügeln.

»Geht dich nichts an. Und was kümmert's dich überhaupt?«

»Tut es nicht.«

»War da wirklich jemand im Garten, Brigitte? Oder wolltest du mir nur den Abend versauen?«

»Hau ab, Aidan.«

Er hebt die Hände und geht. »Schließ ab und geh ins Bett«, sagt er, ohne sich umzudrehen.

Als er weg ist, fragt eine Stimme in ihrem Kopf: *Warum sagst du ihm nicht einfach, was du fühlst?*

Sie gibt keine Antwort.

18 Sie träumt von Nanas und Opapas altem Haus. Das Hintertor ist immer unverschlossen. Es hat geregnet, in den Ritzen im Pfad neben dem Haus wächst vereinzelt Moos. Nana sagt immer: *Pass auf, dass du nicht ausrutschst.* Als sie die Küche betritt, schlägt hinter ihr die Fliegentür zu. Im Radio läuft Pferderennen, Nana sitzt am roten Plastiktisch und studiert den Formverlauf. Opapa legt Holzscheite in den Kamin, unter den Geruch des Kuchens im Ofen mischt sich der von Rauch.

Kurt Cobain steht in einem braunen Sweatshirt vor dem Kamin. »Ich vermisse dich.« Er breitet die Arme aus. Das Gefühl von Sicherheit und Trost in seiner Umarmung wärmt sie mehr als Nanas Ofen. Die Kaminuhr schlägt. Seltsam – sie ist vor Jahren stehengeblieben.

Durchs Fenster sieht sie auf der anderen Straßenseite ein schwarzes Auto mit getönten Scheiben, das in zweiter Reihe parkt. Ein bulliger Mann in lederner Bomberjacke stürmt in Nanas Küche. »Geh und pack deine Sachen. Wir fliegen heute Abend ab.« Seine Stimme ist rau. Er nimmt den Hut ab, und sie sieht, dass ein Teil seiner Schädeldecke fehlt, darunter sind Blut und zerquetschte Hirnmasse. Er hält eine große Scherbe, wohl aus Glas. Sie sieht sich nach Kurt um. Er ist weg. Das Licht geht aus.

Fuck! Runter damit! Sie sitzt kerzengerade im Bett und zieht ihr Nachthemd aus – es ist durchtränkt, auch ihre Haut ist nass. *Wo ist Sam? Oh Gott, oh Gott, oh, Gott.* Sie reibt die Hände aneinander und wischt sich übers Gesicht, bis ihre Augen sich an die Dunkelheit gewöhnt haben und sie sieht, dass es Schweiß ist, nicht Blut. Und dass Sam nicht da ist.

Der Radiowecker glüht rot 1:08 in die Dunkelheit. Ihr

Herz hämmert, Schmerz jagt durch ihren Körper. Tropf, tropf, tropf: Durch das Loch im Dach tropft Regen herein.

Sie tastet unter dem Bett nach ihren Hausschuhen, nimmt den Bademantel vom Haken hinter der Tür, verlässt auf Zehenspitzen das Zimmer und weicht der quietschenden Diele im Flur aus. Klonk! *Verdammt*, sie ist gegen den Topf getreten, der den Regen auffangen soll. Sie erstarrt und wartet. Aus dem Zimmer der Zwillinge ist leises Gebrabbel zu hören, doch sie wachen nicht auf.

Sie nimmt eine Valium und zwei Schmerztabletten und wandert durchs Haus. Im Wohnzimmer zappt sie durch die Fernsehprogramme: nichts als Dauerwerbesendungen. Sie zieht eins von Sams Kochbüchern aus dem Regal, er hat sie gerne gekauft, obwohl er nie Zeit zum Kochen hatte. Eines Tages, sagte er immer. Sie könnte den Zwillingen einen Kuchen backen. Eine innere Stimme sagt ihr, dass Sam sich darüber freuen würde.

Das Neonlicht in der Küche flackert, droht zu sterben, glüht dann auf und fällt über ihre übermüdeten Augen her. Sie findet alle Zutaten für den Schokoladenkuchen mit Zuckerguss – bis auf die gemahlenen Mandeln. Ohne geht es auch. Sie zieht die Jalousie herunter, damit Aidan nicht vom Licht gestört wird, schmilzt Schokolade und Butter in einem Topf, gibt Eier, Zucker und Mehl dazu und verrührt alles per Hand, um die Kinder nicht durch den elektrischen Mixer zu wecken. Dann gießt sie den Teig in eine Kuchenform und stellt den Ofen an. Im Rezept steht: *Erst den Ofen vorheizen, dann bei 160 Grad 45 Minuten backen.* Sie hätte die Anweisungen vorher lesen sollen. Na ja. Sie leckt den Holzlöffel ab. Das Leben ist zu kurz, um Anweisungen zu folgen, hat Sam immer gesagt. Manchmal muss man seinem Bauchgefühl folgen. Sam hätte den Anweisungen folgen und in der Chapel Street auf Verstärkung warten sollen.

Der bullige Mann in der ledernen Bomberjacke mit dem eingeschlagenen Schädel geht durch den Nebel eines Traums den Pfad neben Nanas und Opapas Haus entlang … Brigitte rüttelt sich wach, sie ist auf dem Sofa eingenickt. Der Geruch von Gebackenem – fast Verbranntem – füllt das Haus. Sie schwankt in die Küche.

Sie öffnet die Ofenklappe und ergreift mit bloßen Händen die Backform. Der Schmerz lässt sie zurückfahren. Die verbrannten Stellen an ihren Fingern schmerzen. Sie starrt sie an und sieht, dass Blasen entstehen.

Dann holt sie den Kuchen mithilfe eines Geschirrtuchs aus dem Ofen. Oben ist er dunkelbraun und knusprig, in der Mitte noch klitschig. Sie löst die angeklebte Seite mit einem Messer aus der Kuchenform und schüttelt den Kuchen auf ein Schneidebrett. Er sackt in sich zusammen wie ein punktierter Lungenflügel. Vielleicht wären die gemahlenen Mandeln und die Ofentemperatur doch wichtig gewesen. *Dummerchen, nicht mal einen Kuchen kriegst du hin*: Joans Stimme geht ihr durch den Kopf, als sie ihren Misserfolg in den Mülleimer rutschen lässt.

Sie ist zu wach, überwach. Sie braucht mehr Valium.

Zurück zu den Kochbüchern. Zwischen Sams schönen, kunstvollen Bänden versteckt findet sie ein zerknittertes altes Kochbuch mit sich wellenden, vergilbten Seiten und einem Foto oranger Töpfe und Pfannen auf dem Einband. Es stammt aus ihrer Kindheit, sie hat es im Regal nie bemerkt. Eingelegt ist ein auf transparentem Luftpostpapier handgeschriebenes Rezept für Butterkuchen. Nanas? Von Joan kann es nicht sein. Joan hat nie gebacken. Das Papier ist so spröde, dass Brigitte fürchtet, es wird zwischen ihren Fingern zerfallen. Es riecht leicht nach Vanille – aus alter Zeit. Sie hält es sich an die Nase, schließt die Augen und versucht, sich Nana vorzustellen. Sehen kann sie sie nicht, doch sie erinnert sich an den Geruch: Vanille, das Parfüm Joy, Lakritze. Nana muss gewollt haben, dass sie das Rezept findet.

Die Fehlzündung eines Autos hallt wie ein Schuss durch die stille Nacht. Was ist da am Fenster? Doch nicht wieder die dunkle Gestalt? Nein, ihr eigenes Spiegelbild hat sie erschreckt. Sie zieht die Gardinen zu, will vermeiden, noch etwas anderes – was, weiß sie nicht genau – in der grauen Leere zu sehen. Mit Nanas Rezept in den zitternden Händen geht sie in die Küche zurück.

Der erste Butterkuchen fällt auseinander, als sie ihn vom Backblech nimmt, und landet auf dem Schokoladenkuchen im Mülleimer. Doch der zweite ist perfekt. Nana wäre stolz.

Als sie den dritten Kuchen aus dem Ofen holt, hört sie den ersten Zug aus dem Bahnhof rollen: Es muss fünf Uhr sein. Sie räumt die Küche auf, legt Nanas Rezept in das alte Kochbuch zurück, duscht und bereitet sich auf den Tag vor.

19

Sie träumt, dass sie vor dem bulligen Mann mit dem eingeschlagenen Schädel davonläuft. Er jagt sie an einer Reihe leerer Sitze und an einem Aquarium vorbei. Glasscherben fliegen durch die Gegend. Alles wird rot.

Kurt Cobain steht in einem braunen Sweatshirt oben an der Treppe. »Bitte lass mich nicht zurück«, ruft sie ihm zu. Doch es ist zu spät, während draußen auf der Straße die Tram anhält, wendet er sich ab.

Dann liegt sie auf der Straße. Langsam rollen Autoräder vorbei. Jemand schreit. Eine Sirene heult.

Helle Kinderstimmen singen »Morningtown Ride«.

Sie steht neben dem Bett und weiß nicht, wie sie dorthin gekommen ist. Es ist nicht Morgen. Die Schlaftabletten zeigen keine Wirkung. Sie hat die Zeit verloren. Sie betrachtet Sams Seite des Bettes und denkt an Aidan draußen im Bungalow. Sie könnte noch einen Kuchen backen.

Sie läuft durch das stille Haus und sieht nach den Zwillingen: Sie schlafen tief und fest, die kleinen Münder stehen leicht offen, die Brustkörbe heben und senken sich in perfekter Synchronisation. Sie sieht sie lange an. Weiß nicht mehr, was sie vorhatte. Dann fällt es ihr wieder ein, und sie geht ins Wohnzimmer.

Sie holt Nanas Butterkuchenrezept aus dem alten Kochbuch und nimmt es mit in die Küche. Dort stellt sie den Ofen an und sucht die Zutaten zusammen. Mist – es sind keine Eier mehr da. Sie klopft mit den Fingern auf die Arbeitsfläche und sucht noch einmal im Kühlschrank nach Eiern. Es sind immer noch keine da, aber der Weißwein in der Kühlschranktür sieht verlockend aus. Soll sie zum Spätkauf fahren und Eier holen? Nein, sie darf die Zwillinge nicht alleine lassen. *Beruhig dich*, redet sie sich zu, *stell den Ofen aus, nimm eine Valium und schreib einen Artikel – sonst war's das mit Aufträgen von* Parenting Today. Sie lehnt sich an die Kühlschranktür, zieht mit dem Zeigefinger eine Linie durch das Kondenswasser auf der kalten Weinflasche und antwortet der Stimme in ihrem Kopf: »Ja, ein Glas Wein wäre schön, vielen Dank.«

Sie öffnet die Flasche, füllt ein Glas und stellt es neben das Rezept auf die Arbeitsfläche. Im grellen, flackernden Neonlicht sieht sie, dass es gar kein handbeschriebenes Luftpostpapier ist. Bei genauerem Hinsehen stellt es sich als Rezept aus dem Internet heraus, auf Kopierpapier ausgedruckt. Der Boden scheint unter ihren Füßen wegzusacken, wie in einem Aufzug. Sie kippt den Wein in einem Zug herunter und schenkt nach.

Im Wohnzimmer stellt sie den Fernseher ohne Ton an und setzt sich mit dem Laptop aufs Sofa. Das Weinglas balanciert auf einer Lehne, ihren Rücken stabilisiert ein Kissen. Sie steckt sich Kopfhörer in die Ohren – Nick Cave. Gähnend überprüft sie ihre E-Mails: Spam, Rechnungen, eine Mitteilung des Kindergartens …

Genug der Aufschieberitis. Zeit zu arbeiten. Sie schreibt: SPASS MIT KINDERN.

WIE STELLT MAN BADEKUGELN HER? Ja. Gute Idee. Die Zwillinge finden das immer toll. Na ja, früher jedenfalls.

Soll das abendliche Bad der Kinder zum Vergnügen werden? Oder wollen Sie bei der nächsten Schulfeier punkten? Dann stellen Sie selber Badekugeln her. Es macht Spaß, ist einfach und schont den Geldbeuuuuuuuuuuuuuuuuuuu

Ihr Finger ist auf dem Buchstaben hängengeblieben.

Im Fernsehen läuft die Musiksendung *Rage*. Es muss spät sein. Tage und Nächte verschwimmen. Gestern ist nur ein Teil von heute, und heute ist Teil von morgen.

Konzentrier dich. Schreib den Artikel zu Ende.

Bei der Herstellung von Badekugeln sind der Fantasie keine Grenzen gesetzt. Lustige Schaumbäder mit irren Farben und Gerüchen sind das Ergebnis. Chai-Aromen (Kardamon, Muskat, Ingwer und schwarzer Pfeffer) sind auf Kunsthandwerksmärkten leicht zu bekommen. Wenn Sie keine Lebensmittelfarben verwenden wollen, nehmen Sie einfach natürliche Far …

Die Augen fallen ihr zu – sie hätte nicht so viel Valium schlucken sollen. Ihr Blick verschwimmt.

Jemand ist im Krankenhaus. Nana? Nein, ein Mann. Sam? Um das Krankenbett herum sind die Vorhänge zugezogen. Ein Totenbett? Auf dem Boden ist ein schwarzes Kreuz. Sie schaut von oben auf die Szenerie hinab und meint, das alles schon einmal gesehen zu haben. Ein alter jesusartiger Vogelscheuchenmann mit einer Nikolausmütze läuft durch ein Feld aus Mohn. Er klettert auf ein Kreuz, und Krähen picken an seinen Händen.

Kurt Cobain ist da, in einer durchsichtigen Silberjacke. Er ist verschwommen, bis auf die Augen – die sind zu blau. Und der surreale orangene Himmel hinter ihm ist zu grell. Ein kleines Mädchen in einer Ku-Klux-Klan-Robe mit kegelförmiger Kapuze springt hoch, um Föten zu erhaschen, die an einem toten, knorrigen Baum hängen. Brigittes Blick verschwimmt immer wieder. Halluziniert sie? Sie hat geahnt, dass es so kommen würde. Sie hätte nie zu Quacksalber Rhys gehen dürfen. Das kleine Mädchen sieht wie Phoebe aus. Ihr wird die Kapuze vom Kopf geweht – in ein Becken mit Wasser. Nein, Blut. Ihre Robe färbt sich schwarz, und jetzt steht sie auf dem Kreuz im Krankenhaus. Kurt Cobain lächelt aus einem Zimmer mit sternförmigen Blumen heraus.

Brigitte reibt sich die Augen und atmet tief ein. *Alles okay. Alles okay*. Das ist keine Halluzination und kein Traum – nur ein alter Videoclip auf *Rage*. »Geh weg.« Sie zieht die Kopfhörer aus den Ohren und zischt den Fernseher an. »Lass mich in Ruhe.«

»Brigitte.« Aidan steht in der Tür.

Sie fährt hoch, der Laptop rutscht zu Boden. »Verdammt, du hast mich erschreckt. Was machst du hier im Haus?«

»Ich hab ein Geräusch gehört und Licht gesehen. Du hast vergessen, die Hintertür abzuschließen. Jeder hätte reinspazieren können.«

Sie hebt den Laptop auf.

»Was machst *du* hier?«, fragt er. Um seine Hüfte herum sitzt lose eine graue Trainingshose.

»Nichts. Arbeiten, ich schreibe einen Artikel.«

»Es ist halb vier morgens.«

»Wirklich, schon so spät? Früh?«

Er rührt sich nicht. Warum geht er nicht?

»Alles in Ordnung?«

Sie nickt und lächelt süß. Er darf nicht wissen, dass sie weiß, was er treibt. Er hat das Haus verwanzt, hört das Telefon ab, in den Häusern entlang der Straße sind Kriminalpolizisten einquartiert, die sie beobachten sollen, und eine geheime Website und eine eigene Rufnummer für Hinweise über sie ist auch eingerichtet. Er weiß, was mit Eric Tucker passiert ist.

»Schließ hinter mir ab.« Das Licht des Fernsehers schimmert auf seinem nackten Oberkörper. Er sieht sie stirnrunzelnd an. »Ist auch bestimmt alles in Ordnung?« Er redet in irgendeinem Code, aber sie ist zu clever für ihn.

»Verlass mein Haus, Aidan.«

20

Ziellos schiebt Brigitte einen Einkaufswagen durch das Einkaufszentrum. Die Wendemanöver setzen ihrem Rücken normalerweise zu, doch sie hat heute Morgen genug Medikamente genommen, um den Schmerz zu unterdrücken. Warum ist sie da nicht früher drauf gekommen.

Riesige goldene und silberne Dekorationen hängen von

der Glasdecke, Brigitte summt »Winter Wonderland« mit. Sie hat Lebensmittel eingekauft – Mehl, Eier und Butter für weitere Kuchen –, außerdem Wein und die letzten paar Weihnachtsgeschenke für die Zwillinge. Trotzdem wird sie das Gefühl nicht los, irgendetwas vergessen zu haben. Vielleicht fällt es ihr wieder ein, wenn sie durch die Gänge wandert. Irgendwas aus der Apotheke? Dem Zeitungsladen? Vom Fleischer? Das Gedränge der Einkaufenden spiegelt sich in der Decke wider – als würden die Menschen oben am Dach laufen. Es ist zu hell, sie sieht die Auren. Kopfschmerzen krallen sich in die rechte Seite ihres Schädels, eine Migräne bahnt sich an. An Weihnachten bekommt sie immer Migräne. Quacksalber Rhys würde ihr bestimmt Migränemedikamente verschreiben.

Sie gibt auf, sich erinnern zu wollen, was sie vergessen hat. Falls es etwas Wichtiges war, wird es ihr bestimmt wieder einfallen. Das ist immer so. So heißt es doch? Sam kommt nicht zurück. Wie sollen sie ohne ihn Weihnachten feiern? Vielleicht kann Aidan kommen? Nein, er verbringt Weihnachten bei seiner Frau. Sie denkt an seine Lippen, seine Schultermuskeln, die Tätowierung auf seinem Arm – was immer sie bedeutet –, seinen … *Hör auf. Hör auf. Hör auf.* Sie schüttelt den Kopf.

Kurt Cobain ist bei ihr. Manchmal sieht sie ihn, aber meistens hört sie nur seine Stimme in ihrem Kopf.

»Du hast schon wieder an Aidan gedacht, stimmt's?«, sagt Kurt.

Sie antwortet nicht.

»Ich weiß, dass du ihn durchvögeln willst.«

»Ich bin zu müde. Geh weg.«

»Es war also okay, deinen Mann zu betrügen, als er noch lebte –«

»Ein Mal«, sagt sie. »Und es war nicht meine Schuld. Ich war betrunken, das hat er ausgenutzt.«

Kurt weiß, dass sie lügt. »Aber jetzt, wo er tot ist und es ihm scheißegal sein kann, ist es nicht mehr okay?«

»Lass mich in Ruhe. Ich habe Kopfschmerzen.«

»Sag jetzt nicht, dass du glaubst, in Aidan verliebt zu sein.« Kurt lacht. »Und lass mich raten, du hast ihn nicht verdient? Genau wie –«

»Halt den Mund.«

»Du solltest ihm die Wahrheit sagen.« Er spricht leise, ernst.

Sie vermutet, dass Aidan die Wahrheit bereits kennt. Die ganze. Aber sie behält es für sich.

»Lass uns im Auto darüber reden«, sagt Kurt.

Ein alter Italiener sitzt auf einer Bank vor dem Donut-Laden, auf dem Schoß eine Salami und ein Paket mit getrockneten Aprikosen, und beobachtet sie. Als sie seinen Blick auffängt, schüttelt er den Kopf und wendet sich ab. Sie hat wieder laut geredet.

Als sie aus dem klimatisierten Einkaufszentrum heraustritt, schlägt ihr die Hitze entgegen. *Fuck*. Sie kann sich nicht erinnern, wo sie geparkt hat. Die Migräne ist jetzt in vollem Schwung, und der Rücken zwickt auch wieder – anscheinend lassen die Schmerztabletten nach. Es wäre schön, sich auf dem glatten Asphalt zusammenzurollen und zu weinen, doch sie taumelt mit dem Einkaufswagen vorwärts, während ihr linkes Augenlid zuckt und Sterne durch ihr äußeres Sichtfeld wirbeln. Kurt hat auch keine Ahnung, wo der Wagen steht. Er sagt, er will nachsehen und wiederkommen, wenn er ihn gefunden hat.

Schließlich entdeckt sie ihn am Ende des Parkplatzes. Während sie sich mit dem Einkaufswagen darauf zu kämpft, scheint er in immer weitere Ferne zu rücken, als wäre sie in tiefem Wasser in einer Strömung gefangen.

Das Auto ist offen. Sie hat es wohl nicht abgeschlossen. Die Weihnachtsgeschenke, die sie vorhin gekauft hat, liegen auf dem Sitz, jeder hätte zugreifen können. Sie lehnt sich gegen die Tür, atmet flach und stellt die Lebensmittel auf den Rücksitz.

»Gefunden.« Kurt lässt sich auf den Beifahrersitz fallen.

Sie setzt zurück und tritt auf die Bremse, als ein metallisches Krachen ertönt. *Verdammt.* Sie schaut in den Rückspiegel – der Einkaufswagen hat noch hinter dem Auto gestanden. Sie stellt die Schaltung auf »Park« und wendet sich Kurt zu, aber Kurt ist nicht mehr da, sondern die Schlange, die Traumtätowierung. Als sie durch das Seitenfenster fliehen will, packt Brigitte sie am Schwanz. Die Schuppen zersplittern in Millionen Scherben aus blau-grünem Glas. Brigitte legt den Kopf aufs Lenkrad. Die Hupe geht los, Brigitte hält sich die Ohren zu, erträgt den Schmerz nicht, der in ihren Ohren dröhnt. Als sie aufblickt, merkt sie, dass eine Frau in einem weißen, mit Sonnenblumen bestickten Kleid, die gerade ihr Auto in der Parkbucht gegenüber aufschließt, sie stirnrunzelnd ansieht.

Brigitte legt den Kopf wieder aufs Lenkrad, passt aber diesmal auf die Hupe auf.

Jemand klopft ans Fenster, sie schreckt hoch. *Gott, wie ist die Frau im Sonnenblumenkleid so schnell hierhergekommen?* Brigitte kurbelt das Fenster herunter.

»Geht es Ihnen gut?«, fragt sie Frau.

»Ja. Alles gut, danke.« Brigitte zwingt sich zu einem schmalen Lächeln. *Alles ist gut, wenn man davon absieht, dass Kurt Cobain und eine große, grüne Seeschlange mit mir im Auto herumfahren. Oh, und dass mein Ehemann erstochen wurde, als er jemandem zu Hilfe kommen wollte, und an seinem eigenen Blut in den Lungen ertrunken ist – weil er wusste, was ich getan habe, und sich nicht konzentrieren konnte.*

»Sicher?«

»Ja.« Sie lächelt und beißt die Zähne zusammen. *Bitte gehen Sie weg.*

Zuhause lässt sie die Einkaufstüten überall auf dem Boden verteilt stehen. Sie muss sich hinsetzen, hinlegen, schlafen, schlafen.

Sie ruft Ryan an und bittet ihn, die Zwillinge aus dem Kindergarten abzuholen.

»Alles in Ordnung, Brigi?«

»Ja.«

»Du klingst nicht danach.«

»Bloß müde.«

»Sicher?«

»Ich brauche nur Ruhe.«

»Es ist doch nichts passiert? Wann kommt Aidan nach Hause?«

»Woher soll ich das wissen? Ich muss mich jetzt hinlegen, Ryan. Ich habe Migräne.« Sie legt auf.

Ryan sieht sie von oben herab an. Sie liegt auf dem Sofa und kann sich nicht erinnern, ihn hereingelassen zu haben. Sie hat wieder die Zeit verloren. Die Kinder rennen durch den Raum. Ryan sieht leicht verblichen aus, wie eine Kopie seiner selbst. Sie setzt sich auf, will aufstehen, aber es tut zu weh. Sie bittet Ryan, ihre Handtasche zu holen – darin sind die Schmerztabletten.

»Wie viele hast du heute genommen?«

Sie antwortet nicht.

Er schickt die Kinder zum Spielen nach draußen. Dann sagt er, er kenne einen guten Arzt und habe für morgen Nachmittag einen Termin für sie gemacht. Er wird sie begleiten.

»Ich gehe nicht zum Arzt, Ryan.« Sie stützt die Hände auf die Knie und schiebt sich nach oben; es dauert, bis sie gerade steht.

»Ich habe zu Rosie gesagt, dass die Zwillinge vielleicht gerne eine Weile bei uns bleiben würden.«

»Wovon redest du?«

»Es war ein schweres Jahr, Brigi.«

Sie schüttelt den Kopf. »Sei nicht albern. Mir geht es gut. Es sind nur Rückenschmerzen.«

»Es gibt Wege, dir die Entscheidung abzunehmen. Ich würde das nur ungern tun, aber ich habe mit Aidan gesprochen –«

»Ich habe Angst vor ihm, Ryan.« Sie packt sein Hemd mit beiden Händen, reißt die Augen auf. »Er kommt manchmal ins Haus und …« Sie sieht ihm in die Augen und erkennt die Wahrheit. Warum merkt sie das jetzt erst? *Ryan hat sich mit Aidan verbündet. Als Polizeispitzel.* Ab jetzt wird sie überaus vorsichtig sein müssen. Sie lässt sein Hemd los und macht einen Schritt rückwärts.

»Möchtest du einen Tee?«, fragt sie. »Und vielleicht ein Stück Kuchen?«

Er zieht die Augenbrauen hoch.

»Ich habe Kuchen gemacht.«

»Ja, Aidan hat erwähnt, dass du auf einmal backst.«

Lächelnd legt sie den Kopf schief und klappert mit den Wimpern.

»Ich bleibe hier, bis wir ein paar Dinge klar haben, Brigi.«

Sie schaut zu Boden, beißt sich auf die Oberlippe, sieht

ihn wieder an und sagt: »Okay, ich gehe morgen mit dir zum Arzt.« Sie und Kurt werden bis dahin weit weg sein. Sie wendet sich ab und geht in die Küche, um Wasser aufzusetzen.

21

»Wo fahren wir hin?«, fragt Kurt, der auf dem Beifahrersitz sitzt.

»Carlton.«

»Ich dachte, wir machen eine Reise.«

»Machen wir auch.« Aber sie muss die Zulassung des Autos erneuern, die in Kürze abläuft. Auf keinen Fall will sie in einem nicht zugelassenen Fahrzeug von der blöden Polizei angehalten werden.

»Mit wem sprichst du, Mummy?«, fragt Phoebe vom Rücksitz.

Sie winden sich durch den dichten Verkehr in der Lygon Street. Die Scheibenwischer kämpfen gegen den dampfenden Regen an, der auf die Windschutzscheibe prasselt. Brigitte wischt mit dem Handrücken das Kondenswasser ab. Sie kneift die Augen zusammen und konzentriert sich, fühlt sich wie benebelt und spürt die nächste Migräne schon hinter der rechten Schläfe pochen.

»Ich warte im Auto«, sagt Kurt, als sie ankommen.

Sie parkt schief, steht nur halb in der Parkplatzmarkierung. Dann rennt sie – mit langsamen Bewegungen, wie tief unter Wasser – mit den Zwillingen auf das VicRoads-Büro zu, die Jacken über den Kopf gezogen.

Sie steigen die bürokratiebraunen Stufen in den ersten Stock hinauf. An den Wänden hängen schlaffe Weihnachtsgirlanden. Es riecht nach Schweiß und so etwas wie altem Kohlepapier, nach Plastik und Benzin. Sie zieht eine Nummer.

»Danke, Marco.« Die Frau hinter dem Schalter nimmt Papiere von einem Mann in einem T-Shirt mit der Aufschrift *RACV Drive School* entgegen.

»Alles klar. Schöne Weihnachten.« Marco, der Fahrlehrer, dreht sich um, sieht Brigitte an und versucht, ihren Blick zu halten, doch sie senkt den Kopf. Er kratzt sich im Nacken und geht.

Der Raum dreht sich. Die Luft ist stickig. Sie kann nicht atmen.

»Was ist los, Mummy?«

Sie stolpert auf die Reihe aus schmalen, roten Stühlen zu. Sie wird es nicht schaffen. Sie fällt. Zum Glück fängt Kurt sie auf. Eigentlich wollte er doch im Auto warten.

Sie nimmt Finn und Phoebe das Versprechen ab, Aidan und Onkel Ryan nichts davon zu sagen, dass Mummy in der Zulassungsstelle »in Ohnmacht gefallen« ist, wenn sie dafür Kartoffelchips essen und *Die Schneekönigin* schauen dürfen.

Der Schmerz, der durch ihren Körper strömt, ist nahezu unerträglich. Sie stellt sich unter die Dusche, lässt kochend heißes Wasser über sich laufen, bis die Haut auf ihrem Rücken röter als bei einem Sonnenbrand ist, doch der Schmerz lässt nicht nach. Sie hält es nicht aus. *Lieber mehr Medikamente nehmen.*

Beim Abtrocknen sieht sie aus dem Badezimmerfenster. Finn und Phoebe haben sich ausgezogen und randalieren im warmen Regen im Garten – hängen sich an die Wäscheleine und reißen Pflanzen aus der Erde.

Brigitte zieht sich an und zerrt den großen Koffer aus dem Schlafzimmerschrank ins Wohnzimmer. Sie öffnet eine Flasche Wein und beginnt zu packen. Die schwarze Mattscheibe des Fernsehers lenkt sie ab. Ihr Spiegelbild scheint sich verändert zu haben: älter, dünner. Sie stellt sich davor und starrt es an, beugt sich hinunter und sieht es schwächer werden. Verschwinden?

»Wo ist Mummy?« Aidans tiefe, ruhige Stimme dringt durch das offene Fenster herein. *Oh, nein. Warum ist er so früh zu Hause?*

»Ruht sich aus«, sagt Finn. »Spielst du mit uns?«

»Onkel Ryan kommt gleich und nimmt Mummy für eine Weile mit, dann können wir spielen. Aber zuerst muss ich für euch etwas aus dem Auto holen.«

»Wann gehst du und wohnst wieder mit deiner Frau zusammen?«, fragt Phoebe.

Eine Pause. »Hat Mummy das gesagt?«

»Wann gehst du?«

»Wenn die Hölle zufriert.«

Finn kichert.

»Was heißt das, Aidan?«, fragt Phoebe.

»Das heißt, nie. Meine Frau und ich haben uns anders entschieden.«

»Dann kannst du hier bleiben!«

»Nein, ich muss trotzdem gehen. Wenn es eurer Mutter ein bisschen besser geht. Also, ihr zieht euch jetzt an, und ich hole das Geschenk.«

Das Seitentor quietscht, die Zwillinge kichern, ein Hund bellt.

Im Haus drängt Kurt. »Beeil dich«, sagt er zu Brigitte. »Es ist Zeit zu gehen.« Aber sie hat noch nicht fertig gepackt. Sie holt die Johnny-Walker-Flasche vom Küchenschrank, folgt ihm ins Schlafzimmer und schließt hinter sich die Tür ab.

Kurt sitzt neben ihr auf dem Bett. Sie spült mit dem Whisky eine Schlaftablette herunter.

»Wir machen keine Reise, wie?«

Kurt schüttelt den Kopf. »Nimm noch ein paar.«

»Hör nicht auf ihn.« Jetzt spricht der Mann in Zylinder und Frack auf der Johnny-Walker-Flasche mit ihr.

»Ich bin so müde, ich vermisse Sam, und ich ertrage den Schmerz nicht mehr.«

»Geh zu Ryans Arzt, geh zu einem Therapeuten, lass deinen Rücken in Ordnung bringen«, sagt Johnny Walker.

Sie und Kurt lachen.

»Hör auf, Brigitte, du halluzinierst.« Johnny Walker ist erbost.

»Nein.« Sie klopft mit dem heruntergekauten Fingernagel an die Flasche. »Ich kenne dich. Ich erinnere mich an dich.«

Kurt deutet auf die Tablettenpackung auf dem Nachttisch. Sie schluckt eine weitere. Johnny Walker ist richtig aufgebracht. »Wie kann man nur seine Kinder allein lassen?«

Sie betrachtet die Flasche aus der Nähe und sagt: »Ich weiß es nicht. Vielleicht bleibt einem manchmal keine Wahl.« Oder hat das Kurt gesagt?

»Du bist stärker.«

»Nein, bin ich nicht, Johnny Walker.« Sie dreht die Flasche um, kann ihn nicht länger sehen. Sie spült weitere Tabletten herunter, legt sich aufs Bett, schließt die Augen.

Kurt liegt neben ihr und hält ihre Hand. »Es war ein Unfall. Wie die meisten Selbstmorde.«

Was? Das ist kein Selbstmord. Nur Ausruhen.

»Mummy, Mummy«, brüllt Finn, als er auf der Suche nach seiner Mutter durch den Flur poltert. »Aidan hat uns einen Hund mitgebracht.«

Brigitte hört ihn kaum. Sie ist schon zu weit weg, fühlt keine Schmerzen – folgt Kurt durch den Flur, an der leeren Stuhlreihe und dem Aquarium vorbei und eine Treppe hinauf. Sie findet ihn in einem grauen Zimmer vor einem leeren, kalten Kamin. Der Geruch von Zimt und Bergamotte füllt den Raum. Er trägt das braune Sweatshirt und hält eine Schrotflinte in den Händen. Zu spät. Ein einziger Schuss zerstört die Stille. Aber es ist nicht Kurt in dem braunen Sweatshirt. Er war es nie. Und Brigitte hat die Flinte im Mund.

Teil 2 1994: About a Girl

22

Sie öffnet die traumschweren Augen und weiß einen Moment lang nicht, wo sie ist. Durch hölzerne Lamellen fällt Licht herein und wirft Muster auf die weiße Bettwäsche.

Sie quält sich aus dem Bett, folgt den Lichtstreifen zu den Flügelfenstern und hantiert am Griff herum. Der Verkehr rauscht, in der Gartenanlage auf der anderen Straßenseite summt ein Rasenmäher, der Geruch von frisch gemähtem Gras weht in die Wohnung.

Eric hat im Wohnzimmer den Fernseher angelassen. Blödes, amerikanisches Tagesprogramm – *Entertainment Tonight.* Wieso läuft das überhaupt tagsüber? Während sie Kaffee kocht, hat sie von der Küche aus über die Frühstücksbar hinweg den Bildschirm im Blick.

Als ein News Flash verkündet, dass Kurt Cobain sich erschossen hat und tot aufgefunden wurde, rutscht sie mit dem Pressstempel ab und verbrüht sich die Hand. *Scheiße! Das kann nicht sein!* Sie umrundet die Frühstücksbar und starrt mit der Tasse in der Hand und offenem Mund den Fernseher an. Zu sehen sind Aufnahmen eines Polizeiwagens, der vor einem grauen, regenverschleierten Haus in Seattle steht.

Sie kehrt in die Küche zurück und lässt kaltes Wasser über die verbrannte Hand laufen. Was war so schlimm, dass Cobain das Gefühl hatte, keine andere Wahl zu haben? Es ist ihr nicht wirklich wichtig, aber heute wird einer dieser Tage werden, an die sich alle für immer erinnern – wie alte Leute, wenn sie von JFK oder John Lennon reden.

Das Wandtelefon klingelt. Sie dreht das Wasser ab und streckt sich nach dem Hörer. Es ist Nana, in Tränen aufgelöst – dieser gutaussehende Grunge-Sänger habe sich erschossen. *Woher weiß sie überhaupt, wer Kurt Cobain ist?* Ein Klopfen an der Tür. *Warum funktioniert die Gegensprechanlage nicht?* Sie verspricht, Nana später zurückzurufen.

Sie steigt über eine Umzugskiste, zerkratzt sich das Schienbein, schließt auf und öffnet die Tür einen Spalt.

»Hi, ich bin Sean, der Hausmeister. Wollte nur mal hören, ob Sie sich gut einleben.«

Eric hat nie etwas von einem Hausmeister gesagt. Er sieht ziemlich alt aus – nicht so alt wie Eric, aber Ende zwanzig, vielleicht um die dreißig. Er trägt eine schwarze Hose und ein weißes Hemd, dem ein Bügeleisen nicht geschadet hätte. Sein rotblondes Haar steht auf einer Seite ab. Die grünen Augen sind traurig, rot gerändert, als hätte er geweint. Sie öffnet die Tür ein bisschen weiter, und ein Grinsen wischt einen Teil der Traurigkeit beiseite – es ist Nachmittag und sie immer noch in ihrem Minnie-Maus-Schlafanzug.

»Ich wollte gerade einkaufen gehen. Soll ich Ihnen etwas mitbringen?«

Sie schüttelt den Kopf.

»Ich bringe Ihnen einen Kaffee mit.«

»Nein, ich mache gerade …« Sie wirft einen Seitenblick auf die Kaffeepfütze in der Küche. »Okay, gut, wenn Sie wollen.« *Hör auf, meinen Schlafanzug anzustarren, und geh einfach.*

Sie schließt die Tür ab, duscht rasch und zieht sich Klamotten über, bevor er mit dem Kaffee zurückkommt. Einer für sie, einer für ihn. Seltsam, aber er scheint okay zu sein, harmlos.

»Kaffee mit Milch. Richtig so?«

»Perfekt. Danke. Was bin ich Ihnen schuldig?«

»Geht auf mich.« Er blickt auf seine Schuhe – die Spitzen sind abgestoßen.

»Ist alles in Ordnung?« Sie nippt an ihrem heißen Kaffee, verbrennt sich die Lippe und zuckt zusammen, doch er scheint nichts zu merken.

Er seufzt. »Tut mir leid, normalerweise lasse ich die Mieter in Ruhe, aber ich bin total durcheinander. Haben Sie gehört? Das von Kurt?«

»Kurt Cobain?«

Er nickt. »Er war mein Held. Seine Songs waren, irgendwie, na, mein Leben, meine Gefühle – keine Ahnung. Er hat einfach immer die richtigen Worte gefunden. Ich kann nicht fassen, dass er tot ist. Mochten Sie ihn?«

Sie macht doch bestimmt nicht den Eindruck, als wäre Grunge ihr Ding. Obwohl, heute vielleicht schon – alte Jeans und T-Shirt, ungeschminkt. »Ich habe seine Songs nie so richtig gehört …«

»Das müssen Sie. Ich bringe Ihnen ein paar Nirvana-CDs.«

Toll. Sie kann es kaum erwarten.

»Sorry, wie heißen Sie?«

»Brigitte.«

»Alles klar. Ich geh besser wieder an die Arbeit, Brigitte. Sagen Sie Bescheid, wenn Sie was brauchen.«

Sie nickt.

»Eins noch, Brigitte.«

»Ja, Sean.«

»Zünden Sie eine Kerze an. Für Kurt. Okay?«

»Klar.« Sie schließt hinter ihm ab.

Zur Arbeit braucht sie zu Fuß zehn Minuten. Die kühle Dunkelheit der Gold Bar wickelt sich wie eine Kuscheldecke um sie. Sie zieht die Schultern zurück, schiebt die Brüste vor und schwingt die Hüften, und aus der dummen, linkischen Brigitte wird die selbstsichere, sexy Pagan.

Unten bereitet sich ihre Pseudofamilie auf die Nachtschicht vor: auf das Warten auf alte Männer, deren Frauen kein Verständnis für sie haben. Hannah, die Hausmutter – Ex-Tänzerin, blond, teuer herausgeputzt –, läuft mit dem Clipboard herum und geht den Dienstplan durch. Al, der Manager – Ex-Boxer, fast kahl, schwarzer italienischer Anzug –, sieht Hannah über die Schulter und hat wie immer etwas zu meckern. Brigitte gibt ihm von Eric eine Einkaufstüte mit einem ziegelsteingroßen Päckchen, was ihn aufmuntert.

Ember – alias Jennifer, Brigittes frühere Mitbewohnerin – tanzt neben der Bar um den Billardtisch herum und singt lautstark »I Believe in Malcolm« zu dem Hot-Chocolate-Song, der aus den Lautsprechern dröhnt. Wie oft muss Brigitte ihr noch sagen, dass es *miracles* heißt?

Sie fragt Ember, wo Crystal und Angelique sind. Sie hat gedacht, die beiden hätten heute Nachtschicht.

»Sind in die King Street gewechselt«, sagt Ember. »Wahrscheinlich verdienen die Mädels da besser als hier.«

»Ja, aber sie tanzen auch nicht nur. Al sagt, sie geben den Gästen im Hinterzimmer vom Platinum Club Blowjobs.«

»Keine Ahnung. Kann sein.« Ember zuckt mit den Schultern und tänzelt davon.

Tim, der Barmann, schenkt Brigitte ein Glas Champagner mit einem Schuss Himbeersirup ein.

»Danke. Ich hab dich in der Burger-King-Werbung gesehen.«

»Das ist erst der Anfang. Mein Agent hat mir ein Vorsprechen für eine Filmrolle besorgt.« Lächelnd schneidet er eine Zitrone in Scheiben.

»Viel Glück.«

»Man sagt Hals-und Beinbruch, Pagan.«

»Das müsste ich eigentlich wissen. Mein Bruder ist Schauspieler.«

»Echt?« Tim sieht auf. »Wer ist sein Agent?«

»Er ist am NIDA.«

»Glückspilz.« Tim runzelt die Stirn und schnippelt weiter Zitronen.

Sie nimmt das Getränk mit in die Garderobe, in der es immer eiskalt ist. Die Tänzerinnen wärmen sich mit Alkohol und dem Fön auf. Scarlett schminkt sich; Paris, die Neue, hat sich in die Ecke verkrochen, um sich einen Schuss zu setzen. Sie wird nicht lange hier sein. Brigitte lässt ihre Tasche auf die Bank unter dem alten Theaterspiegel mit den Glühbirnen im Rahmen fallen. Sie zieht sich aus, streift dann ein mit silbernen Pailletten besetztes Kostüm aus BH und String-Tanga über und zwängt sich in ein weißes Kleid, das ihr kaum bis zu den Oberschenkeln reicht.

Scarlett schaut von ihrem Lippenstift auf und erzählt, Al habe gestern Nacht wieder Rita gesehen. Nachdem der Club zugemacht hatte. Rita ist der Hausgeist – angeblich eine Tänzerin, die in der Gold Bar ermordet wurde, als diese noch ein Cabaret war. »Er meint, der Zigarettenautomat wäre von allein zum Leben erwacht. Eine Schachtel ist rausgefallen, dann hat er auf dem Boden einen Schatten gesehen.«

»Al trinkt vor Feierabend zu viel.« Brigitte macht ein Geistergeräusch und zieht sich lachend die silbernen Stöckelschuhe an.

Ihrem ersten Auftritt an diesem Abend sehen nur wenige Gäste zu. »Raspberry Beret«: Der DJ kennt ihre Begeisterung für Prince. Ihr Kostüm glüht im Schwarzlicht. Ein Typ – im Anzug – stellt sich an die Bühne und schaut zu. Er zieht den Mantel aus und hält ihn vor sein Geschlecht. Der Rauch seiner Zigarette hängt als graue Wolke in der abgestandenen Luft. Er wedelt mit einem Fünf-Dollar-Schein, aber der wird nun ganz und gar nicht reichen. Sie schwingt sich um die Stange, ihre Muskeln spannen sich, die Musik pulsiert durch ihren Körper. Als der Typ einen Fünfziger hochhält, lächelt sie ihn von oben herab an und blinzelt langsam, ihre Wimpern sind ein sich senkender Bühnenvorhang. Hier oben hat sie alles unter Kontrolle, ist stark, sicher, niemand darf sie berühren. Sie kniet sich vor ihn, nimmt den Schein, faltet ihn zusammen und steckt ihn unter ihr Strumpfband. Nicht, wer am Schönsten ist, verdient das meiste Geld. Sondern wer die Kunst der Verführung beherrscht. Mit langsamen, gleitenden Bewegungen hypnotisieren – bis er sich vorstellt, er wäre die Stange und hätte Sex mit ihr. Alles hängt von den Augen ab. Das Ablegen der Kleider ist nebensächlich. Wenn man ihn mit dem Blick einfängt, steckt er einem den halben Wochenlohn ins Strumpfband. Dann beendet man seinen Zehn-Minuten-Auftritt und lässt ihn am Bühnenrand sitzen. Leer. Bis die nächste Tänzerin kommt.

***

Erics Kollege Ian aus Sydney ist da – als Brigitte um halb fünf morgens von der Arbeit kommt, sitzen zwei schrumpelige Kröten auf dem neuen weißen Sofa und spielen Nintendo. Auf dem Sofatisch verteilen sich eine teure Flasche Wein, weiße Linien und zusammengerollte Hundert-Dollar-Scheine. Ian redet nie mit ihr, und sie ignoriert ihn. Er macht Witze über Eric, den »Hausmann«, wenn er denkt, dass sie ihn nicht hören kann, und beobachtet sie, wenn er denkt, sie merkt es nicht.

Sie vergewissert sich, dass die Badezimmertür abgeschlossen ist, bevor sie unter die Dusche steigt und sich bettfertig macht.

Die Sehnenentzündung im linken Arm macht sich wieder

bemerkbar – der Schmerz zieht von ihrem Bizeps bis in die Fingerspitzen. Sie bandagiert ihn und schluckt ein paar entzündungshemmende Pillen – Panadol – sowie eine Schlaftablette. Eine Wärmflasche, und eine Zeitlang ist alles gut.

Sie träumt, dass Kurt Cobain in der Wohnungstür steht, eine Geschenkschachtel in den Händen. Im Foyer hinter ihm mühen sich Lieferanten mit in Plastik verpackten Möbeln auf Rollbrettern ab. Sie packt Kurts Arm und flüstert ihm ins Ohr: »Bitte lass mich nicht zurück.«

Er hebt den Deckel der Schachtel an. Darin ist ein Welpe mit einem roten Halsband. Als sie nach dem Hund greifen will, springt eine riesige Eidechse heraus. Die glänzenden, silberbraunen Schuppen schillern wie ein Regenbogen. Im Rücken steckt eine Spritze.

Herzrasen reißt sie aus ihrem Traum, instinktiv greift sie nach dem Valium auf dem Nachttisch. Doctor O'Meara hat davor gewarnt, Alkohol mit Entzündungshemmern zu mischen. Auf dem kleinen Fernseher im Schlafzimmer läuft *Rage* und spielt die ganze Nacht Nirvana. Sie tastet nach der Fernbedienung. *Wo zum Teufel hat Eric sie diesmal hingelegt?* Dieser Videoclip mit dem kleinen Mädchen im Ku-Klux-Klan-Kostüm ist wirklich gruselig.

23

Das hintere Tor bei Nana und Opapa ist nie verschlossen. Es ist »Pie-Abend«. Brigitte steigt der Geruch von Gebackenem und Holzrauch in die Nase. Es hat geregnet, und auf dem Pfad am Haus wachsen Moosbüschel. Nana mahnt immer: *Pass auf, dass du nicht ausrutschst*. Brigitte ist schon ein paarmal ausgerutscht – nach zu vielen Sherrys. Es würde nicht gut aussehen, mit den Händen in den Taschen hinzufallen, sie nimmt sie aus dem weißen Wollmantel. Als sie die Küche betritt, schlägt hinter ihr die Fliegentür zu.

Opapa, der gerade den roten Tisch deckt, schaut auf. »Hallo, Brigi. Wo ist dein neuer Freund?«

»Arbeitet.« Sie hängt den Mantel über die Stuhllehne.

»Wann lernen wir ihn kennen?«

»Keine Ahnung.« *Hoffentlich nie.*

»Lust auf einen Sherry?« Er holt ein grünes und ein rosa Glas und die Flasche aus einem Unterschrank, schenkt ein und dreht sich eine Zigarette.

»Ich hab ein Geschenk für dich, zum Einzug.« Er geht zum Kamin und berührt einen schweren Gegenstand aus Eisen, der neben der Uhr auf dem Kaminsims steht. »Hat meiner Großmutter gehört.«

»Ist das ein Bügeleisen?« Brigitte trinkt einen kleinen Schluck Sherry und genießt die Wärme im Magen.

»Ja. Sie hat es auf dem Herd erwärmt.« Er pult sich einen Tabakkrümel von der Lippe. »Aber du kannst es in deiner neuen Wohnung auch als Türstopper verwenden.«

»Es sieht zu schwer aus zum Mitnehmen.«

»Ich bringe es dir im Auto vorbei.« Er wirft einige Holzscheite ins Feuer und setzt sich in den neuen Chesterfield-Sessel, den ihm Brigitte zum Geburtstag gekauft hat.

Nana kommt herein, wischt sich Mehl von der Schürze und umarmt Brigitte. Ihr Gesicht ist kalt, die Hände sind rot – sie hat sich in der Waschküche hinter dem Haus um die Wäsche gekümmert. Sie riecht nach Vanille, Lakritzstangen und diesem stinkenden Parfüm, Joy. Brigitte niest.

»Habt ihr euch etwa wieder über meinen Kochsherry hergemacht?« Sie runzelt die Stirn. »Wo ist Onkel Joe?«

Brigitte hat ihn auf dem Weg nicht aus dem The Railway

geholt und mitgenommen. »Er findet doch bestimmt den Weg aus der Kneipe nach Hause.«

Nana verengt die Augen.

»Schon gut. Schon gut.« Brigitte hebt die Hände. »Ich hole ihn.« Sie hat den Mantel halb an, als das Telefon klingelt.

Opapa steht auf und nimmt ab. Er nickt und sagt: »Ja … ja … ja …« Er legt auf und betrachtet seine Schuhspitzen. »Das war Stefan aus der Kneipe. Onkel Joe ist vom Barhocker gefallen.«

Brigitte und Nana starren ihn an.

»Der Krankenwagen hat ihn gerade mitgenommen.«

Brigitte fragt, ob es ihm gut gehe.

»Er ist tot.«

Scheiße.

Nana überkreuzt die Beine und klammert sich an der Küchenbank fest, als habe sie Angst zu fallen. Opapa reibt ihr den Rücken und bittet Brigitte, Joan und Tante Linda anzurufen. Währenddessen tröstet er Nana.

Beep beep beep. »Joan Weaver.«

»Hallo, Mum.« Ist schon eine Weile her.

Joan gibt vor, ihre Stimme nicht zu erkennen.

»Ich bin's, Brigitte. Ich bin bei Nana und Opapa. Du musst wohl herkommen.«

»Weswegen?«

»Onkel Joe ist gestorben.«

»Oh, ist das alles?«

Nana heult.

»Brigitte, was ist da los?«, fragt Joan.

Nana bricht mit an die Brust gedrückten Händen in Opapas Armen zusammen. Brigitte lässt den Hörer fallen.

»Brigitte. Brigitte …« Joans Stimme hallt aus dem baumelnden Telefonhörer.

Brigitte fragt Opapa, ob mit Nana alles in Ordnung sei.

Opapa schüttelt den Kopf. Er kniet auf dem Linoleumboden und lässt Nana nicht los. Brigitte drückt Joan weg und wählt den Notruf. Als der Krankenwagen gerufen ist, kniet sie sich neben Opapa und streichelt Nanas kalte, feuchte Stirn und das weiche, graue Haar.

Der Pie verbrennt, und Brigitte springt auf, um ihn aus dem Ofen zu nehmen. Rauch quillt heraus.

Nana ist bei Bewusstsein, als die Sanitäter eintreffen, aber sie gehen von einem kleinen Herzinfarkt aus, legen sie auf eine Trage und scherzen über das verbrannte Abendessen. Opapa fährt im Krankenwagen mit. Brigitte will auch mit, doch Opapa sagt ihr, sie solle zu Hause warten – er ruft an, wenn es etwas Neues gibt.

Auf dem Weg durch das Foyer sieht sie in den Briefkasten. Nur ein paar Werbewurfsendungen und zwei Nirvana-CDs mit einem Zettel von Sean, dem Hausmeister: *Für Brigitte. Bin gespannt, wie du's findest.*

Sie ruft bei der Arbeit an und meldet sich krank. Al sagt, zum Ausgleich muss sie eine Tagschicht übernehmen. *Arschloch.*

Sie nimmt eine Valium und steht lange unter der heißen Dusche, um den Stress mit »Chill out«-Aromatherapieseife wegzuspülen. Das Telefon klingelt, sie lässt die Seife fallen. Als sie nackt zum Telefon rennt, tropft Wasser auf den kornblumenblauen Teppich. Opapa ruft aus dem Krankenhaus an. Nana geht es gut. In ein, zwei Tagen sollte sie wieder zu Hause sein. *Uff.*

Brigitte trocknet sich ab und zieht einen Schlafanzug an. *Plopp*: der wohlklingende Ton eines herausschießenden Champagnerkorkens. Sie gibt einen großen Schuss Himbeersirup ins Glas, legt eine von Seans CDs in den CD-Player und lässt sich mit dem Getränk in der Hand im Schneidersitz auf dem Boden nieder. »Polly« erklingt, sie fühlt sich sofort angesprochen – sie weiß, wie es ist, sich gefangen zu fühlen. Cobain hätte so etwas nicht schreiben können, ohne das Gefühl zu kennen. Sean hatte recht: Er hat die richtigen Worte gefunden. Kein Wunder, dass die Fans auf der Trauerfeier ihre Flanellhemden verbrannt haben. Sie hätte sich mehr mit ihm beschäftigen sollen, als er noch am Leben war.

Sie kippt das Getränk herunter, schenkt nach und denkt an Nana. Auf Opapas Nachttisch steht seit Ewigkeiten ein Foto von ihr. Nana ist darauf etwa zwanzig, vielleicht jünger, und steht lächelnd auf einer Party – perfekte Zähne, leuchtende Augen, reine Haut. Sie schimmert, wie manche Hollywood-Stars es tun – als würde nur auf ihr ein Lichtschein liegen und alle anderen im Raum in den Schatten stellen. Als Kind hat sich Brigitte gewünscht, später so auszusehen. Joan sieht so aus, nur ohne das Schimmern. Nana ist immer so fröhlich, dabei muss es sie traurig machen, alt zu werden und nicht mehr so auszusehen. Joan hat es traurig gemacht.

Brigitte denkt, sie wird allein bleiben, wie Onkel Joe: ohne Partner, kinderlos. Eric sagt, sie will sowieso niemand. Sie ist zu schwierig, zu verkorkst – und er hat recht. Allerdings hat Dan Joan gewollt, und die war noch viel verkorkster. Warum wollte niemand Onkel Joe? Als junger Mann sah er gut aus. Vielleicht hat er das Verkorkst-Gen geerbt – wahrscheinlich von Nanas Mutter, die depressiv und Alkoholikerin gewesen war. Nana sagt, sie war eine zarte Seele, die schwache Nerven hatte und einem Tropfen nicht abgeneigt war. Nana rührt deswegen keinen Alkohol an. Opapa sagt, sie war einfach verrückt. Er hat Brigitte unter dem Siegel der

Verschwiegenheit erzählt, dass der Treppensturz, der sie das Leben kostete, kein Unfall gewesen war.

Warum hat Kurt Cobain sich getötet? Er hatte doch das Leben vor sich. Jemand hätte ihn genug lieben müssen, um ihn zu retten. Zu verkorkst? Sie trinkt aus und dreht »Something in the Way« auf. Sie hat keine Ahnung, wovon Kurt da singt, aber denkt sich, es gehe um die Ungerechtigkeit des Lebens. Vielleicht macht er sich auch einfach nur über Pescetarier lustig – es klingt, als würde er davon singen, Fisch zu essen, weil die keine Gefühle haben.

Als die CD zu Ende ist, hält sie die Flasche kopfüber über ihr Glas. Sie ist leer, Brigitte geht zum Kühlschrank und holt die nächste. *Plopp*.

Sie legt eine Prince-CD ein.

24

Sean bringt ihr jeden Mittag Kaffee. Sie bemüht sich immer, bis dahin angezogen zu sein, doch heute ist sie noch im Schlafanzug. Ihre Augen sind vom Weinen verquollen, und sie ist verkatert. *Wieder einmal. So verkorkst.*

Sean trägt ein weißes, gebügeltes Hemd, das Haar ist gegelt, die Schuhe geputzt. »Was hast du, Brigitte?« Er stellt den Kaffee neben die im Glas zischende Vitamintablette auf die Frühstücksbar.

Sie beißt sich auf die Unterlippe. »Mein Onkel Joe ist gestorben.«

»Das tut mir sehr leid.« Als sie ihn umarmt, wirkt er überrascht, ein wenig aus dem Gleichgewicht gebracht, dann nimmt er sie langsam, vorsichtig in den Arm.

»Es ist meine Schuld.«

»Das ist doch albern.«

Sie weint in sein Hemd.

Als sie sich beruhigt hat, lässt sie ihn los und entschuldigt sich. Er fragt, ob sie etwas Stärkeres als Kaffee möchte. Sie nickt, und er geht in den Alkoholladen im Hotel an der Ecke.

Er kommt mit einer Flasche Johnnie Walker zurück und holt zwei Gläser aus dem Schrank. »Hast du Coke da?«

»Nein, aber ich kann jemanden anrufen, der uns welches bringt.« Sie greift zum Telefon.

»Coca-Cola, Witzbold.« Er schaut in den fast leeren Kühlschrank – kein Champagner mehr da.

»Gott, nein. Das Zeug ist schlecht für die Gesundheit.«

»Wo ist Eric?«

»Bei der Arbeit.«

»Wo arbeitet er«

»Überall. Er ist Konzertveranstalter.« Sie setzt sich an den Tisch und streicht mit der Hand über die glänzende Walnussoberfläche. »Er ist nicht oft zu Hause.«

»Arbeitest du?«

Sie nickt.

»Aber du bist tagsüber immer zu Hause.« Er stellt die vollgeschenkten Gläser und die Flasche auf den Tisch und setzt sich ihr gegenüber.

»Ich arbeite nachts.« Sie verzieht das Gesicht – der unverdünnte Johnny Walker schmeckt ekelhaft, wirkt aber schneller als Champagner.

»Wo?«

»In der Gold Bar.« Sie wagt sich aus der Deckung.

Sean zieht die Augenbrauen hoch.

»Hinter der Bar«, setzt sie schnell hinzu – die übliche Lüge. Sie wechselt das Thema, kommt wieder auf den armen Onkel Joe zurück, und Sean fragt, was passiert ist.

»Er ist vom Hocker gefallen, als ich ihn eigentlich aus der

Kneipe abholen sollte, und hat sich den Kopf aufgeschlagen. Ich hatte ihn vergessen. Ehrlich gesagt«, sie nimmt einen großen Schluck, »hatte ich ihn nicht wirklich vergessen. Ich wollte da nicht reingehen, weil der Wirt bei letzten Mal versucht hatte, mich zu küssen.«

Tröstend legt er seine Hand auf ihre.

»Onkel Joe war dement.«

»War er in einem Heim?«

Sie schüttelt den Kopf. Er hätte in einem Heim sein sollen, anstatt in Nanas und Opapas Gästezimmer zu wohnen. Ständig vergaß er, die Miete zu zahlen und den Gasherd abzudrehen. Und er konnte sich nicht erinnern, wo er seine Ersparnisse versteckt hatte. Opapa fand sie schließlich – was davon übrig war – in einer alten Holzkiste hinter einem ausgemusterten Grill versteckt, als er ein paar Würste braten wollte, um herauszufinden, ob der Grill noch funktionierte.

»Warum habe ich ihn nicht einfach aus der Kneipe abgeholt?«

Sean tätschelt sanft ihre Hand.

»Und dann musste ich meine Mutter anrufen, die mich hasst.«

»Sei nicht albern. Bestimmt hasst sie dich nicht.«

»Doch, tut sie.« Sie hält inne. Er sieht sie an, wie die Männer in der Gold Bar sie ansehen, wie Stefan der Wirt sie ansieht. Er will sie küssen. Und sie würde es vermutlich zulassen. Aber er versucht es nicht.

»Ich habe gehört, wie er dich anbrüllt«, sagt Sean.

»Wer? Wovon redest du?« Sie zieht ihre Hand weg und verschränkt die Arme.

»Eric.«

»Nein, das tut er nicht. Nicht richtig. Manchmal hat er nur

eine laute Stimme.« Sie zwingt sich zu einem Lächeln, das ihre Augen nicht erreicht.

»Wenn du je Hilfe brauchst, dann hol mich.«

»Jetzt bist du albern.« Sie lacht es weg. »Der Whisky ist dir zu Kopf gestiegen. Du gehst besser wieder an die Arbeit, sonst bekommst du noch Ärger.«

»Ich meine es ernst. Okay?« Er sieht ihr direkt in die Augen, sie wendet den Blick ab.

Die Gegensprechanlage summt, sie stehen auf. Es ist Ember/Jennifer. Brigitte öffnet die Tür, und Jennifer kommt in einem zu kurzen Kleid und mit für die Tageszeit zu hohen Absätzen hereingeschwankt. Sie küsst Brigitte auf den Mund. »Alles in Ordnung, Süße?« Sie wartet die Antwort nicht ab. »Ich hab dir was mitgebracht, um die Sorgen zu ertränken.« Sie stellt zwei Flaschen Champagner auf die Frühstücksbar und legt einen fetten Joint daneben. »Wie heißt du?« Sie mustert Sean von oben bis unten.

»Sean.« Er streckt die Hand aus, sie nimmt und küsst sie. Er wird rot.

»Hi, Sean. Ich bin Jennifer«, sagt sie mit einem neckischen Lächeln.

»Ich wollte gerade gehen.«

»Oh. Wie schade.«

Er gibt Brigitte einen höflichen Kuss auf die Wange. »Ich schaue später nach dir.« Er ist der erste Mann, der Jennifer keinen zweiten Blick zuwirft.

»Sean ist süß.« Jennifer zündet mit einem Streichholz den Joint an. »Du solltest ihn flachlegen.«

»Nur ein Freund.«

»Schicke Wohnung.« Jennifer sieht sich um. »Eric muss dich echt mögen.«

25 Sie bereitet gerade nach den Angaben der *Vogue Entertainment* das Essen für die Wohnungseinweihungsfeier vor, da summt die Gegensprechanlage. Es ist Opapa, er steht zu dicht vor der Kamera. Sie kann in seine Nasenlöcher sehen. Sie kichert, drückt auf den Knopf, der das Sicherheitsschloss an der Haustür entriegelt, und hört es im Foyer klicken.

Als sie die Wohnungstür öffnet, pfeift er. »Du siehst ja wirklich todschick aus!«

Das sollte sie auch. Sie hat ein kleines Vermögen für Strähnchen, eine französische Maniküre und eine verjüngende Gesichtsmaske ausgegeben.

Opapa legt den Kopf schief. »Siehst aus wie deine Mutter.«

Brigitte runzelt die Stirn, sie hört es nicht gern. Opapa hat das Bügeleisen seiner Großmutter mitgebracht, stellt es als Türstopper auf den Boden, wirft noch einen Blick in die Runde und pfeift wieder.

»Besser als die letzte Bude.« Er zieht seinen Tabakbeutel und die Blättchen hervor.

»Zum Rauchen musst du rausgehen.«

»Warum?«

»Ich will hier drinnen den Geruch nicht.«

Er verdreht die Augen und steckt seine Rauchutensilien wieder ein. »Wo ist dein Typ?«

»Weg. Arbeitet.« Sie spült ein paar Salatblätter ab. »Wie geht es Nana?«

»Gut.«

»Sie hat sich erholt?«

»Wie durch ein Wunder. Zähe alte Krähe.« Er schüttelt den Kopf. »Hast du was zu trinken?«

»Nur Champagner.«

»Oh lala.« Er nimmt sich ein Stück Olivenbrot.

»Opapa, ich habe wirklich viel zu tun.«

»Zu beschäftigt für deinen alten Großvater?« Er saugt an seinen Zähnen.

»Ich muss für heute Abend das ganze Essen fertig machen.« Sie schiebt sich die Haare hinter die Ohren.

»Schon gut. Ich gehe.« Er umrundet die Frühstücksbar und gibt ihr einen Kuss auf die Stirn.

»Danke für den Türstopper.«

»Wir sehen uns auf Joes Trauerfeier.«

Sean bleibt mit den Händen in den Taschen auf der Türschwelle stehen, bis sie ihn auffordert, hereinzukommen.

»Du siehst hübsch aus«, sagt er.

»Danke.« Sie ist zu beschäftigt, um aufzusehen. »Könntest du den ganzen Kram da bitte in die Club Lounge tragen? Ich dachte mir, wir feiern am besten dort.« Sie zeigt auf eine Kiste Champagner und einen Karton mit geliehenen Gläsern, die auf dem Boden stehen. Er trägt sie durch das Foyer in die gemeinsam genutzte Lounge hinüber.

»Ryan!« Sie sieht ihn auf der anderen Straßenseite aus einem Taxi steigen, schlägt die Hände zusammen, schiebt den Salat aus roten Baby-Rüben an Himbeervinaigrette beiseite, läuft ans offene Fenster und beugt sich über das schwarze Eisengitter.

»Hey, Schwesterherz!«, ruft Ryan ihr grinsend zu und kneift die Augen gegen das Sonnenlicht zusammen.

Brigitte entriegelt das Sicherheitsschloss.

Ryan kommt herein und wirft seine Tasche in die Ecke. Sie umarmt ihn, zu fest. Er riecht nach dem Aromatherapie-Rasierwasser, das sie ihm geschickt hat. Sie bekommt feuchte Augen.

»Hey, was ist denn?« Er hält ihr Gesicht in den Händen.

Hilf mir. Ich will hier nicht mehr sein. »Nichts.« Sie wendet den Blick ab. »Hab dich nur vermisst.«

»Du tanzt doch nicht etwa immer noch in diesem blöden Club?«

Sie zuckt die Schultern.

Sean kommt mit den leeren Kisten zurück. Sie stellt ihn Ryan vor, dann gehen sie alle drei runter auf den Parkplatz, um in einer Ecke einen Joint zu rauchen. Das exotische Essen bleibt vergessen in der Küche stehen.

Ryan nimmt einen langen Zug und reicht den Joint an Sean weiter. »Wie lange seid ihr beiden denn schon zusammen?« Er bläst Rauch aus. Sean wird rot.

»Ryan!« Brigitte sieht ihn strafend an.

»Was?«

»Eric«, sagt sie durch zusammengebissene Zähne.

»Ach ja. Wo ist der Big Man überhaupt?«

»In Sydney, glaube ich.«

»Bei der Erstfamilie oder der zweiten?«

Sean betrachtet seine Schuhspitzen und entschuldigt sich dann, um nach dem Essen zu sehen.

»Er mag dich«, sagt Ryan.

»Bloß ein Freund.«

Schweigend rauchen sie abwechselnd den Joint. Ryan betrachtet die geparkten Luxuswagen, sieht zu den obersten Apartments hoch und dann in Brigittes Augen. »Warum zum Teufel treibst du dich mit Eric Tucker rum, Brigi?«

Sie zuckt die Schultern.

»Er ist älter als Mum.«

Sie versucht es mit einem süßen Kichern und Wimpernaufschlag, der ihr nicht gelingt. Ryan schüttelt den Kopf und zerdrückt den Joint unter der Sohle seines Turnschuhs.

Sie kommt sich unglaublich glamourös vor, als sie in ihrem neuen weißen Chanel-Etuikleid durch die Club Lounge schlendert und so tut, als wäre sie jemand, den man kennt, der wichtig ist. Die Gäste – die aus ihren Nachbarn bestehen – mischen sich. Ryan und Sean verstehen sich gut. Die perfekte Party – abgesehen vom Essen. Was hat sie sich bloß gedacht? *Vogue Entertaining*! Sie kann kaum Brot toasten. Aber ist auch egal, keiner merkt etwas, weil alle trinken. Einzig die Rosmarin-Lamm-Spieße scheinen zu gelingen (schade um die Zwiebelmarmelade, die eigentlich dazu gehört) – allerdings hat sie sie im Ofen gelassen. Sie läuft in die Wohnung und lässt dabei eine Spur aus Champagner und Himbeeren hinter sich.

»Kann ich dir irgendwie helfen, Brigitte?« Sean stolpert hinter ihr her.

Sie verbrennt sich die Hand am Ofen. »Scheiße!« Das Blech mit den verbrannten Lammspießen rutscht ihr aus der Hand und fällt zu Boden. Sie lachen so laut, dass sie das leise Quietschen der kleinen Räder unter Erics Koffer nicht hören. Brigitte riecht sein Juicy-Fruit-Kaugummi und erstarrt. Sie hat ihn erst in einigen Tagen zurückerwartet.

»Ich kann mich nicht erinnern, meine Einwilligung zu einer Party gegeben zu haben«, sagt er mit seiner heiseren Benson-and-Hedges-Stimme. Er lehnt den Koffer gegen eine Wand und lässt den Griff zurückschnappen. »Du stehst völlig neben dir, Brigitte – du musst jetzt ins Bett.« Seine haselnussbraunen Augen tränen, wenn er wütend wird. Sie verschränkt schützend die Arme vor der Brust.

»Und du gehst jetzt nach Hause.« Eric zeigt mit dem Finger auf Sean.

»Schon gut. Alles in Ordnung.«

»Ich habe gesagt, geh nach Hause. Und du«, er wendet

sich an Brigitte, »gehst ins Bett.« Er stößt sie in Richtung Schlafzimmer. Sie verliert das Gleichgewicht, fällt gegen die Frühstücksbar und stößt eine Schüssel mit Pistazien zu Boden.

»He! Lass deine verdammten Hände von ihr.« Ryan kommt durch die Tür.

»Sag du mir nicht, was ich mit ihr zu tun und zu lassen habe.«

»Was hast du gesagt?«

»Du hast es gehört.« Eric schiebt sein Kinn vor, das Ryan als Zielscheibe für seine Faust nutzt. Ryan ist nicht so groß und dick wie Eric, aber stärker und nicht einmal halb so alt. Eric schwankt und fällt gegen die Wand, er hält sich das Kinn. Brigitte schlägt die Hand vor den Mund, und Sean macht einen Schritt zurück.

»Du hast keine Ahnung, mit wem du dich hier anlegst.« Eric rappelt sich auf. Der untere Knopf fliegt von seinem Hemd weg, als sein Bauch dagegen drückt.

»Komm schon, alter Mann. Oder traust du dich nur an junge Frauen ran?«

Eric will Ryan einen Schlag versetzen, ist aber zu langsam. Ryan packt seinen Arm, biegt ihn um und stößt ihn zu Boden.

»Hört auf!«, schreit Brigitte.

Eric sitzt einen Moment lang hustend auf dem Boden, bevor er sich aufrichtet. Er zeigt mit dem Finger auf Ryan, spuckt sein Kaugummi in dessen Richtung und geht schwankend und sich den Arm reibend zum Schlafzimmer. Ryan ignoriert ihn, beruhigt sich und wendet sich Brigitte zu. Sie hat noch immer die Arme um sich gewickelt und zittert am ganzen Körper.

»Alles okay, Brigitte. Komm, wir hauen ab.« Er streckt seine Hand aus. »Wir können zu Nana und Opapa gehen. Oder in ein Hotel.«

Sie ergreift die Hand nicht.

»Komm schon. Du willst doch nicht bei diesem Wichser bleiben.«

Sie beißt auf ihre Unterlippe.

»Womit auch immer er dich in der Hand hat, Brigi, es ist egal. Ich lasse dich nicht hier zurück.«

Sie setzt den härtesten Blick auf, den sie zustande bringt, und sagt mit fester Stimme: »Du gehst jetzt besser, Ryan.«

»Sei jetzt nicht albern.«

Sie tritt ein paar Schritte zurück.

»Bitte.«

Sie schüttelt den Kopf. »Geh.«

Er wirft entnervt die Hände in die Luft, hebt seine Tasche auf und geht. Sean folgt ihm, dreht sich in der Tür noch einmal um und flüstert *Okay?*

Sie nickt.

Als sie weg sind, wischt sie sich sinnlose schwarze Mascaratränen aus dem Gesicht und sammelt Lammspieße und Pistazien vom Boden auf.

»Dein Bruder schert sich nicht um dich, Häschen.« Eric steht hinter ihr, und sie erstarrt, ist durchgefroren und ausgenüchtert. »Das tue nur ich.« Er geht zum Eingang, schiebt mit dem Fuß das Bügeleisen weg und verschließt die Tür.

26

Onkel Joes Beerdigung ist eine kleine und traurige Angelegenheit – ein paar Freunde aus der Kneipe, Brigitte, Nana und Opapa. Die meisten seiner Bekannten sind bereits verstorben. Die australische Flagge, ein paar Kriegsmedaillen, ein altes Armeefoto in einem Plastikrahmen und ein billiger Blumenkranz schmücken den billigen Sarg.

»Dummer Idiot«, zischt Opapa leise, als der Trauerredner seine Standardfloskeln vorträgt, in die ein paar persönliche Informationen eingeflochten wurden, um das Leben des »geliebten Menschen« wiederzugeben. Nana stößt Opapa den Ellbogen in die Rippen. Brigitte gähnt. Stefan der Wirt zwinkert ihr von der anderen Seite des auf weiches, goldenes Licht gedimmten Raumes aus zu. Brigitte runzelt die Stirn. Ihre neuen »Beerdigungsschuhe« drücken.

Sie starrt Onkel Joes Sarg an, lauscht der Trauerrede, den üblichen Liedern, und erinnert sich an Dads Beerdigung. Die gleiche Kapelle. Oder eine ganz ähnliche. Die Truckfahrer trugen flaschengrüne und indigoblaue Hemden mit Firmenlogos auf den Taschen und verströmten den Geruch von Diesel und Old Spice. Nachdem sie Dan die letzte Ehre erwiesen hatten, trugen breite Schultern und harte, schwielige Hände mit eingewachsenen Ölflecken den Sarg zu den Tönen von »Light on the Hill« nach draußen.

Vier Trauergäste kommen mit zu Nana und Opapa und werden mit Sandwiches, Tee und Kaffee bewirtet. Irgendwann hat Brigitte genug von Stefans Anmachversuchen und verlässt den Leichenschmaus, allerdings hat sie bis dahin mit Opapa schon zu viel Sherry getrunken. Es nieselt, der Weg ist glitschig, sie fällt auf dem Weg zum Tor hin und reißt sich ein Loch in die Strumpfhose. Opapa sieht es von der Küche aus. Das Fenster rattert, als er es aufstemmt, die Farbe blättert ab. Er steckt den Kopf nach draußen. »Alles okay, Brigi?«

Sie hält den Daumen in die Höhe und steht schnell auf. Zum Glück hat Nana nichts gesehen.

»… nein. Das ist polizeiliche Belästigung.« Eric legt sein Mobiltelefon beiseite, als sie in die Wohnung kommt. Er sitzt rauchend auf dem Sofa und balanciert einen Teller mit Sushi und Tempuragemüse und einen Nintendo Controller auf den Knien. Multitasking.

»Wer war dran?«, fragt sie.

»Niemand, Häschen. Warum bist du so aufgerüscht?«

»Ich war auf Onkel Joes Beerdigung.« Sie stellt ihre Tasche auf die Frühstücksbar und streift die Schuhe ab, von denen sie Blasen an den Füßen hat.

»Wie war's?«

»Trostlos.«

»Guter Leichenschmaus?«

Sie zuckt die Achseln.

Er hält das Spiel an, drückt die Zigarette aus und sieht sie an. »Was ist mit deinem Knie passiert?«

Es sieht aus wie das von einem Schulkind, der Rand der aufgerissenen Strumpfhose klebt an getrocknetem Blut.

»Gestolpert.«

Er schüttelt lachend den Kopf. »Du bist echt verkorkst. Aber, verdammt noch eins, du siehst toll aus. Einen Kuss, bitte.« Er stellt Teller und Chopsticks weg und wartet darauf, dass sie zu ihm kommt. Sie bückt sich und schließt die Augen. Seine Zunge windet sich in ihren Mund, er schmeckt nach Zigarette und rohem Fisch.

»Wir bringen im Dezember Death Rowe raus. Möchtest du mit auf Tour gehen?« Er hält ihre Hände fest. Seine sind schwammig und feucht.

Calvin Rowe ist echt süß. Aber, nein, sie steht nicht mehr auf hübsche hohle Jungs. »Da haben wir im Club viel zu tun. Ich glaube nicht, dass ich mir freinehmen kann.«

»Hast du heute Abend Schicht?«

Sie nickt.
»Gut. Ich habe ein Paket für Al.«
Sie zieht ihre Hände weg. »Ich muss mich fertig machen.«
»Jetzt schon?«
»Wir proben für das Jelly-Wrestling.«
»Jelly-Wrestling!« Er lacht und hustet und zündet sich eine Zigarette an. »Das muss ich sehen.«
Sie geht ins Bad, schließt hinter sich die Tür ab, säubert ihr Knie, duscht und macht sich für die Arbeit bereit.

Seitdem neue Clubs auf der King Street eröffnet haben, ist es in der Gold Bar ruhiger geworden, und Al ist der Meinung, etwas Besonderes bieten zu müssen, um die Gäste zurückzulocken. Die Plakate hängen, in den Sexmagazinen sind Anzeigen geschaltet, doch der Großhändler hat das bestellte Jelly nicht geliefert. Al und Big Johnny, der Türsteher, fahren in den Supermarkt und kaufen alle Jellypackungen auf, die in den Regalen zu finden sind.

Ungeschminkt und ohne bunte Lichter sehen die Tänzerinnen jung und müde aus. Paris ist auf einem Stuhl eingeschlafen, ihr Kopf ist zur Seite gerollt, Speichel tropft aus ihrem Mundwinkel. Ihre dürren Arme – die Nadeleinstiche gut sichtbar – liegen schlaff auf ihren Oberschenkeln. Die Tänzerinnen gähnen und kippen Jellykristalle und Wasser in das aufblasbare Kinderbecken auf der großen Bühne. Eine solche Menge Jelly wird lange brauchen, um hart zu werden. Al wirft tütenweise Eis dazu.

Es bleibt keine Zeit zum Proben, und als die Türen geöffnet werden, ist das Jelly noch nicht hart; die Tänzerinnen müssen trotzdem hineinsteigen. Sie meckern, weil es so kalt und klebrig ist, dass sie zwischen den Auftritten duschen müssen.

In der Garderobe sind nur zwei Duschkabinen vorhanden, und während die Mädchen Schlange stehen, bleiben die Bühnen leer, und die Gäste meckern ebenfalls.

Brigitte sieht eine Weile zu, es scheint ganz einfach zu sein. Als sie an der Reihe ist, legt der DJ Prince auf, und sie wirft den Gästen ein Lächeln zu, während sie in das Becken mit flüssigem Jelly steigt. Erschrocken über die Kälte zieht sie die Luft ein.

Al moderiert: »Perfect Pagan versus Tempting Taylor.«

Es ist rutschig im Becken, ihre Füße schlittern weg, sie stürzt hart. Knirsch. Als ihr Bein sich unter ihr zur Seite weg biegt, platzt und reißt irgendetwas in ihrem linken Knie. Ein Schmerz wie Feuer. Taylor hat nicht mitbekommen, dass Brigitte verletzt ist, klettert auf sie, drückt sie ins Jelly hinunter und hebt triumphierend die Arme. Ihre Belohnung: der Verliererin das Bikinioberteil abnehmen. Die Menge jubelt.

Literweise Champagner mit Himbeeren helfen Brigitte, die Nacht zu überstehen.

Durch einen Schleier aus Schmerz sieht sie mit triefenden Augen die graue, frühmorgendliche Stadt am Taxifenster vorbeischlieren. Eine Horde junger Männer ist noch auf Beutezug, sie tragen die T-Shirts in die Jeans gesteckt und Blundstones-Stiefel. Jungs vom Lande – die schlechtesten Trinkgeldgeber –, die am Wochenende in der Stadt die Sau rauslassen. Ein Betrunkener schwankt und stützt sich beim Pinkeln an einer Hausecke ab. Zwei Frauen mit gebräunten Beinen und kurzen Kleidern sitzen am Rinnstein, eine hält das Haar der anderen nach hinten, während die in die Gosse kotzt. Straßenreinigung und Polizei räumen die Überreste der Nacht weg.

In der Wohnung pellt sich Brigitte aus dem Paillettenkleid

und gibt sich Mühe, das Knie nicht zu beugen. Ein übersehener Fünfzig-Dollar-Schein fällt zu Boden. Sie duscht, zieht sich vorsichtig einen Schlafanzug an und macht sich eine Tasse Kakao.

»Brigitte.«

Scheiße. Eric ist wach. Sie hatte vorgehabt, auf dem Sofa zu schlafen.

»Komm kuscheln, Häschen.«

»Einen Moment.« Sie humpelt ins Bad und schluckt Entzündungshemmer, Panadol, und eine Schlaftablette mit dem Kakao herunter.

Sie schiebt sich ins Bett und legt sich an Erics Rücken. Ihre Arme können den Berg aus kaltem, weißem Fleisch nicht ganz umfassen.

»Ooh, Häschen, ich glaube, ich fühle was.« Er rollt sich herum. Seine Hände geben den Hefe-und-Garnelen-Geruch seines Schwanzes ab, den keine Dusche und kein teures Parfüm der Welt entfernen kann. »Kannst du ihn anfassen?«

Zu spät – sie fällt bereits in ihre Träume, von Kurt Cobain und einem Welpen mit einem roten Halsband.

27

Brigitte ist mit höllischen Schmerzen aufgewacht – schlimmer als die Sehnenentzündung, schlimmer als damals, als Eric ihr versehentlich das Handgelenk gebrochen hat. Sie hat die letzten Entzündungshemmer geschluckt und sich einen Termin bei Doktor O'Meara geben lassen.

Jetzt sitzt sie zitternd im Wartezimmer.

Neben einem Regenwaldposter hängt ein Plakat, das über AIDS informiert. Ein verrotztes Kind sitzt auf dem Schoß seiner Mutter und hustet Bakterien in die Gegend. Brigitte hält die Luft an. Ein Mann mit grauem Gesicht kommt aus dem Untersuchungszimmer und geht zum Empfang, um zu zahlen und sich einen weiteren Termin geben zu lassen. Brigitte beginnt zu schwitzen, die Wirkung der Entzündungshemmer lässt nach. Was, wenn ihr Knie ernsthaft kaputt ist? Vielleicht ist es ein Krebsknoten – und hat nichts mit dem Verdrehen im Jelly-Becken zu tun. Ihr Dad hatte gedacht, er wäre erkältet, als er zum Arzt ging, elf Monate später starb er an Krebs.

Als Dr. O'Meara ihren Namen aufruft, schlägt ihr das Herz bis zum Hals. Sie bemüht sich zu atmen und folgt der Ärztin ins Untersuchungszimmer.

»Setzen Sie sich, und hören Sie bitte auf, so flach zu atmen. Sie hyperventilieren noch.«

Brigitte entschuldigt sich und berichtet, was passiert ist – das Jelly lässt sie aus. Stirnrunzelnd untersucht die Ärztin ihr geschwollenes Knie.

»Was stimmt nicht damit?«, fragt Brigitte mit großen Augen.

»Vermutlich ein abgerissener Knorpel«, sagt die Ärztin in sachlichem Ton.

»Helfen da noch mehr Entzündungshemmer?«

»Nein. Sie müssen zu einem Orthopäden gehen.« Sie macht sich daran, eine Überweisung zu schreiben.

Brigitte legt die Hände vor den Mund.

»Beruhigen Sie sich. Das lässt sich mit einer Arthroskopie leicht beheben.«

»Was ist das?«

»Eine Knie-Operation.«

Brigitte hyperventiliert in ihre Hände.

»Brigitte!« Die Ärztin verliert die Geduld. »Jetzt seien Sie nicht so kindisch. Ich habe heute einen Patienten mit Krebs im Endstadium gehabt. Das mit Ihrem Knie ist nicht so schlimm.«

Sie schämt sich für ihre Angst, für die albernen Tränen in ihren Augen. Sie betrachtet das Plakat mit dem Muskel- und Knochenaufbau des Menschen und fragt, ob sie Schmerzmedikamente bekommen könnte.

»Sie brauchen Ruhe und eine Operation, nicht noch mehr Medikamente.«

»Valium?«

Die Ärztin zieht die Stirn in Falten und klopft mit dem Stift auf den Verschreibungsblock.

»Bitte.«

»Also gut. Sehen Sie zu, dass es diesmal etwas länger vorhält.«

28

Zusammen mit der Werbung liegt eine Broschüre des Council of Adult Education im Briefkasten: Fortbildungskurse für Erwachsene. Brigitte wirft die Werbung in den Müll, behält die Broschüre und blättert sie durch. Der Töpferkurs sieht gut aus. *Warum nicht?* Sie ruft an, um sich anzumelden, doch die Dame am Telefon sagt ihr, dass der Töpferkurs diesmal ausfällt, weil der Lehrer nach Übersee gegangen ist. Der nächste Kurs auf der Liste ist Kreatives Schreiben. In der Schule hat sie gerne Aufsätze geschrieben – hat sogar mit dem Gedanken gespielt, Schriftstellerin zu werden. Ihr Körper ist erschöpft, aber ihrem Geist würde etwas Bewegung gut tun. Sie fragt, ob es noch freie Plätze gibt. Die Dame sagt, ja, im Donnerstagnachmittagskurs, und Brigitte meldet sich an. Weil sie keine Kreditkarte besitzt, verspricht sie, am ersten Kurstag zu zahlen. Sie lässt sich die

Kursinformationen an die Adresse von Nana und Opapa schicken, wie ihre ganze Post. Eric würde sie nur auf die Schippe nehmen, wenn er davon erführe – und ihr sagen, sie wäre zu blöd für einen Schreibkurs.

Sie öffnet das Fenster, lehnt sich gegen das Gitter und atmet die erste Frühlingsluft ein: Jasmin und feuchte Erde, die zu trocknen beginnt. Im Garten öffnen sich die ersten Blüten, auf dem Teich schwimmen Babyenten hinter ihren Müttern her. Der Wind ist nicht mehr so kalt, und sie hat das Gefühl, selber aufzutauen, den schweren Mantel des Winters abzuwerfen. Zu dieser Jahreszeit fühlt sie sich immer wie ein Kind, als könnte sie endlos barfuß über Rasen laufen. Sie schließt die Augen und streckt sich – ihr Knie schmerzt, ihr Arm schmerzt –, stellt sich vor, wie es wäre, ohne Schmerzen zu laufen, das kühle, feuchte Gras unter den Fußsohlen zu spüren. Sie denkt, wie sauber und friedlich die Wohnung wäre, wenn Eric nie zurückkommen würde. Nicht, dass ihm etwas Schlimmes zustoßen soll: Er kommt einfach nicht wieder. Sie öffnet die Augen, seufzt und tritt vom Fenster weg.

Sie nimmt ein Magazin vom Couchtisch und lässt sich aufs Sofa plumpsen. Eine Woche lang Gemüse, Obstsäfte und Pfefferminztee ist das Geheimnis für eine bessere Haut und einen perfekten Körper, verkündet die neueste Ausgabe der *Cleo*.

***

Im Kurs für Kreatives Schreiben sitzen lauter Frauen mittleren Alters – acht an der Zahl – und ein älterer Mann. Panik. Brigitte geht rückwärts aus der Tür, betrachtet konzentriert den Brief mit der Registrierungsbestätigung und tut so, als hätte sie den falschen Raum erwischt. Und läuft mit

Schwung genau in den gerade eintreffenden Lehrer hinein, dem die Papiere aus der Hand fallen.

»He! Wer will da aus meiner Klasse flüchten?«

»Gott, es tut mir so leid.« Sie hilft ihm, seine Notizen und Handzettel einzusammeln, ihre Verlegenheit ist größer als der Schmerz, der ihr beim Bücken durchs Knie schießt. Sie spürt die Blicke der ganzen Klasse im Rücken und wünscht sich, sie hätte einen längeren Rock angezogen. »Ich glaube, ich bin im falschen Raum gelandet.«

»Wie heißen Sie?«, fragt der Lehrer.

»Brigitte Weaver.«

Er sieht auf der Liste nach. »Nein, hier steht Ihr Name. Sie sind hier richtig.«

»Ehrlich gesagt, ich glaube nicht, dass Schreiben das Richtige für mich ist«, sagt sie mit leiser, entschuldigender Stimme.

»Na, ich denke, Sie sollten die erste Stunde mitmachen und dann entscheiden.« Er ist weniger leise.

Ihr bleibt keine Wahl, denn jetzt starren sie alle an, und sie will nicht noch mehr Aufsehen erregen. Schüchtern setzt sie sich auf einen Stuhl in der letzten Reihe. Unter ihrem Ellbogen kippt die Schreibplatte nach oben, ihr Block und Stift fallen zu Boden. Toll – sie muss nicht nur zweieinhalb Stunden unter diesen furchteinflößenden Leuten überstehen, jetzt wissen auch alle, dass sie eine tollpatschige Kuh ist. Ihr Gesicht ist so rot wie ihre Bluse.

Der Lehrer stellt sich als Matt Elery vor. Er trägt ein braunes Sweatshirt, eine ausgefranste Jeans und abgetragene Converse-Schuhe. Brigitte schätzt ihn auf Ende zwanzig. Er ist ziemlich dünn, und sein schulterlanges, schmutzigblondes Haar könnte einen Schnitt vertragen. An seiner Kleidung sind keine Designer-Labels zu sehen. Er hat einen Roman veröffentlicht, von dem Brigitte noch nie gehört hat, und schreibt regelmäßig für Kochzeitschriften und alle anderen, die ihm Aufträge geben – darunter auch *Mad Monster Trucks Monthly*. Das findet die Klasse lustig. Er sieht nicht nach einem Monster-Truck-Typen aus.

»Brigitte kennen wir ja schon.« Er grinst, wieder richten sich alle Blicke auf sie. »Aber können die anderen sich bitte auch vorstellen? Nur der Name und was ihr euch von diesem Kurs erhofft, das reicht schon.«

Sie haben alle immer schreiben wollen – englische Literatur in der Schule geliebt –, aber wegen der Arbeit oder der Familie nie die Zeit gefunden. Eine Frau hat eine Kurzgeschichte geschrieben, die in einer Anthologie veröffentlicht wurde, und will jetzt »ihre Technik verfeinern«, was immer das heißen soll. Jack, der ältere Mann, hat eine Idee für eine von Hemingway inspirierte Novelle.

Matt erklärt den Unterschied zwischen populären und literarischen Texten. Brigitte fühlt sich eher zu Letzterem hingezogen, eine Struktur zu entwerfen und durchzuhalten erscheint ihr zu schwer. Mit quietschendem Stift malt Matt einen Truck an das Whiteboard: Ein Sattelzug, der mit einem Strich mit einem rechteckigen Anhänger verbunden ist, und Räder. Er weist darauf hin, dass das kein Mad-Monster-Truck ist, wieder lachen alle. Auf den Sattelzug schreibt er *Gegenstand*, auf den Anhänger *Inhalt*. Dann erklärt er, wie jeder Sattelzug den Anhänger ziehen kann.

Er spricht vom Stilmittel des Bewusstseinsstroms und bittet jeden, sich ein Foto aus dem von ihm mitgebrachten Stapel auszusuchen und darüber zu schreiben, was ihnen gerade einfällt. Brigitte nimmt ein Foto von einem Mann und einem Kind, die sich an den Händen halten, und schreibt über einen Zoobesuch mit ihrem Vater. Sie durfte die Eidechsen und Schlangen im Reptilienhaus betrachten, so lange sie wollte, dann kaufte er ihr eine Riesenwaffel Eis, und sie brachten den ganzen Tag damit zu, sich alle Tiere zweimal anzusehen. Am Ende war sie so müde, dass er sie zum Auto tragen musste, und auf dem Weg ist sie auf seinem Arm eingeschlafen. Natürlich hat es diesen Tag nie gegeben, weil Dad immer unterwegs war und gearbeitet hat, und dann ist er gestorben.

Matt ermuntert die Klasse, die Texte laut vorzulesen, aber keiner traut sich, außer Jack – er hat über das Foto mit dem Fischerboot geschrieben.

Am Ende der Stunde gibt Matt ihnen als Hausaufgabe auf, eine Kurzgeschichte zu schreiben, die sie vortragen sollen. Dann lädt er sie in ein Café in der Degraves Street ein.

Sie sitzen draußen um zwei wacklige Tische herum. Brigitte kommt sich dumm vor und lauscht der Unterhaltung über Bücher und Autoren, von denen sie noch nie gehört hat. Sie liest meistens Stephen King.

Zwei Teilnehmerinnen trinken aus, bedanken sich bei Matt für den Unterricht und gehen.

»Bis nächste Woche«, sagt Matt.

Jack drückt seine Zigarette aus, steckt Tabakbeutel und Blättchen ein und sagt, er müsse auch los.

»Möchtet ihr noch einen Kaffee?«, fragt Matt.

Brigitte muss die Wohnung aufräumen und Kostüme waschen. Und Eric ist in der Stadt und wird sich fragen, wo sie ist.

»Geht auf mich«, sagt Matt.

Die Kostüme und Eric können noch warten. Sie bittet um einen Pfefferminztee.

»Noch jemand?« Nein, alle müssen los.

Brigitte sieht Matt nach, als er ins Café geht, um die Bestellung aufzugeben. Er sagt etwas, über das die Frau an der Theke lacht. Das Licht verfängt sich in seinen Haaren und flackert wie Sonnenstrahlen durch Blätter hindurch. Er erinnert sie an irgendwen.

Er stellt seinen Stuhl auf die andere Seite des Tisches, um ihr gegenüberzusitzen. »Na, Brig, findest du immer noch, der Kurs sei nicht das Richtige für dich?«

»Ja. Ich meine, nein. Das war gut.« Er hat eine kleine, sichelförmige Narbe unter dem linken Auge. Der Kellner stellt Kaffee und Tee auf den Tisch.

»Weißt du schon, worüber du schreiben willst?«

»Ähm. Noch nicht.« Sie nippt ihren Tee.

»Kein Sorge, dir fällt noch was ein. Am Anfang ist es immer gut, über etwas zu schreiben, das man kennt.«

Sie nickt.

»Aber nicht was man zu kennen *meint*. Den Fehler begehen die meisten, wenn sie zu schreiben anfangen.« Er hebt seine Kaffeetasse an den Mund und trinkt. Dampf wirbelt vor seinen Augen – sehr blauen Augen.

***

Was ist das für ein Geruch in der Wohnung? Er vertreibt all ihre Schreibideen und frohen Gedanken an den Kurs. Tracy sitzt auf dem Sofa, isst einen Big Mac und trinkt Bowle aus einem diamantgeschliffenen Kristallglas. Kayla krabbelt herum und verteilt Pommes auf dem Teppich. Eric hat nichts davon gesagt, dass seine missratene Tochter – aus zweiter Ehe – und Enkelin ein paar Tage aus Sydney zu Besuch kommen würden. Tracys blondes Haar ist vorne grellpink gefärbt. Sie hat ein blaues Auge. Eric hat einen neuen Freund erwähnt, und Brigitte muss an die Theorie denken, dass

Frauen sich immer Partner suchen, die sie an den eigenen Vater erinnern.

Brigitte zieht Gummihandschuhe über und hebt die Pommes mit Küchenpapier auf. Kayla zieht sich am Couchtisch hoch und greift nach einem von Erics wertvollen Sammeltellern. Gerade noch rechtzeitig kann Brigitte ihn aus Kaylas Reichweite entfernen. Kayla brüllt. Und stinkt. Wie hält Tracy das aus?

»Wo ist …« *Dein Vater* würde merkwürdig klingen, Tracy ist nicht jünger als Brigitte. »Eric?«

»Kauft Windeln für Kay ein.«

Toll.

»Willst du was trinken?«, fragt Tracy.

»Nein, danke.« Brigitte zieht die Handschuhe aus und schenkt sich an der Frühstücksbar ein Glas gefiltertes Wasser ein. Sie zündet die Duftlampe an und gibt ein paar Tropfen Zitronengrasöl hinzu, um den Gestank zu vertreiben.

Neben der Spüle stapelt sich dreckiges Geschirr. Warum kann Eric es nicht einfach in die Spülmaschine räumen? Und er räumt sie auch nie aus – weil er nicht weiß, wo die Dinge hingehören, wie er sagt. Flaschen und Babyutensilien weichen in der Spüle in milchigem Wasser ein. *Ekelhaft.*

»Tracy!« Brigitte verschluckt sich fast an ihrem Wasser und zeigt auf Kayla, die aus der Potpourri-Schüssel isst.

»Scheiße!« Tracy zieht Kayla auf ihre Knie und schlägt ihr auf den Rücken. Kayla würgt und spuckt trockene Blüten und Gewürze auf das Sofa. Brigitte rennt ins Bad, steht würgend vor der Toilette und schwört sich, niemals Kinder zu bekommen.

29

In der zweiten Unterrichtsstunde bringt Matt ihnen bei, wie man etwas veranschaulichen kann, ohne es zu beschreiben. Brigitte versteht den Unterschied nicht. *Ihre Augen waren grün* ist Beschreibung, sagt Matt. *Ihre Augen hatten die Farbe von Oliven mit bernsteinfarbenen Flecken wie gegen Licht gehaltenes Bier* ist Veranschaulichung. Brigitte findet es übertrieben. Und was, wenn man an schwarze Oliven denkt? Sie fragt nicht nach. Sie schreibt: *Seine Augen waren tiefblaues Meerwasser, in dem ich gerne ertrinken würde, um meine Seele vor dem Verbrennen zu retten.* Als sie merkt, dass Matt sie ansieht, schaut sie auf ihre Kunstnägel hinab. Die Farbe ist der letzte Schrei: *Vamp*, die Farbe von getrocknetem Blut. Uma Thurman trägt sie in *Pulp Fiction*, hat die Maniküre gesagt.

Am Ende des Unterrichts gibt ihnen Matt auf, weiter an ihrer Kurzgeschichte zu arbeiten. Als er die Gruppe nicht wieder auf einen Kaffee einlädt, lässt Brigitte den Kopf hängen. Vielleicht macht er das nur beim ersten Mal, um das Eis zu brechen. Wahrscheinlich ist er gleich mit seiner Freundin verabredet. Oder mit seinem Freund. Vielleicht ist er verheiratet. Sie sammelt ihre Sachen ein und geht aus dem Raum. Doch draußen hält sie inne, dreht um und geht wieder hinein.

»Kommst du mit auf einen Kaffee, Matt?«

»Heute nicht.« Er packt seine Notizen ein. Er trägt keinen Ehering.

»Oh.«

Er sieht auf. »Guck doch nicht so traurig.«

Warum ist ihr immer alles anzusehen?

»Ich habe eine lange Fahrt vor mir. Mein Onkel wird morgen beerdigt, in Deniliquin.«

»Komisch. Ich war auch gerade auf der Beerdigung meines Onkels.«

»Das tut mir leid.«

»Eigentlich mein Großonkel«, fügt sie hinzu, dummerweise ein wenig zu fröhlich.

»Kommst du mit auf einen Kaffee, Brig?« Jack steckt den Kopf durch die Tür.

»Heute nicht. Ich hab was vor.«

»Dann bis nächste Woche.« Er winkt.

»Tschüss, Jack«, sagen Brigitte und Matt unisono.

Sie nehmen zusammen den Aufzug. Draußen geht Matt in Richtung Collins Street, und Brigitte begleitet ihn.

»Kommst du mit dem Auto her?«, fragt sie.

»Normalerweise nicht, ich wohne in der Nähe.«

Zwei Dinge, die sie gemeinsam haben: tote Onkel und Wohnungen in der Innenstadt. »Ich bringe dich zum Wagen.«

»Ich dachte, du hast was vor.«

»Nein. Ich hatte nur keine Lust auf noch mehr Geschichten über Ernest Hemingway.«

»Verständlich.«

Sie gehen durch das düstere Einkaufszentrum – die meisten Läden sind bereits geschlossen –, biegen links in die Collins Street ein und überqueren die Elizabeth Street.

»Da ist es.« Er bleibt neben einem alten roten Auto stehen, das an der Straße parkt – ein Commodore oder Holden oder so etwas. Er öffnet die Beifahrertür und wirft seine Tasche hinein. Sie hat Lust, etwas Verrücktes zu tun, vielleicht zu sagen: *Nimm mich mit, dann kann ich dir Gesellschaft leisten. Auf einer Beerdigung sollte man nicht alleine sein.*

»Soll ich dich nach Hause fahren?«, fragt er.

»Meine Mutter hat mir beigebracht, niemals zu Fremden ins Auto zu steigen.« *Es sei denn, sie fahren einen Porsche.*

»Deine Mutter scheint eine kluge Frau zu sein.«

Sie lacht.

Er geht auf die Fahrerseite und steigt ein. Als der Motor läuft, lehnt er sich rüber und kurbelt das Fenster auf der Beifahrerseite herunter. »Soll ich dich nicht doch mitnehmen?«

Sie schüttelt den Kopf. »Ich brauche Bewegung.«

»Nein, brauchst du nicht.« Er grinst.

An wen erinnert er sie?

»Bis nächste Woche dann.« Er wendet, hupt und winkt.

Sie bleibt zurück und sieht den Rücklichtern nach, bis der Wagen im Verkehr verschwunden ist. Während sie zurück in ihre Wohnung trödelt, schmerzt eine merkwürdige Leere – ein Gefühl von Alleinsein – in ihr. Eine Brise trägt einen Hauch von Wärme und Müll durch den Rinnstein und treibt ihr Staub in die Augen.

30

In den Arbeitspausen, insofern sie nicht gerade damit beschäftigt ist, Pailletten an Kostüme zu nähen, beginnt Brigitte, ihre Kurzgeschichte zu schreiben. Zuerst fällt ihr nichts ein. Sie denkt an Matts Worte: *Schreibt, was ihr kennt*. Aber sie kennt eigentlich nichts wirklich. Sie hat keine Hobbys oder Interessen – seitdem ihr Knie kaputt ist, geht sie nicht mal mehr zur Fitness –, nur die Arbeit und jetzt diesen Schreibkurs. Sie ist nie viel gereist, und früher mit Eric auf Tour hat sie kaum mehr gesehen als Hotelzimmer und Konzertsäle. Nichts Interessantes.

Sie macht sich ein paar Notizen über die Leute, mit denen sie arbeitet. Eine Geschichte über Rita das Gold-Bar-Gespenst könnte ganz interessant sein, würde aber einige Recherche erfordern. Eine Beschreibung des Jelly-Wrestling-Desasters könnte komisch sein, auf tragische Weise. Oder was ist mit Vince, dem Rechtsanwalt? Was für ein Idiot. Sie schreibt:

> Vince der Rechtsanwalt brachte mir teure Geschenke wie Unterwäsche und Parfüm. Ich reagierte allergisch auf das Parfüm, und die Tänzerinnen durften sowieso keins tragen, weil die Ehefrauen es riechen könnten und so herausfinden würden, dass ihre Männer sich herumgetrieben hatten. Aus dem Grund war auch Bodyglitter verboten. Ich habe mit Vinces Parfüm das Klo in meiner Wohnung geputzt. Wenn Vince richtig betrunken war, sprang er auf die Bühne und versuchte, mit mir zu tanzen. Die Türsteher haben ihn ermahnt, ihn aber nicht rausgeworfen, weil er immer viel zu viel Geld im Club ließ. Er sagte, wenn ich mit ihm käme, würde er seine Frau verlassen und mit mir gehen, wohin ich wollte. Er klang so herzergreifend, dass ich ihm fast glaubte. Ich habe oft daran gedacht, mit ihm wegzugehen – irgendwohin, mit irgendwem.

Vergiss es – sie reißt die Seite aus dem Notizbuch und schmeißt sie in den Mülleimer. Matt ist zu clever, um das für erfunden zu halten.

Sie versucht es mit Bewusstseinsstrom. Das fördert eine Erinnerung an einen Urlaub mit Joan, Tante Linda und Brigittes Cousins am Cradle Mountain in Tasmanien zutage. Dad war bereits tot gewesen. Brigitte war neun oder zehn, Ryan muss elf oder zwölf gewesen sein. Obwohl Sommer war, hatte es geschneit. Die Kinder hatten noch nie Schnee gesehen, spielten im Schlafanzug darin und bewarfen sich mit Schneebällen. Brigitte hatte immer gedacht, Schnee würde sich wie Marshmallows oder Baumwolle anfühlen, und war überrascht gewesen, dass er so hart war, so wehtun konnte. Joan hatte irgendeinen Zusammenbruch, und sie fanden sie in ihrem Nachthemd und mit nur einem ihrer Chanel-Slipper durch den Schnee wandern.

»Was machste da, Pagan?« Ember holt sie mit einem Glas Champagner mit Himbeeren aus ihrer Cradle-Mountain-Erinnerung zurück. Champagner wird aus Weintrauben gemacht, und im Himbeersirup ist sicher auch noch ein Hauch von Frucht, rein technisch bricht sie ihre *Cleo*-Diät also nicht.

»Danke. Ich schreibe eine Geschichte für meinen Schreibkurs.«

»Du bist zu schlau, um Stripperin zu sein.« Ember ist in ein Handtuch eingewickelt und hat tropfnasse Haare, sie hat gerade ihre »Wet 'n' wild«-Show auf der großen Bühne hinter sich gebracht. Sie wirft die lila Schlangenhautimitatschuhe in den Mülleimer und holt ein neues Paar aus der Tasche.

»Ist das nicht Verschwendung?«, fragt Brigitte.

»Das Wasser ruiniert sie. Die violette Farbe zerläuft.«

»Violett? In meinen Augen ist das lila.«

»Es ist *violett*. Außerdem kosten die Dinger nur zwanzig Dollar im Vic Market. Hab gleich zehn Paar gekauft.« Sie trocknet ihre Haare, trägt Lippenstift auf und flattert aus der Garderobe, um vor dem nächsten Auftritt noch ein paar Lap Dances zu machen.

Brigitte vergisst die Lap Dances, während sie ihr Getränk nippt und an ihrem Stift kaut. Sie schreibt:

> Normalerweise kam zu dieser Jahreszeit niemand her. Der Park Ranger gähnte. Langweilige Routinechecks. Moment – die Tür der einzig bewohnten Blockhütte stand angelehnt. Er sollte lieber mal nachsehen. Er zog den Reißverschluss seiner Jacke hoch, stülpte die Kapuze über und stieg aus dem Wagen. Die Fahrertür des vor der Hütte geparkten

Kombis stand offen. Der Wind pfiff und brachte den Schlüsselanhänger des im Zündschloss hängenden Schlüssels zum Schwingen. Sonst war von der Familie, die vor einer Woche hier eingetroffen war, nichts zu sehen. Neben der alten Hütte fand er halb im Schnee vergraben einen goldenen Ballerina.

»Pagan. Podium zwei in fünf Minuten«, ruft Hannah.

Brigitte klappt ihr Notizbuch zu.

31

Matt zeigt ihnen, wie man Dialoge schreibt. *Im Dialog enthüllen sich die Charaktere und der Subtext … Adverbien und andere Attribuierungen als »er sagte« sind zu vermeiden … William Faulkner …* Brigitte kann sich nicht konzentrieren. Sie reibt sich das wieder schmerzende Knie. Matts Augen sind zu blau. *Konzentrier dich.* Er trägt wieder das braune Sweatshirt und eine ausgeblichene Jeans. Sie weiß immer noch nicht, an wen er sie erinnert. Dad? Vielleicht ein bisschen, aber, nein, das ist es nicht.

Der Schmerz wird unerträglich, und während Matt zum Schluss kommt, entschuldigt sie sich, läuft auf die Toilette, schluckt ein paar Panadol und zieht die Bandage um ihr Knie nach.

Als sie herauskommt, steht Matt im Flur vor dem Schwarzen Brett. »Kommst du mit ins Café, Brig?«

»Okay.« Sie zwingt sich zu einem Lächeln, dem Schmerz zum Trotz, und bemüht sich, nicht zu humpeln.

»Hast du deine Geschichte angefangen?«

»Ja.«

»Worum geht's?«

»Sag ich nicht.«

Er grinst. Im Aufzug schweigen sie. Er steckt die Hände in die Hosentaschen, sie starrt zu Boden. Dann sehen sie sich von der Seite an und müssen beide lachen.

Sie setzen sich zu den anderen Kursteilnehmern – dasselbe Café, dieselben Tische im Freien. Jack bleibt länger als die anderen, raucht und redet – mit Händen und Füßen – über Hemingway. Matt nickt langsam, doch sein Blick wird glasig. Er sieht Brigitte an und versucht, keine Miene zu verziehen. Jack schaut erst Matt an, dann Brigitte, dann wieder Matt, dann zieht er eine Augenbraue hoch, und Brigitte merkt, dass sie rot anläuft.

»Na ja. Ich mach mich besser auf den Weg«, sagt Jack und wandert in Richtung Flanders Street von dannen.

»Arbeitest du oder gehst du zur Uni, Brig?« Matt wippt auf dem Stuhl nach hinten.

»Ich arbeite.«

»Wo?« Sie wünscht sich, er hätte die Frage nicht gestellt.

Sie zwirbelt eine Haarsträhne um ihren Finger, will ihn nicht anlügen. »In der Gold Bar.«

»Ach, Quatsch!« Die Vorderbeine seines Stuhls knallen auf den Boden.

Sie nickt.

»Aber das ist doch ein Stripclub, oder nicht?«

»Ich arbeite hinter der Bar.« Manchmal geht sie hinter die Bar, um für einen Gast einen Drink zu holen, oder für sich selbst.

»Ich kann nicht glauben, dass du in so einem Schuppen arbeitest.«

Sie schaut auf den Tisch und knibbelt mit dem Fingernagel an der Kante herum, als würde dort die Farbe abblättern.

»Du wirkst gar nicht ...« Als sie aufblickt, überrascht er

sie mit direktem Augenkontakt – sie kann nicht wegsehen. »Du bist so still und …«

»Unschuldig?«

»Ja.«

Es war als Witz gemeint, und sie lacht – nicht sicher, ob sie geschmeichelt oder beleidigt ist.

»Wie ist es da drinnen?«

»Willst du sagen, du bist nie da gewesen?«

Er schüttelt den Kopf. Vielleicht sagt er die Wahrheit. Unwahrscheinlich, aber vielleicht sind nicht alle Männer gleich.

»Ziemlich schäbig.«

»Du musst einen anderen Job finden, Brig.«

Sie streicht den Daumenballen über die schimmernde Oberfläche ihrer Fingernägel. Auch er sieht sie an.

»Kaffee? Oder Pfefferminztee?«

Wieso weiß er das noch? Sie bittet um einen Kaffee mit Milch. Diese Woche ist sie nicht auf Diät.

Er geht rein, um zu bestellen. Die weiß-schwarzen Kacheln am Eingang sind kurz vor dem Zerfall. Sie betrachtet die Sandwiches und Kuchen unter den Glasglocken im Schaufenster und sieht ihr Spiegelbild im Fenster lächeln. Die Scheibe hat einen Riss. Sie lenkt ihren Blick auf das alte Gebäude an der Ecke zur Flinders Lane – es erinnert sie immer an Gotham City. Sie wünscht sich, sie müsste nicht in die Wohnung zurückkehren. Sie will nicht länger Hausfrau spielen.

»Also, worum geht es in deiner Geschichte?« Er kommt zurück an den Tisch.

»Hab doch gesagt, dass ich nichts sage.«

»Nächste Woche höre ich sie sowieso.«

»Nächste Woche!«

»Ja. Du hast die letzten paar Minuten verpasst, als ich allen gesagt habe, sie sollen nächste Woche ihre Texte mitbringen, damit wir gemeinsam daran arbeiten können.«

Der Kellner stellt die Kaffeetassen vor ihnen ab.

»Mir ist gerade eingefallen, dass ich nächste Woche was anderes vorhabe.« Sie lacht wieder und trinkt einen Schluck Kaffee.

»Hast du nicht.«

Sie hat seit … Ewigkeiten nicht mehr so gelacht.

Matt greift nach dem Zucker – sein Handrücken kommt ihr zu nahe, sie zuckt zusammen.

»Tut mir leid, ich …« Sie weiß nicht, was sie sagen soll.

Er legt die Stirn in Falten.

»Entschuldige. Alles gut.« Sie will sich an sein Sweatshirt kuscheln. Die Naht an der linken Schulter ist aufgeribbelt, sie würde sie gerne für ihn nähen.

»Ich muss gehen.« Sie steht auf und zieht ihren Mantel über. Ein Ärmel ist nach innen gestülpt, als sie ihn nach außen schüttelt, stößt sie ihre Kaffeetasse um. »Tut mir leid.«

Er stellt die Tasse wieder hin und wischt den verschütteten Kaffee mit ein paar Servietten auf. »Ist alles okay?«

Sie nickt.

»Sicher?«

»Ja.« Sie eilt davon – ignoriert den Schmerz im Knie und die albernen Tränen in ihren Augen –, im Laufschritt die Degraves Street entlang. Sie stolpert über den Rinnstein. *Dumme Kuh. Er muss mich für völlig verrückt halten.*

32

Ember kommt in die Garderobe gerauscht, unter ihrem Strumpfband stecken mindestens dreihundert Dollar. »R-r-rob ist da und fragt nach dir.«

Brigitte legt das Kostüm beiseite, an dem sie gerade näht, trinkt ihr Glas aus, schlüpft in ein paar rote Stilettos und stöckelt los. R-r-rob ist ein durchgeknallter Stammgast von ihr, der stottert und auf r-r-rote Schuhe steht – er füllt sie gern mit Geld auf.

Er lächelt blöde, als sie sich zu ihm setzt und die Füße auf seinen Tisch legt.

»Hallo, M-m-miss P-p-pagan.«

»Trink dein Bier, Rob«, sagt sie. »Und leg Geld in meine Schuhe. Sofort!« Er mag es, wenn sie ihn herumkommandiert.

R-r-robs Augen quellen hinter dicken, runden Brillengläsern hervor. Er sabbert, ein Speicheltropfen glänzt im Mundwinkel, in seiner Hose macht sich ein Ständer bemerkbar. Er trinkt sein Bier und füllt ihre Schuhe mit Zwanzig- und Fünfzig-Dollar-Scheinen.

Sie unterdrückt ein Gähnen, sieht auf und schaut in zwei blaue Lichter über der großen Bühne: Matts Augen. *Hör auf, Brigitte. Schlag ihn dir aus dem Kopf. Vor allem nach der Szene vorm Café.*

Vince der Rechtsanwalt kommt mit Doktor Dave hereingeschlendert, dem Schönheitschirurgen, der die Tänzerinnen mit Koks versorgt und ihnen die Brüste zum halben Preis macht. Die Kasse in Brigittes Kopf klingelt. Sie sagt R-r-rob, dass seine Zeit vorbei ist. Er versteht, dass andere Kunden eifersüchtig werden, wenn sie zu viel Zeit mit ihm verbringt.

Vince geht an die Bar, um einen Shaker mit irgendeiner tödlichen Mixtur zu bestellen, und Dave kommt mit einem Fünfzig-Dollar-Schein winkend herüber, als Brigitte auf die Bühne steigt. Der DJ spielt »The Most Beautiful Girl in the World« für sie.

»Hi, Pagan. Hab gehört, du hast dir das Knie verletzt«, sagt Dave. »Kann ich's mir mal ansehen?«

»Wenn du dafür zahlst.«

Er zieht noch einen Fünfziger hervor und steckt beide Scheine unter ihr Strumpfband, als sie ihr Bein über die Rampe baumeln lässt,

»Verdammt, das ist wirklich geschwollen.« Er tastet die Flüssigkeit in ihrem Knie ab und sagt ihr, sie müsse eine Arthroskopie machen lassen.

»Weiß ich.«

»Du solltest damit nicht tanzen.«

Al kommt an und macht einen Witz, dass die Ware nicht berührt werden dürfe.

Vince setzt sich zu Dave und stellt einen Shaker und drei Schnapsgläser auf die Bühnenkante. Er schaut auf zu Brigitte. »Hallo, Schönheit.«

Dave schiebt Brigitte seine Visitenkarte in den BH und sagt, sie solle ihn anrufen. Er kann ihr einen Job als Pharmavertreterin besorgen, mit Firmenwagen und allem. Sie sagt nichts davon, dass sie nicht fahren kann.

»Und wie wäre es, wenn du jetzt ein paar von den Klamotten ausziehst?«

Ihre Strumpfbänder – eines an jedem Bein – sind so voller Geld, dass sie herunterrutschen. Sie quetscht die Scheine in ihren überquellenden Spind in der Garderobe. Ein paar Fünfziger schauen noch hervor, als sie die Tür zudrückt und das Zahlenschloss zuklicken lässt. Sie hat es geschafft, nicht mehr an Matt zu denken und die Schmerzen im Knie mit zu vielen Shots aus dem tödlichen Shaker, Hinterhofjoints mit Ember und Kokslinien mit Dave und Vince zu killen.

Sie stützt sich an der Wand ab, als sie durch den Flur zurück in den Club geht. Ein Gast in einem Clubsessel im Lap-Dance-Bereich winkt sie mit einem Hundert-Dollar-Schein zu sich.

Der Raum dreht sich, als sie sich auf seinen Schoß setzt und ihm sagt, dass er ihren BH öffnen solle. Sie legt ihre Hände auf seine Schultern und schwingt langsam hin und her, streicht mit kreisenden Bewegungen über die Innenseite seiner Schenkel. Sie dreht sich um, zieht ihren String-Tanga aus, schaut zu Tür hinüber und sieht Sean hereinkommen. Er sieht sich um und geht zur Bar. In der Hand hält er einen Strauß weißer Blumen. *Was macht er hier?* Er wirkt so fehl am Platz, dass es komisch ist. Sie lacht, und ihr Lachen – das Substanz und Farbe zu haben scheint – hallt in ihrem Kopf wider. Er sieht sie, aber sie gibt ihm kein Zeichen, kreist weiter die Hüften und lacht. Er dreht sich um und geht. *He, warte mal.* Sie versucht, ihm zu folgen, kommt aber nicht weit – alles ist zu verschwommen, und der Gast zieht sie am Handgelenk zurück auf seinen Schoß.

Big Johnny räumt die Blumen weg, die auf dem klebrigen Teppich verstreut liegen.

33

Tracy und Kayla sind abgereist, dafür ist Ian wieder da. Eric spielt mit ihm Nintendo und schaut nicht auf, als Brigitte mit schweren Einkaufstüten beladen in die Wohnung kommt. Ian mustert sie von oben bis unten und verliert das Spiel.

»Wer ist Marco?«, fragt Eric.

»Mein Fahrlehrer.«

»Hat angerufen, als du weg warst. Er verspätet sich um eine Stunde.« Er rollt den Juicy-Fruit-Kaugummi auf der

Zunge und steckt sich einen Joint an. »Was hast du gekauft, Häschen?« Er schüttelt das Streichholz aus.

»Ein Handy, wie das, das du hast.« Und Schuhe, Kosmetika, Bücher. Und Unterwäsche, in dem Laden hat sie taggeträumt, sie würde sie für Matt tragen. *Hör auf*, warnt sie sich selber.

»Willst du einen Zug?«

Sie schüttelt den Kopf.

»Hast du ›Fahrlehrer‹ gesagt?«

»Ja. Ich fange einen neuen Job an, dafür muss ich fahren können.«

»Was?«

»Nichts.«

Sie geht ins Schlafzimmer und schließt hinter sich die Tür. Eric und Ian husten und lachen über irgendetwas, dann setzt wieder das Bip-bip-bip des Spiels ein.

Brigitte streift die Schuhe ab, setzt sich aufs Bett und spielt, während sie auf Marco wartet, mit den Einstellungen ihres neuen Nokia N100 herum. Alle Mädels bei der Arbeit holen sich gerade Handys. Sie findet heraus, wie man den Klingelton einstellt und Telefonnummern programmiert. Sie streckt die Beine aus und lässt die Waden über die goldene Satin-Bettwäsche gleiten – kühl und glatt. Sinnlich. Sie denkt an Matt und hat Schmetterlinge im Bauch. Sie stellt sich vor, seine Nummer in ihrem Handy zu haben. Sie tut so: tippt MATT ein und erfindet eine Nummer.

Ich sollte lieber was für ihn tun. Sie legt das Handy beiseite und holt ihr Notizbuch hervor. Aber ihr will nicht einfallen, was passiert, nachdem – oder eher bevor – der Park Ranger den goldenen Ballerina im Schnee findet. Aber für das Ende hat sie eine Idee, ein Bild in ihrem Kopf:

Weiche Schneeflocken verfangen sich im gold-gesponnenen Haar der Protagonistin (Joanne/Joni/Julie?). Ein goldener Ballerina, ein nackter Fuß und Tropfen von Blut haben seltsame rosafarbene Spuren im Schnee hinterlassen. Der Weg auf den Gipfel, auf der Suche nach Mann und Kind, war weit. Ihr toter Vater nahm sie an der Hand und ging neben ihr her. Ohne Eile. Hier draußen existierte die Zeit nicht, und nichts war wichtig.

Aber was passiert dazwischen? Schreibblockade.

Sie macht eine Pause und versucht, die Zeitung zu lesen, aber ihre Gedanken schweifen ständig ab. Matt. Matt. Matt. *Hör auf! Matt ist ein netter Typ. Nette Typen haben kein Interesse an dummen Stripperinnen mit kriminellen Liebhabern.*

Aber sie wird nicht mehr lange Stripperin sein, sagt sie sich. Dann vielleicht … Sie sucht Doktor Daves Karte aus ihrem Portemonnaie und ruft ihn an. Während sie darauf wartet, dass er abnimmt, kritzelt sie ein paar Herzen in ihr Notizbuch. Keine Antwort. Sie hinterlässt eine Nachricht, bittet um Rückruf wegen des Pharmavertreterjobs.

In den Jobanzeigen der Zeitung stehen noch jede Menge anderer Jobs. Vielleicht ist einer davon noch besser als der Vertreterjob. David Jones sucht eine Verkaufsassistentin in der Kosmetikabteilung. Sie kauft gerne bei David Jones ein. Sie schreibt einen Bewerbungsbrief auf die letzte Seite ihres Notizbuchs und reißt sie vorsichtig heraus. Nach der Fahrstunde wird sie ihn zusammen mit dem Lebenslauf, den sie in der Schule schreiben mussten, abschicken.

Sie legt das Notizbuch beiseite, lässt sich in die Satinwolke der großen, fluffigen Kissen sinken und schließt die Augen. Nach dem nächsten Schreibkurs werden sie alle lachen und dicht gedrängt um die wackligen kleinen Tische in der Degraves Street sitzen, und weil es eng ist, wird Matt dichter an sie heranrücken müssen. Sie werden sich berühren. Diesmal wird sie nicht zurückzucken. Er wird unabsichtlich die Hand auf ihr Bein legen. Wird sich entschuldigen, sie wird sagen, schon gut, und er wird sie liegen lassen …

Das Geräusch eines Staubsaugers stört ihre Fantasien. Sie öffnet die Augen, die Bettwäsche fühlt sich heiß an, ihr Becken schmerzt. Sean ist wohl draußen im Foyer. Irgendetwas ist am Wochenende bei der Arbeit passiert. Sie meint, Sean wäre gekommen und wütend auf sie geworden, kann sich aber nicht erinnern, warum.

Eric und Ian sehen nicht auf, als sie an ihnen vorbeigeht. Sie öffnet die Tür, bereit, sich zu entschuldigen, was immer sie auch getan haben mag. Sean wendet sich ab und geht, sie ruft ihm nach.

»Mit wem redest du, Brigitte?«, brüllt Eric von drinnen.

»Niemand.«

»Wenn das Shane ist, sag ihm, er soll sich verpissen.«

»*Sean.*«

Eric hustet.

»Ich gehe jetzt.«

»Wohin?«

»Hab ich dir gesagt, ich habe eine Fahrstunde.«

Der Staubsauger übertönt Erics und Ians bekifftes Gekichere. Sie schließt die Tür und ruft über das Dröhnen hinweg: »Es tut mir leid.«

»Ich will nicht mit dir reden.« Sean stellt den Staubsauger ab und geht zu seinem Büro. Sie folgt ihm.

Das Büro ist kaum größer als ein Besenschrank, zumindest (weil sie nie einen Besenschrank gesehen hat) stellt sie ihn sich so groß vor. Es gibt einen Tisch mit einem Telefon und einem Computer, ein Metallregal mit Reinigungsmitteln und Tüchern, und natürlich stehen Besen in der Ecke. Es riecht nach Möbelpolitur und Zitronenreiniger. Sie niest und blickt in Kurt Cobains eingefrorene blaue Augen auf einem riesigen Poster über dem Tisch. Er trägt ein weißes T-Shirt, auf das vorne in blauen Buchstaben *Captain America* aufgedruckt ist, und hält sich eine Pistole an den Mund. Trotz der Wärme im stickigen Büro zittert sie beim Anblick des Posters.

Sean stellt den Staubsauger in die Ecke mit den Besen und setzt sich mit dem Rücken zu ihr an den Tisch. Sie bleibt in der Tür stehen. Er reibt sich mit den Händen das Gesicht. »Würdest du bitte einfach gehen?«

»Ich habe gesagt, es tut mir leid.« Sie betrachtet ihre Fingernägel. Sie erinnert sich, was in der Gold Bar passiert ist, tut aber so, als würde sie es nicht tun – dass das Pagan war, nicht sie.

Er kann sie nicht einmal ansehen.

»Das ist bloß ein Job, Sean. Das bin ich nicht.«

»Bitte mach hinter dir die Tür zu, wenn du gehst.«

Sie nimmt auf dem Fahrersitz Platz. Ein komisches, unnatürliches Gefühl. Marco erklärt ihr, wie das Auto funktioniert. Er hat auf der Beifahrerseite eine eigene Bremse, für alle Fälle, was sie beruhigt.

»Okey-dokey, Brigitte, dreh bitte den Zündschlüssel um und leg ›D‹ für ›Drive‹ ein.«

Sie dreht den Schlüssel um, hört auf, sich wegen Sean Gedanken zu machen, und lächelt stolz, als der Motor angeht. »Hier?« Sie sieht den Schaltknüppel an, und er führt ihre Hand mit seiner und legt »D« ein.

»Genau so. Jetzt schau bitte in die Spiegel und setz den Blinker, um anzuzeigen, dass du dich in den Verkehr einreihen willst.«

»Der hier?« Sie wirft einen Blick in die Spiegel und fummelt an dem Schalter neben dem Lenkrad herum.

»Ja, das ist der Blinker – runterdrücken, um nach rechts zu fahren. Hoch für links. Okey-dokey, auf geht's.«

»Aber da kommen Autos.« Sie sieht in die Seitenspiegel, in den Rückspiegel.

»Die sind noch weit weg. Du kannst rausfahren, es ist sicher.«

»Können wir eine Minute warten?«

»Okey-dokey. Wenn du so weit bist.« Er faltet die Hände im Schoß.

Sie schaut wieder in die Spiegel. »Jetzt?«

»Jetzt ist gut.«

Sie atmet tief ein, bläst die Wangen auf, lässt die Luft raus und fährt auf die Straße. »Ha ha! Ich fahre!«

Ein Auto hupt sie an.

»Was?« Sie wirft Marco einen nervösen Blick zu. »Was mache ich falsch?«

»Alles gut. Schau auf die Straße. Wir können ruhig ein bisschen schneller fahren.«

Vorsichtig berührt sie mit dem Fuß das Gaspedal.

»Bringen wir die Geschwindigkeit mal auf sechzig hoch.«

Gott, ist das schnell.

Als sie sich ein wenig entspannt, erzählt ihr Marco von seiner Frau, die Mitte dreißig ist und immer noch von einer Karriere als Schauspielerin träumt. Als sie sich kennenlernten, mit siebzehn, sah sie umwerfend aus. Der Talentscout einer Modelagentur entdeckte sie in einem Einkaufszentrum. Die nächste Elle Macpherson, hieß es. Dann bekam sie kleine Rollen, verließ die Schule, nahm Schauspielunterricht. Brigitte sieht sich ein Kleid in einem Schaufenster in der Lygon Street an.

»Pass auf die rote Ampel auf, Brigitte«, sagt Marco. »Langsamer.«

Sie bremst zu abrupt, das Auto hoppelt. »Tut mir leid.«

»Kein Problem. Du machst das gut.«

Die Ampel wird grün, sie gibt Gas. »War deine Frau im Fernsehen zu sehen?«

»Sie hatte eine kleine Filmrolle und war Statistin in *Sons and Daughters*, hat aber nie den Durchbruch geschafft.«

»Mein Bruder ist Schauspieler.«

»Bieg vor dem Friedhof bitte links ab.«

Sie blinkt und dreht das Lenkrad.

»Sieh zu, dass du eine gute Ausbildung bekommst, Brigitte. Einen guten Job.« Er kennt sie kaum – warum sagt er ihr, was sie tun soll? »Da vorne wieder links, bitte.«

Sie biegt nicht ab. Sie setzt sich auf, fühlt sich sicherer. Ein gutes Gefühl.

»Okey-dokey, wir können ein Stück weiterfahren.« Er sieht sie von der Seite an, sie reckt das Kinn. »Hast du einen Freund?«, fragt er.

Sie zuckt die Schultern.

»Ich wette, du hast mindestens zwei.«

Sie muss lächeln.

»Im Ernst?«

Es ist Pie-Abend, sie lässt sich nach der Fahrstunde von Marco bei Nana und Opapa absetzen. Bevor sie reingeht, steckt sie die Bewerbung an David Jones in den Briefkasten an der Straßenecke.

34 »Wer möchte seine Geschichte vorlesen?« Matt sitzt auf dem großen Tisch vorne im Klassenzimmer.

Jack hebt als Einziger die Hand. Brigitte, spät dran, huscht an der Wand entlang, als Matt in die andere Richtung sieht.

»Brig.«

Oh, nein.

»Wie wär's, wenn du als Erste liest?«

Sie stöhnt. »Muss ich?«

»Als Strafe fürs Zuspätkommen.«

Alle lachen, und ihr Gesicht kribbelt. Aber wenn sie nackt vor lauter Männern tanzen kann, bekommt sie das hier auch hin. *Pagan würde es schaffen.*

»Okay.« Sie kramt in ihrer Tasche nach der DIN-A4-Plastikhülle, in der ihre Geschichte steckt, sauber auf linierte Einzelblätter geschrieben. Jack nickt und lächelt aufmunternd. Sie lässt die Tasche neben Matts Tisch zu Boden fallen, räuspert sich und atmet tief ein. Einen Moment lang können ihre Augen die Buchstaben nicht scharf stellen, und ihre Stimme versagt – sie schafft das nicht. Sie atmet noch einmal tief durch und liest mit zitternden Händen und rotem Gesicht ihre Geschichte über die Frau vor, die in einer Hütte am Cradle Mountain wahnsinnig wird, nachdem ihr Mann und ihr Kind auf einer Buschwanderung verschwinden.

Als sie fertig ist, herrscht Schweigen. *Sie fanden es furchtbar.* Sie sieht auf, Matt starrt sie an, und eine der Frauen in der ersten Reihe hat Tränen in den Augen.

»Wow, Brig.« Matt steht auf. »Das war großartig!«

Alle klatschen, und sie läuft noch roter an.

Dann arbeiten sie gemeinsam an ihrer Geschichte. Matt macht Vorschläge zur Zeichensetzung, und Jack erläutert, wie Hemingway das Ganze angegangen wäre.

Weil es regnet, sitzen sie im Café. Alle bleiben länger als sonst – und beglückwünschen einander zu ihren Geschichten. Als sie endlich gehen, sagt Matt Brigitte noch einmal, wie sehr ihm ihre Geschichte gefallen hat. »Das ist nicht wirklich passiert, oder?«, fragt er.

»Natürlich nicht.«

Der Regen hört auf, die Sonne kommt heraus, und hinter den Fensterscheiben des Cafés wird es warm. Sie ziehen die Mäntel aus, Matt rollt die Ärmel hoch, und Brigitte setzt die Sonnenbrille auf. In ihrer Tasche klingelt es.

»Was ist das für ein Geräusch?«, fragt Matt.

Sie fischt ihr neues Handy aus der Tasche.

»Willst du nicht rangehen?«

»Sobald ich rausfinde, wie das geht.« Sie drückt auf den falschen Knopf, der Anruf ist weg. »Ups. Ist nicht schlimm. Bloß meine Nana. Ich rufe sie später an.«

»Woher weißt du, dass es deine Nana war?«

»Das wird auf dem Display angezeigt. Hier.« Die Beine ihres Stuhls kratzen über den Boden, als sie näher an ihn heranrückt. Sie ist über ihr neues Spielzeug so aufgeregt, dass sie nicht merkt, wie dicht er sich heranbeugt. »Man kann Nummern einprogrammieren. Wenn dann jemand aus der Liste anruft, erscheint der Name auf dem Display, und man weiß, wer es ist.« Sie drückt einige Knöpfe.

»Du solltest meine eingeben – falls du mal wieder zu spät zum Kurs kommst oder so«, sagt er.

Sie hebt den Kopf und merkt, dass er sie ansieht. Er schaut aufs Display, tut so, als würde ihn die Funktionsweise des Handys brennend interessieren, und runzelt die Stirn. »Du hast ja schon einen MATT da drin.«

»Ach, nein, das war ein Fehler.« Schnell löscht sie den Eintrag.

Er sagt ihr seine Nummer, und sie gibt sie ein – alphabetisch zwischen Jennifer und Nana gelistet. Sie legt das Handy neben ihre leere Kaffeetasse auf den Tisch, wo sie es bewundern kann. Er grinst sie an.

»Was?«

»Du musst mir auch deine Nummer geben, sonst funktioniert es nicht.«

Sie verzieht den Mund, versteht nicht, kramt aber einen Fetzen Papier aus ihrer Tasche und schreibt ihre Nummer darauf. Als er den Zettel entgegennimmt, berühren sich ihre Hände. Sie spielt wieder an dem Handy herum und versucht, sich irgendwas Cleveres auszudenken. Sie will nicht in die Wohnung zurück.

»Hast du Lust, was trinken zu gehen?« Er kann ihre Gedanken lesen.

»Geht nicht. Muss arbeiten.«

»Du könntest dich krank melden.«

Sie schüttelt den Kopf.

»Ein Abend wird nicht so schlimm sein.«

Sie hat nicht mehr frei gemacht, seit Onkel Joe gestorben ist.

»Komm schon. Ich rufe für dich an. Zeig mir, wie dein Handy funktioniert, und ich sage, dass du so krank bist, dass du nicht mal sprechen kannst.«

Beim letzten Mal hat Al ihr eine Tagschicht aufgebrummt. »Nein.«

Er macht bettelnde Hundeaugen.

»Vielleicht komme ich auf einen Drink mit, dann kann ich immer noch zur Arbeit gehen.«

Sie ziehen die Mäntel an, er hält ihr die Tür auf. An der Ecke Degraves und Flinders Street nimmt er ihre Hand. Sie zieht sie nicht weg. Sie sieht zu ihm auf, hat Mühe, ihr Lächeln zu verbergen, aber er blickt geradeaus. Ein Regenbogen schillert über Flinders Street Station, als sie das Young and Jackson Hotel mit seiner braunen Holzvertäfelung, den Spiegeln, dem rot-goldenen Teppich und den Blumen aus gepresstem Blech an der Decke betreten. Etwa ein Dutzend trinkende Gäste, die meisten männlich, sitzen an Tischen und schauen auf den an der Wand hängenden Fernseher.

»Bier?«

»Ähm, ich trinke eigentlich kein Bier.«

»Was trinkst du denn?«

»Champagner. Mit Himbeersirup.«

»Champagner mit Himbeersirup! Wie alt bist du eigentlich?«

Sie gibt keine Antwort.

»Vielleicht bei deiner Runde, mein Budget reicht nur für Bier. Ich bin Schriftsteller, weißt du noch?«

»Bier ist gut.«

»Ich mache nur Spaß. Du kannst haben, was immer du möchtest.« Er legt Geld auf die Bartheke.

»Bier ist gut.«

Sie nehmen die Getränke mit ans Fenster und setzen sich in einer Nische auf Barhocker. Auf der anderen Seite blinkt ein Neonschild: *City Hatters*.

»Der sollte gar nicht da sein«, sagt Matt.

Sie legt fragend den Kopf schief und runzelt die Stirn.

»Der Bahnhof Flinders Street Station. Er sollte eigentlich in Indien stehen.«

Ihre Stirn glättet sich, und sie betrachtet den gebogenen Eingang und die Kuppel: Er sieht indisch aus.

»Die Pläne wurden per Schiff aus England gebracht und vertauscht.«

»Ach, Quatsch.«

»Doch, ehrlich. Und Indien hat den Bahnhof bekommen, der in Melbourne stehen sollte.«

Unter der großen Bahnhofsuhr patrouillieren junge Polizisten.

»Wahrscheinlich ist das bloß ein Gerücht.«

Nach drei Gläsern Bier sagt Matt, sie trinke wie ein Mann.

»Ist das als Kompliment gemeint?«

»Keine Ahnung. Prost.« Er stößt sein Glas gegen ihres. »Ich glaube nicht, dass du heute Abend noch zur Arbeit gehst.«

»Ach, wirklich?«

Er schüttelt lächelnd den Kopf. Eine Straßenbahn rattert die Flinders Street entlang.

Nach dem vierten Bier stützt sie das Kinn in die Hand und erzählt ihm von ihrer Kindheit. Er ist ein guter Zuhörer, nach dem fünften Bier weiß er alles über ihren liebevollen Vater, die böse Mutter, ihren Jugendtraum, Schriftstellerin zu werden. Ihre Hände liegen auf dem Tisch, berühren sich fast. Sie ist noch nüchtern genug – gerade eben –, um zu merken, dass es Zeit ist zu gehen, bevor sie irgendeinen Blödsinn über ihre Arbeit oder Eric erzählt.

Matt beugt sich dichter heran. »Dein Haar riecht toll, Brig. Was nimmst du dafür?«

»Sandelholz und Rosenöl.«

»Willst du mit zu mir kommen?«

Ja, mehr als alles in der Welt. »Nein.«

»Das war deutlich.« Er trinkt sein Bier aus und stellt das leere Glas auf den Tisch. »Du läufst ständig vor mir weg.«

Sie rutscht unsicher vom Hocker und entschuldigt sich. »Was wirst du jetzt machen?«

»Keine Ahnung. Noch was trinken. Dann mein Rad holen, es steht bei der Arbeit.«

»Du hast ein Motorrad?« Sie stellt sich vor, hinter ihm zu sitzen, die Arme um seine Taille geschlungen, eine Straße am Meer, ihre Haare wehen im Wind.

»Fahrrad.«

Oh, nicht ganz so sexy. Sie stellt sich auf die Zehenspitzen, um ihn auf die Wange zu küssen, aber er dreht den Kopf, und so werden es die Lippen. Sanft hält er ihren Kopf zwischen den Händen. Seine Lippen sind so weich. Sie schließt die Augen, will bleiben, aber entzieht sich. Bestimmt wartet Eric auf sie.

»Es tut mir wirklich leid.«

»Klar.« Und er murmelt etwas, das sie nicht versteht.

Sie hätte nicht mit ihm herkommen sollen. Vielleicht reißt er eine andere auf, wenn sie gegangen ist. Kichern aus einer Gruppe hübscher Bürodamen, die sich in einer Ecke betrinken. Jede davon wäre für ihn die bessere Wahl.

***

Sie stolpert die weißen Marmorstufen des Apartmenthauses hinauf, durch die Sicherheitstür, und zischt sich selber ein »Pscht« zu, als sie versucht, den Schlüssel ins Schloss zu bekommen. Sie macht das Licht an und riecht Juicy Fruit. Eric sitzt im Dunkeln und wartet.

»Wo bist du gewesen, Häschen?« Sein Arm liegt auf der Sofalehne ausgestreckt, er trommelt mit den Fingern.

»Bei der Arbeit.«

»Nein, da warst du nicht.« Die Beine übergeschlagen, die Hosennähte zum Zerreißen gespannt – Würste, die aus der Pelle platzen.

»Wovon redest du? Ich bin früher nach Hause, weil mein Knie wehtut.«

»Und wo ist dann deine Arbeitstasche? Und dein Geld?«

Sie senkt den Blick. »Hab ich im Spind vergessen.«

»Ich war in der Gold Bar. Dort wurde mir gesagt, dass du heute Abend nicht gekommen bist.

»Wer hat das gesagt?«

»Paris.« Mit Mühe entkreuzt er die Beine, stemmt sich vom Sofa hoch und walzt auf sie zu.

»Paris ist ein Junkie.« Sie macht einen Schritt zurück. »Meistens weiß sie nicht mal, ob sie selbst da ist. Ich war den ganzen Abend im Lap-Dance-Bereich, deswegen hast du mich nicht gesehen.« Sie ist mit einem Schlag nüchtern, ihre Hände sind schweißnass, und ihr Herz flattert wie das eines Vogels, als sie ihn anlügt. »Mein Knie hat zu weh getan für die Bühne«, fügt sie überflüssigerweise, fast flüsternd, hinzu.

Ihr Blick fällt auf den Druck, der hinter dem Sofa an der Wand hängt: Zwei Liebende umarmen sich vor einem Hintergrund, der fingergemalt wirkt – frostig weiße Streifen, mit Aquamarin eingefärbt. Wenn die Farbe einen Geschmack hätte, dann Grüne Minze. Der Kopf der weiblichen Gestalt ruht am Hals der männlichen. Sie ist schwarz verschleiert, das Gesicht unter einer Kapuze verborgen. Er ist schattenhaft, grau, das Gesicht sichtbar, aber kantig, ohne Einzelheiten, wie bei einer Skulptur. Er hält einen Blumenstrauß hinter ihrem Rücken: weiß, vielleicht Tausendschönchen, in der Mitte rot wie Blut. Ist dies ihre letzte Begegnung? Ist sie sein Traumbild? Eine Erinnerung? Oder ein Geist? Warum können sie nicht einfach zusammen sein?

Eric findet Drucke billig, deswegen tauscht sie seinen originalen David Boyd nur dann gegen ihr massenproduziertes Bild von Charles Blackmans *Lovers* aus, wenn er weg ist. Diesmal hat sie vergessen, es wieder zurückzutauschen.

Klatsch! Eric wirft sie mit einem Schlag mit dem Handrücken aus dem Gleichgewicht. Sie fällt seitwärts um, und ihre Wange prallt gegen die Kante der Frühstücksbar.

»Lüg mich nicht an, Brigitte. Ich habe auch mit Al gesprochen.«

Benommen vor Schmerz hält sie eine Hand an ihre Wange und sucht mit der anderen an der Frühstücksbar Halt. Ein Polizeiwagen fährt mit kreischender Sirene vorbei.

»Er hat auf eine Lieferung gewartet. Die musste ich selbst übernehmen.« Erics Augen tränen. Sie spürt ihr Bewusstsein schwinden, lehnt sich gegen die Wand, kommt wieder zu sich, weiß, dass er sie erneut schlagen wird, und schützt ihr Gesicht mit den Händen. Die Benommenheit wird schwächer, und sie erstarrt wie erfroren, als in ihrer Tasche das Handy klingelt, aber Eric scheint es nicht zu hören. Tinnitus.

»Verarsch mich ja nicht, Brigitte.«

Sie nickt und versucht zu schlucken, ihre Kehle ist zu eng, der Mund zu trocken. Er hält ihr Gesicht zwischen seinen großen, teigigen Händen und drückt zu. Matts Hände waren weich und sanft, als er im Young and Jackson ihr Gesicht hielt. Wenn sie daran denkt, wird das, was Eric ihr antun wird, nicht so weh tun.

»Hast du mich gehört?«, brüllt er.

Sie zuckt zusammen und kneift so fest sie kann die Augen zu.

»Du willst nicht wissen, was mit Leuten passiert, die mich verarschen wollen.«

Sie nickt wieder, ohne die Augen zu öffnen. Sie wird kommende Woche nicht zum Schreibkurs gehen.

35 »Unbekannter Anrufer« steht auf dem Display. Brigitte putzt sich die Nase, lehnt sich in die Satinbettwäsche zurück und nimmt das Gespräch an.

»Hi, Brigitte«, sagt eine überfröhliche Stimme. »Wie geht es Ihnen?« Die fröhliche Stimme wartet die Antwort nicht ab. Sie gehört Catherine Kerr, Managerin der Kosmetikabteilung bei David Jones. Sie sagt, dass Brigittes Brief sie sehr beeindruckt habe.

Brigitte hat die Bewerbung völlig vergessen. »Danke.« Sie bemüht sich, so zu klingen, als hätte sie nicht geweint, aber mit Catherines Ton kann sie nicht annähernd mithalten.

Catherine fragt, ob sie nächsten Donnerstag zu einem Vorstellungsgespräch kommen könne, und Brigitte sagt, sie müsse im Kalender nachsehen. Sie setzt sich auf und blättert durch die Seiten der Zeitschrift auf ihrem Nachttisch. »Ja, Donnerstag würde passen. Eigentlich jederzeit.« Weil sie nicht zum Kurs geht, ist die Zeit egal.

Catherine verabredet sich mit ihr für dreizehn Uhr am Christian-Dior-Stand im Erdgeschoss. Brigitte bedankt sich und legt auf. Sie faltet ihr Taschentuch und schiebt es in ihren Ärmel. Einen normalen, richtigen Job hat sie noch nie gehabt. Wie das wohl ist? Normale Arbeitszeiten, normale Menschen, die ihre Kleider anbehalten, wahrscheinlich eine Uniform, Lunch im Pausenraum mit den Kollegen, Freitagabend nach der Arbeit ein paar Feierabenddrinks – nicht zu viele. Klingt nett. Nett? Was ist los mit ihr? Nett ist nicht ihr Ding.

***

Am Donnerstag überdeckt sie ihre blaue Wange mit einer dicken Schminkschicht und bürstet ihr Haar zu einem Pferdeschwanz, der von einem simplen schwarzen Band zusammengehalten wird. Was ziehen normale, anständige Menschen zu Vorstellungsgesprächen an? Sie steht in ihrem begehbaren Kleiderschrank und engt die Wahl auf ihr Beerdigungskostüm oder das Chanel-Kleid ein. Sie entscheidet sich für das Kostüm und kramt die Beerdigungsschuhe hervor. Welche Strumpffarbe? Reines Schwarz oder natürlich hautfarben? Hautfarben ist nett. Schon wieder dieses Wort.

Catherine Kerr ist stark geschminkt und riecht nach einem teuren Duft. Ihr weizenblondes Haar ist zu einem makellosen Knoten hochgesteckt. Sie trägt ein schickes schwarzes Kostüm, Brigittes Beerdigungskostüm nicht unähnlich. Sie sitzen sich am Christian-Dior-Schminkstand gegenüber, neben einer Lidschattenpalette, deren Farben allesamt zu grell sind, als dass jemand mit gesundem Menschenverstand sie auch nur in Betracht ziehen würde. Catherine fragt nach Brigittes Schulabschluss und Joberfahrungen. Brigitte lügt, wird rot und ärgert sich darüber. Stripperinnen dürfen nie rot werden. Daumen drücken, dass sie bald keine Stripperin mehr ist; sie wird ein normaler Mensch sein, der Freitagabends ausgeht und sich ein paar Drinks – aber nicht zu viele – genehmigt. *Nett*. Sie niest.

»Wo arbeiten Sie im Augenblick, Brigitte?«

»Ähm, in einem Club hinter der Bar.« Soll sie Catherine sagen, dass sie Lippenstift auf den Zähnen hat?

Catherine fragt weder nach dem Namen des Clubs, noch will sie wissen, warum nichts davon im Lebenslauf steht. Brigitte reibt sich subtil mit dem Finger über die Schneidezähne.

»Ist alles in Ordnung?«, fragt Catherine.

Zu subtil. Brigitte nickt und lächelt. Catherine fragt, warum sie gerne bei David Jones arbeiten würde.

»Ach, ich bin es leid, so lang und hart zu arbeiten.« *Falsche Antwort.* Wieder niest sie, und Catherine reicht ihr eine Schachtel Papiertücher. Sie sollte wohl besser Allergietabletten auf ihre Medikamenteneinkaufsliste setzen. »Ich schminke mich gern. Und ich kaufe immer bei David Jones ein.« *Jetzt. Klappe halten.*

»Wunderbar. Wir haben offene Stellen bei Christian Dior und an den allgemeinen Kosmetikständen. Auf beiden Positionen fallen Samstags- und Sonntagsschichten an. Könnten Sie an den Tagen arbeiten?«

»Sicher.« Wieso nicht? Sie ist es gewöhnt, samstags zu arbeiten. Und sonntags ist Eric oft in der Wohnung, da wäre es *nett*, nicht da zu sein. Ihre Gedanken wandern zu verträumten Sonntagvormittagen in einem großen Bett mit Matt – Frühstück, Zeitung lesen, bis Mittag schlafen, küssen … *sehr* nett. Sie fragt sich, wo er wohnt. *Hör auf!* Das wird nie passieren – es ist vorbei.

»Möchten Sie mich irgendetwas fragen, Brigitte?«

»Hmm?« *Reiß dich zusammen.*

»Haben Sie Fragen?«

»Wie hoch ist das Gehalt?«

»Beauty Consultants verdienen zehn Dollar fünfzig die Stunde.«

Brigitte fällt das begeisterte Lächeln aus dem Gesicht. Sie lehnt dankend ab. Von dem bisschen Kohle könnte sie niemals leben. Nicht ohne Eric.

Als sie auf die Straßenbahn wartet, tun ihr die Füße und das Knie weh. Sie schaut auf ihre goldene Gucci-Uhr – der Ring um das Ziffernblatt herum ist austauschbar und kann der jeweiligen Kleidung oder Stimmung angepasst werden. Heute ist er schwarz. Gleich beginnt der Schreibkurs. Ein Straßenmusiker singt Bob Dylan. Matt ist sicher sauer auf sie, weil sie ihn letzte Woche angemacht und dann stehen gelassen hat. Oder er würde so tun, als hätte es den Kuss nie gegeben, was schlimmer wäre. Bestimmt ist er froh, dass sie heute nicht da ist. Trostlos. Schmerz. Kein Matt. Kein Job.

Zehn Minuten, immer noch keine Straßenbahn. Und sie sieht auch keine den Hügel herunterkommen. Soll sie doch zum Kurs gehen? *Nein*. Sie weiß, was geschieht, wenn Eric ihr auf die Schliche kommt. Eigentlich weiß sie es nicht und will es auf keinen Fall herausfinden. Aber er ist weg. Und es ist ja bloß ein Schreibkurs. Nichts Schlimmes. *Ja. Nein*. Was, wenn Eric sie beobachten lässt? Es wäre ihm zuzutrauen. *Nein*. Der Musiker singt »Tangled up in Blue«. *Ja*. Sie wirft zehn Dollar in seinen Gitarrenkasten und humpelt über den Platz.

Matt sitzt im Klassenzimmer an seinem Tisch. Sie ist die Erste, die eintrifft. Ihr Herz rast. Warum ist sie gekommen? *Blöd*. Er hat sie noch nicht bemerkt, sie kann sich immer noch davonschleichen. Zu spät – er blickt von seinen Notizen auf und grinst. Ihr Gesicht brennt.

»Wow, du siehst toll aus. Warum bist du so angezogen?« Er ist nicht sauer. Bestimmt wird er nie sauer.

»Ich hatte ein Vorstellungsgespräch.«

»Großartig. Erzähl mal.«

Sie wendet sich ab, um zu einem der hinteren Tische zu gehen.

»Komm nach vorne.«

Als sie ihm von David Jones erzählt, verschwindet sein Lächeln. »Brig! Was ist mit deinem Gesicht passiert?«

Sie hat gedacht, es wäre gut abgedeckt. »Ich hab wohl letzte Woche zu viel getrunken.« Sie lacht es weg. »Ich bin zu Hause gestolpert und gegen die Frühstücksbar gefallen.«

»Das tut mir leid.«

»Nicht deine Schuld.«

»Ich hab versucht, dich anzurufen, um mich zu entschuldigen …«

»Schon gut.«

Er kommt hinter dem Tisch hervor und stellt sich dicht vor sie, berührt ihr Gesicht und zuckt zusammen, als würde er den Schmerz fühlen, nicht sie. Sie spürt die Wärme seines Körpers. Sie will den Kopf drehen und seine Hand küssen, will mehr als das – an seinen Fingern lecken, ihr Gesicht in sein khakifarbenes T-Shirt drücken. Gott, was ist los mit ihr? Sie hat das Gefühl, zu fallen. Sie sieht auf in seine Augen. So blau. Und das ist er. Der Moment. Sie ist verloren. Niemals wird sie da wieder rauskommen, trotz der Konsequenzen.

»Ähem.« Jack steht in der Tür und räuspert sich, bevor er den Raum betritt.

Nach dem Unterricht spürt Brigitte die Wärme von Matts Arm, der auf ihrer Stuhllehne liegt. Er legt einen Fuß über sein Knie – der Converse-Schuh berührt fast ihr Bein. Die anderen Frauen werfen ihr kurze, eifersüchtige, missbilligende Blicke zu, aber daran ist sie gewöhnt – das geht schon so, seit sie elf oder zwölf war. Jack ist wie immer der Letzte. »Ernest hat eine Kurzgeschichte aus sechs Worten geschrieben«, sagt er.

Brigitte und Matt lächeln und nicken.

»Zu verkaufen: Baby-Schuhe, nie getragen.«

Sie hören auf zu lächeln.

»Was trinken?«, fragt Matt.

»Nein. Ich muss los«, erwidert Jack. »Benehmt euch.« Brigitte ist sicher, dass er Matt beim Gehen zuzwinkert.

»Brig?«

»Okay.« *Verloren*. Kein Weg zurück. Scheiß auf die Konsequenzen. Scheiß auf Eric.

»Wirklich?«

Sie nickt.

»Musst du nicht arbeiten?«

Sie schüttelt den Kopf. Scheiß auf die Arbeit. »Young and Jackson?«

»Nein. Woanders.«

Hand in Hand gehen sie die mit Blaustein gepflasterte Straße entlang, durch die Arkaden zur Collins Street, und steigen dort in eine Straßenbahn.

Sie ist voll mit Pendlern auf dem Nachhauseweg, die auf ihre Füße oder stur geradeaus schauen. Brigitte und Matt müssen stehen und sich an den Halteschlaufen festhalten. Eine alte Frau mit papierbrauner Haut und rot gefärbten Haaren steigt ein und murmelt etwas von fehlenden Sitzplätzen. Jemand bietet ihr einen Sitz an, sie stürzt darauf zu, stößt gegen Brigitte und schiebt sie gegen Matt. Auch als einige Fahrgäste ausgestiegen sind und es wieder mehr Platz gibt, rückt sie nicht von ihm ab. Sie lächelt die alte Frau an, die das Lächeln nicht erwidert. Als die Straßenbahn die Kurve am Anfang der Brunswick Street umrundet, verliert Brigitte fast das Gleichgewicht und wird noch fester gegen Matt gedrückt.

»Wo fährst du mit mir hin?«

»Gleich da.«

The Standard ist ein unauffälliger weißer Pub, der versteckt in einer Seitenstraße von Fitzroy liegt. Als sie eintreten, läuft gerade David Bowies »Sorrow«. Der Pub wirkt schäbig: braune Ziegel, Holzvertäfelung, dunkelbrauner Teppich und flaschengrüne Türrahmen. An den Wänden hängen große Spiegel und Cowboybilder.

Sie bestellen an der Bar und gehen mit den Gläsern in den überwachsenen und überfüllten Biergarten, doch weil gerade eine Gruppe geht, ergattern Brigitte und Matt einen Tisch. Eine Brise weht Matt das Haar ins Gesicht.

»Cooler Pub.«

»Meine Stammkneipe.« Er schiebt die Haarsträhne weg. »Prost.« Sie stoßen an und trinken. »Läufst du heute Abend wieder vor mir weg?«

Sie lächelt ihn über den Glasrand hinweg an. »Schreibst du noch ein Buch?«

»Ich bemühe mich. Bin in letzter Zeit ein bisschen abgelenkt.«

»Wirklich?«

»Mhm.«

Eine Kellnerin sammelt die leeren Gläser ein und wischt den Tisch ab.

»Wovon handelt es?«

»Was?«

»Dein Buch?«

»Ich hab ja gesagt, ich bin abgelenkt.« Er lacht und trinkt. »Ich habe beschlossen, die hohe Literatur an den Nagel zu hängen und etwas zu schreiben, das sich verkauft. Einen Krimi.«

»Herrje. Das wird schwer.«

»Nicht wirklich. Man folgt einer Formel. Aber die Polizei stellt sich bei meiner Recherche als nicht sehr hilfreich heraus. Sie meinen, ich soll *Law and Order* gucken oder mir alles ausdenken, wie es alle machen.«

»Wie bist du so ein toller Schriftsteller geworden?« Sie zupft am Bierdeckel herum.

»Ich bin kein toller Schriftsteller.«

»Hast du einen Kurs besucht?«

Er erzählt von seinem Journalistikstudium, das ihm nicht zugesagt hat. Also hat er als Texter, Redakteur und Restaurantkritiker gearbeitet und nebenbei seinen ersten Roman geschrieben. Dann hat er angefangen zu unterrichten.

Sie beugt sich zu ihm, stützt das Kinn in der Hand ab. »Du bist so klug.«

Er schüttelt den Kopf. »Ich habe nur hart gearbeitet. Nichts hält dich davon ab, das auch zu tun. Du schreibst sehr gut.«

Sie schnaubt.

»Warum machst du keinen Schreibkurs?«

»Tue ich doch. Hast du's noch nicht gemerkt?«

»Das sind nur noch ein paar Stunden. Ich meinte eigentlich an der Uni.«

»Ich?« Sie lacht. »Ich hab nicht mal die High-School abgeschlossen.«

»Wieso das?«

Sie nimmt einen großen Schluck. »Habe ich dir von meiner Mutter erzählt?«

Er nickt.

»Sie hat zu Beginn des Schuljahres beschlossen, aufs Land zu ziehen. Ich wollte nicht mit und bin in der Stadt geblieben. Ein Job und ein Dach über dem Kopf waren wichtiger als der Schulabschluss.«

»Dieses Jahr?«

Sie nickt.

»Dann bist du – achtzehn oder neunzehn?«

»Neunzehn.«

»Nie im Leben!« Er lehnt sich zurück. »Ich dachte, du wärst ein bisschen älter.«

Das denken alle.

Er schwenkt den letzten Rest Bier im Glas herum.

»Heißt das, diesmal läufst du vor mir weg?«, fragt sie.

»Vielleicht.«

»Wie alt bist du?«

»Achtundzwanzig.«

»Gott, ist das alt.«

»He, pass bloß auf.« Er lacht, sagt dann ernst: »Wenn du abends studieren würdest, könntest du tagsüber arbeiten.«

»Ich arbeite aber nachts.«

»Du musst dir einen anderen Job besorgen. Das passt nicht zu dir. Vielleicht solltest du David Jones eine Chance geben.«

Sie trinkt aus, betrachtet eine Pflanze, die am Zaun hochwächst, und versucht, sich an den Namen zu erinnern. Matt beugt sich vor, und sie spiegelt seine Körpersprache. Er greift nach ihrer Hand und hält sie sanft fest. Seine Knie berühren ihre unter dem Tisch, und ihr Bein wird heiß. Noch nie hat sie jemanden so sehr gewollt oder gebraucht. Das Wollen ist ein Schmerz in ihrem Körper, zwischen den Schenkeln ist sie klebrig und feucht. Das Brauchen ist noch etwas ganz anderes: Es füllt sie aus – all die Stellen, die immer leer und hohl gewesen sind – mit einer unbekannten Substanz, warm und zähflüssig. So nah. Er wird sie küssen. Sie schließt die Augen.

»Mummy! Ich finde meine Mummy nicht!«

Sie öffnet die Augen. Ein kleiner Junge, fünf oder sechs Jahre alt, steht heulend an ihrem Tisch.

»Schon gut, Kleiner.« Matt lässt Brigitte los und nimmt den Jungen an der Hand. »Wir helfen dir, deine Mummy zu finden. Wahrscheinlich ist sie da drüben.« Er zeigt auf eine Gruppe, die danach aussieht, als würden dort mehrere Familien Geburtstag oder etwas Ähnliches feiern, darunter auch spielende Kinder. Matt bringt den Jungen hin, die Mutter nimmt ihn entgegen und wischt ihm die Tränen ab.

Als Matt in den Pub geht, um mehr Bier zu holen, kommt der kleine Junge mit einem Mädchen in einem rosafarbenen Feenkleid zurück an ihren Tisch gerannt. Brigitte versucht, sie nicht zu beachten, sie weiß nicht, wie man mit Kindern redet.

»Ist das dein Freund?«, fragt der Junge.

»Nein. Ich weiß nicht.« Sie verschränkt die Finger auf dem Tisch. »Vielleicht.«

»Er ist nett.«

»Ich weiß.«

»Du bist wieder da?« Matt stellt die Biergläser ab. »Und wie ich sehe, hast du eine Freundin mitgebracht. Wie heißt ihr?«

Die Kinder kichern.

»Ist das deine Freundin?«, fragt der Junge.

»Sie ist hübsch.« Das Feenmädchen dreht eine Pirouette.

»Sie heißt Brigitte. Und ja, sie ist sehr hübsch.« Er sieht Brigitte an. »Und sehr clever.«

Geht weg. Brigitte lächelt die Kinder an. Sie will Matts Aufmerksamkeit für sich, doch er spielt mit den Kindern. Schließlich kommt die Mutter, ermahnt die Kinder, anderen nicht auf die Nerven zu gehen, und zerrt sie weg.

»Du kannst gut mit Kindern umgehen, Matt«, sagt Brigitte.

Der Junge kommt zurück, bekommt einen Anfall, als die Mutter ihn hochnehmen will, und stößt Matts Bier um.

Brigitte springt auf, um nicht bespritzt zu werden. Die

Mutter schreit, das Kind schreit lauter. Die Mutter entschuldigt sich bei Brigitte und Matt.

»Schon gut. Es war keine Absicht. Vorsicht mit den Glasscherben.« Matt hebt ruhig die Scherben auf, macht sich auf die Suche nach einem Tuch und wischt alles auf. Brigitte trinkt ihr Bier auf ex.

Als Matt fragt, ob sie etwas zu essen bestellen oder noch etwas trinken möchte, ergreift sie seine Hand und sagt: »Gehen wir.«

Matt wohnt um die Ecke über einem Tätowierstudio am schäbigen Ende der Brunswick Street, umgeben von Sozialwohnungstürmen. In den Hauseingängen schlafen Betrunkene, und in der Telefonzelle auf der anderen Straßenseite wickeln Dealer ihre Geschäfte ab. Während Matt in seiner Tasche nach den Schlüsseln kramt, drückt Brigitte ihn gegen die Tür und küsst ihn.

Drinnen hängt sein Fahrrad an einem Haken in der Blausteinwand. Er rät ihr, vorsichtig zu gehen, weil das Treppenlicht nicht funktioniert. Sie schaffen es fast die Treppe hinauf. Fast, aber nicht ganz. Sie küssen sich, stolpern, reißen einander die Kleider vom Leib und fallen auf der Treppe aufeinander. Sie küsst seinen Mund, sein Gesicht, seinen Hals. Seine Haut schmeckt salzig und riecht leicht nach Zitrone und Gewürzen. Sie gleitet auf ihn hinab, die Knieschmerzen sind vergessen, und ist froh, Strümpfe und Strumpfhalter zu tragen und keine Strumpfhose.

Ein Gefühl, das sie noch nie gehabt hat, rauscht heran, schwillt an und schießt durch ihren ganzen Körper. Sie rollt die Zehen zusammen, spannt alle Muskeln an und erstickt an seiner Schulter einen Schrei, aber die Tränen, die ihr über das Gesicht laufen, lassen sich nicht aufhalten. Die Mädels im Club reden die ganze Zeit von Orgasmen, aber sie hätte nie gedacht, es würde so … ihr fehlen die Worte dafür. Bisher ist Sex immer eher eine Pflichtübung gewesen, mechanisch und unbefriedigend. Doch ihre Erfahrung beschränkt sich auf einen groben Schuljungen, einen egoistischen Popstar und den semi-impotenten Eric, wenn der einen hochkriegt – was Gott sei Dank sehr selten ist.

»Ist alles in Ordnung, Brig?«

Sie schüttelt den Kopf, kann nicht sprechen.

»Und ich habe dich für so unschuldig gehalten.« Er lacht und streichelt ihr Haar.

Sie ist nicht sicher, ob sie sich bewegen kann, und will es auch gar nicht – will für immer so zusammenbleiben. Ihre Hand liegt auf seiner Brust. Irgendetwas ist komisch – seine Haut fühlt sich seltsam an, aufgeraut. Es ist zu dunkel, um etwas sehen zu können. Sie zieht die Hand schnell weg und denkt, er habe nichts gemerkt.

»Willst du immer noch mit nach oben kommen?«

Sie findet ihre Stimme wieder – und krächzt: »Nur, wenn du die Situation nicht ausnutzt.«

Er lacht und küsst sie. »Du musst mir hochhelfen, ich glaube, mein Rücken ist gebrochen.«

»Ich wusste doch, dass du zu alt bist.«

Ihre Augen haben sich an die Dunkelheit gewöhnt, und als er aufsteht, erkennt sie auf seinem Rücken eine Tätowierung, doch bevor sie auch seine Brust sehen kann, zieht er sein T-Shirt über. Vielleicht hat sie sich alles nur eingebildet.

Oben führt er sie an einem Schlafzimmer, einem Bad mit Wanne, einer winzigen Küche vorbei und eine weitere Treppe hinauf in ein geräumiges Wohnzimmer.

»Lust auf ein Glas Wein?«

»Klar.« Sie zieht die Nase kraus.

»Tut mir leid, Champagner habe ich nicht. Auch keine Himbeeren.«

Sie ist verlegen und kann ihm nach dem, was eben auf der Treppe passiert ist, nicht in die Augen sehen. Er geht den Wein holen. Sie streift die Beerdigungsschuhe von den wunden Füßen und sieht sich um: ein zerkratzter, antik aussehender Esstisch, ein braunes Ledersofa mit abgewetzten Armlehnen, ein Fernseher, ein Schreibtisch mit Computer und zwei große Fenster, die auf die Straße hinausschauen. Die Regale, bestehend aus Ziegelsteinen und Holzbrettern, reichen vom Boden bis zur Decke und sind mit Hunderten von Büchern gefüllt: Klassiker, viele neu aussehende Bücher, Bücher über das Schreiben und Unterrichten, Kochbücher. Sie zieht sich das Jackett fester um die Schultern und reibt die Hände aneinander – sie hätte den Mantel anbehalten sollen.

Er kommt mit einer Flasche Rotwein und zwei Gläsern zurück, schenkt ein und geht in die Hocke, um zusammengeknüllte Zeitungsseiten und Holzscheite in den offenen Kamin zu legen. »Such uns doch ein bisschen Musik aus, Brig.« Er entzündet ein Streichholz und hält es an das Papier.

Seine CD-Sammlung nimmt ein ganzes Regalbrett ein – haufenweise Zeug, das sie nicht kennt, klassische Musik, australische Musik: The Triffids, Died Pretty, Hunters and Collectors, viel Nick Cave and the Bad Seeds. Nichts von Prince. Sie zieht *Nevermind* heraus, mit dem auf den Dollarschein zuschwimmenden Baby auf dem Cover. Wie wurde das Foto von dem Baby im Pool bloß gemacht?

Matt sieht vom Kamin auf und stöhnt. »Ich wusste gar nicht, dass ich das habe. Du magst die nicht etwa, oder?«

»Doch. Aber ich höre sie erst, seit er tot ist.« Sie schiebt die CD ins Regal zurück. »Und jetzt weiß ich endlich, an wen du mich erinnerst. An ihn. Du siehst aus wie er.«

»Tu ich nicht«, sagt er entrüstet und steht auf.

»Doch.«

»Nein.«

»Er war echt süß.«

»Wann – mit oder ohne Kugel im Kopf?«

»Sei nicht so fies.«

»Ooh, ich bin so depressiv, ich bin so berühmt, ich verdiene haufenweise Kohle. Ich glaub, ich bring mich um.«

»Hör auf.«

»Er hatte ein Kind, weißt du das? Wie kann man sein Kind zurücklassen?«

»Ich weiß nicht.« Sie zuckt mit den Schultern. »Vielleicht hat er so gelitten, dass ihm keine andere Wahl blieb.«

Matt schüttelt den Kopf, er kann es nicht verstehen. Er gibt ihr die neue Nick-Cave-CD, sie legt sie auf, während er einen Joint rollt.

Sie geht hinüber zu dem geöffneten der beiden Fenster, stützt sich auf das Fensterbrett und sieht, wie vor den Sozialwohnungsbauten zwei Polizisten einen halb bekleideten Mann verhaften. Matt stellt sich hinter sie und legt die Arme um sie. Ihr Körper verschmilzt mit seinem. Verloren. Sie pusten Rauch auf die Dächer von Fitzroy hinab. Von der Straße und aus den Eckkneipen weht Lärm zu ihnen hinauf: zersplitternde Flaschen, streitende Junkies, bellende Hunde.

Als sie aufgeraucht haben, dreht sie sich zu ihm um, und er wickelt ihr Haar um seine Finger. »Gott, du bist so wunderschön.«

Was ist aus clever geworden? Sie beschwert sich nicht, als er sie küsst und in sein Schlafzimmer führt. Im Türrahmen hängt ein dunkelblauer Vorhang anstelle einer Tür, auf dem Boden liegt ein senffarbener Teppich. Das Zimmer ist ordentlich: ein gemachtes Doppelbett, zwei Nachttische aus Holz, schwarze, glockenförmige Lampen, eine Kommode aus Kiefernholz und ein behelfsmäßiger Schrank aus einer Gardinenstange, an der auf Bügeln seine Hemden hängen.

Als sie neben ihm liegt, verschwindet der Straßenlärm, und sie nimmt nur noch seine Atemzüge wahr. Sie stützt sich auf einem Ellbogen ab, küsst ihn und zieht dann vorsichtig sein T-Shirt hoch. Er beobachtet ihr Gesicht, in seinen Augen liegt – so etwas wie Vertrauen?

»Matt!« Sie zuckt zurück, zieht die Hand weg und schämt sich sofort für ihre Reaktion. Seine Brust ist mit kleinen Narben übersät – die vollständigen Versionen des Halbmonds unter seinem Auge.

Er will sein T-Shirt darüberziehen, doch sie hält seine Hand fest. »Was ist passiert?«

»Meine Mutter. Als ich klein war.«

»Deine Mutter hat dir das angetan?«

Er nickt. Sirenenkreischen übertönt das Geräusch von Flaschen, die in einen Mülleimer geworfen werden.

»Du musst nicht bleiben.«

»Was?«

»Der Ausdruck auf deinem Gesicht.«

»Pscht.« Sie legt ihm einen Finger auf den Mund, will sein Vertrauen zurückgewinnen. Sie küsst seine Narben, bewegt sich zu seinem Bauch hinunter, knöpfte seine Jeans auf. Sie nimmt ihn in den Mund, bis er nach ihr greift und sie zu sich nach oben zieht. Wieder vögeln sie, diesmal langsam, sanft, während Nick Cave singt, man solle die Liebe hereinlassen.

Sex war immer etwas, das es zu vermeiden galt, bis einem irgendwann die Ausreden ausgingen – kalt, grob, unangenehm, oft schmerzhaft, manchmal mit Angst durchsetzt. Dies hier ist so anders: warm, sicher, weich. Wie Samt. Sie will alles mit ihm tun, ihm alles geben, und es soll nie aufhören. Sie schließt die Augen, hält seine Hände und bewegt die Hüften schneller, bis sie wieder die Welle anschwellen und durch ihren Körper branden spürt.

Danach lässt sie sich in seine Kissen sinken. Die Bettwäsche hat Flusen, riecht aber sauber. Er massiert Sperma in ihren Oberschenkel. Sie greift nach seiner Hand, zieht sie zu ihrem Mund und leckt an seinen Fingern: sein Geschmack und ihr Geschmack, zusammen. Er küsst sie, um ihn auch zu schmecken. Salz und Erde.

Sie rauchen noch einen Joint, und sie wird schläfrig. Ihre Lider sind schwer, als sie die Linien der Schlangentätowierung auf seinem Schulterblatt nachzieht, den gezackten Rücken und den Schwanz.

»Als du das erste Mal zum Kurs kamst, musste ich immerzu deine langen Fingernägel ansehen. Ich habe davon geträumt, sie auf meinem Rücken zu spüren.« Seine Stimme klingt, als käme sie aus großer Entfernung.

Die Schlangentätowierung scheint mit ihm zu atmen, die blau-grünen Schuppen heben und senken sich mit jedem Atemzug. Er rollt auf den Rücken, legt die Arme um sie und gleitet wieder in sie hinein, aber beide sind zu müde, um sich noch zu bewegen. Mit dem Gesicht auf seiner Brust schläft sie ein.

Sie träumt, Kurt Cobain würde neben ihr schlafen. Der Welpe mit dem roten Halsband legt den Kopf auf das Kissen. Zögernd schiebt sie Kurt das schmutzig-blonde Haar aus dem Gesicht, erwartet, die schrecklich toten Augen zu sehen. Aber es ist kein Traum, sie blickt in den Ozean von Matts Augen. Sie greift nach seiner Hand, verschränkt ihre Finger mit seinen und schläft wieder ein.

Das Biep-biep-biep eines zurücksetzenden Lastwagens weckt sie. Durch das Fenster strömt Sonne herein. Vielleicht träumt sie noch, denn der Traumwelpe ist noch da. Sie reibt sich die Augen.

Matt stellt eine Kaffeetasse auf den Nachttisch. »Guten Morgen.«

Sie streckt sich und lächelt. Der Traumwelpe bewegt sich, sie fährt zusammen. Matt sitzt auf der Bettkante und hebt eine dicke rote Katze auf seinen Schoß.

»Ich habe gedacht, das wäre ein Hund.«

»Sie ist so groß wie ein Hund. Das ist Di.«

Sie lacht. »Deine Katze heißt Di?«

»Was ist so komisch daran?«

»Wer nennt seine Katze Di? Das ist saukomisch.« Sie greift nach ihrer Bluse, die auf dem Boden liegt, und setzt sich in die Kissen gelehnt auf.

»Meine Großmutter hat sie so genannt. Sie hatte noch eine, die hieß Charles. Aber Charles ist kurz nach Großmutter gestorben.«

So komisch ist das nicht, aber sie kann nicht aufhören zu lachen, und er haut ihr ein Kissen an den Kopf.

Immer noch lachend, nimmt sie den Kaffee und verschluckt sich fast daran. Die Tasse ist mit drei Reihen von Schmetterlingen dekoriert, unter denen die jeweiligen Namen stehen: Großer Perlmutterfalter, Monarchfalter, Ritterfalter, Schachbrett, Himmelblauer Bläuling …

»Di wird bald Mutter. Großmutter meinte, sie wäre kastriert. Aber letzten Monat war ich mit ihr beim Tierarzt, und da kam raus, dass sie schwanger ist.«

»Armes Ding.« Brigitte tätschelt Di den Kopf. »Ich dachte, rote Katzen wären immer männlich.«

»Das ist ein Mythos. Das Gen für rotes Fell liegt auf dem X-Chromosom. Ein Kater hat nur ein X-Chromosom, wenn er das Gen also hat, ist sein Fell rot. Katzen haben zwei X-Chromosomen, bei ihnen muss das Gen doppelt vorhanden sein, damit sie rotes Fell haben, und das kommt nicht sehr häufig vor.«

Was?

Matt setzt Di sanft auf dem Boden ab, legt sich neben Brigitte, und sie rollt in seine Arme. Sie bittet ihn, auf ihr kaputtes Knie aufzupassen.

»Alte Fußballverletzung?«

»So in der Art.«

Brigitte kann in Matts Schrank kein Schaumbad finden – nur Rasierschaum, Rasierer, Papaw-Salbe, ein Pflaster, Zahncreme. Keine Medikamente. Nicht mal Panadol. Was ist los mit ihm?

Sie legt ihre Kleider auf den Deckel der Waschmaschine und mischt ein bisschen von seinem Duschgel in das einlaufende Wasser. Der Geruch von Zimt und Bergamotte füllt den Raum. Matts Geruch. Sie ruft seinen Namen.

Er liest im Wohnzimmer Zeitung. »Ja?«, ruft er zurück.

»Wo kaufst du dein Duschgel?«

»Das ist kein Duschgel. Das ist eine Waschlotion aus einem Laden die Straße runter, in der Nähe von Mario's. Sie enthält keine Sulfate.«

»Das ist gut. Sulfate trocknen die Haut aus.«

»Ich weiß. Das haben sie im Laden auch gesagt.«

»Matt?«

»Jaha?«

»Kommst du mit in die Wanne?«

Sie hört ihn die Zeitung weglegen und lehnt sich lächelnd im Wasser zurück.

***

Vier Nächte später taucht sie mit schmerzenden Oberschenkeln und wundem Rücken aus dem Kokon von Matts Wohnung wieder auf. Sie kommt sich vor wie einer der Schmetterlinge auf seiner Kaffeetasse: verwandelt, perfekt. Der Himmelblaue Bläuling.

Sie stolpert fast über einen auf der Straße hockenden Mann.

»Heya, Kleine, kannst du mir aushelfen? Ich hab meine Brieftasche verloren und brauch nur ein bisschen Geld für die Straßenbahn nach Hause.«

Sie gibt dem rotgesichtigen Betrunkenen einen Zwanzig-Dollar-Schein und lächelt, und er hält Weihnachten für gekommen.

36

Anstatt die Straße zu nehmen, geht Brigitte durch die Gartenanlage, von wo aus sie die Wohnung aus sicherer Entfernung im Blick hat. Als sie näher kommt, hält sie den Atem an. Ihr Herz pocht, ihr Magen schmerzt, aber es brennt kein Licht. Die Fenster sind geschlossen, die Jalousien heruntergezogen. Eric ist immer noch weg. Sie atmet aus. Aber sie geht nicht ins Haus. Sondern direkt zur Arbeit.

Hannah sagt, dass Al sie sehen will. Immer noch riecht sie Matts Zimt- und Bergamotte-Geruch an ihrer Haut und in ihren Haaren. Sie denkt an die Treppe und betritt lächelnd – bestimmt ein albernes Teenagerliebelächeln, aber sie kann nicht anders –, Als Büro.

»Wo bist du gewesen, Pagan?« Al nimmt seine in braunen Krokodillederschuhen steckenden Füße vom Tisch. Er hat seine Zigarette nicht richtig ausgedrückt, der im Aschenbecher schwelende Filter riecht nach Gift. Über seinem Schreibtisch hängt ein Poster mit dem *Penthouse*-Pet des Jahres – es hat früher hier gearbeitet. Al klopft mit den Fingerknöcheln auf den Tisch, seine dicken Goldringe glänzen im Neonlicht. »Ich versuche seit Tagen, dich zu erreichen.«

»Tut mir leid, ich –«

»Du hast hier keinen Job mehr.«

Ihr albernes Lächeln verschwindet. »Was?«

»Du hast mich schon zu oft verarscht und bist nicht zu deinen Schichten aufgetaucht. So kann ich kein Geschäft leiten.«

»Was soll ich denn jetzt machen?«

»Keine Ahnung. Kümmert sich Eric nicht um dich?«

»Er zahlt nur die Miete – sonst nichts.«

»Nicht mein Problem.«

Sie beißt sich auf die Lippe.

Er wird weich. »Hast du was von Dave gehört?«

Sie schüttelt den Kopf.

Er holt eine Visitenkarte aus der Schreibtischschublade und gibt sie ihr. »Das Geschäft gehört meinem Kumpel Richard.«

Sie dreht die Karte um: *Lipgloss Promotions*, in Goldbuchstaben auf glänzendem Schwarz.

»Mach ein paar Modeljobs. Ist auch besser für dein Knie.«

»Aber ich brauche diesen Job.«

»Tut mir leid, Pagan, ich muss mich auf meine Mädchen verlassen können.«

Sie dreht sich um. Es hat keinen Sinn, mit ihm zu diskutieren.

»Noch was«, sagt er, als sie in der Tür steht, »sag Eric, dass ich seine Ware nicht länger brauche.«

Sie läuft den Hügel hinauf (immer noch kein Zeichen von Eric in der Wohnung), durch die Gartenanlage – am Exhibition Building und dem zehn Meter hohen Brunnen mit weißen Meermenschen vorbei –, die Gertrude Street hinunter und in die Brunswick Street. Sie klopft an Matts Tür. Weil er nicht zu Hause ist, läuft sie ziellos weiter.

Ein roter Wagen kommt ihr entgegen, der Fahrer hupt, wendet und fährt langsamer. Sie ignoriert ihn. *Lass mich in Ruhe, ich bin nicht in Stimmung*. Der Wagen kommt neben ihr zum Stehen. Männer sind so blöd.

Der Fahrer stößt die Beifahrertür auf. »Hey, Schönheit.« Es ist Matt. Sie steigt ein, und sie fahren zusammen zur Brunswick Street zurück. »Was treibt dich in diese Gegend?«

»Nichts. Ich hab nur einen Spaziergang gemacht.«

»Was für ein Zufall.«

Er findet vor seiner Haustür einen Parkplatz, steigt aus und holt Einkaufstüten aus dem Kofferraum. Sie folgt ihm.

»Was ist los?«, fragt er.

Sie hat gedacht, die Sonnenbrille würde es verbergen. »Ich habe meinen Job verloren.«

»Gut.« Er stellt die Tüten auf den Gehweg und schließt den Wagen ab.

»Das ist nicht gut.«

»Ich fand es furchtbar, dass du da gearbeitet hast.«

»Und was soll ich jetzt tun?«

»Keine Sorge. Wir finden was.«

Ein schwarzer Wagen mit getönten Scheiben steht gegenüber von Matts Haus im Halteverbot. Matt gibt ihr eine Tüte. »Komm mit zum Abendessen, und wir reden darüber.«

»Wohin?«

»Hier.«

»Du kannst kochen?«

»Natürlich.«

»Zu gut, um wahr zu sein, oder?«

Während er die Tür öffnet, wirft sie einen Blick über die

Schulter und sieht den schwarzen Wagen wegfahren. Sie folgt ihm zurück in den Kokon und lächelt das alberne Teenagerlächeln, während sie die Treppe hochsteigen.

Sie sitzt in seiner winzigen Küche auf der Arbeitsfläche, nippt Weißwein und sieht ihm beim Paellamachen zu. Er brät ein bisschen Gemüse an, gibt Brühe, Reis, Garnelen und Muscheln dazu und lässt alles köcheln, während er Austern aus dem Kühlschrank holt.

»Ganz zufällig hast du Austern im Kühlschrank?«

»Normalerweise nicht. Aber ich kann wohl hellsehen, weil mir beim Einkaufen plötzlich der Gedanke kam, *vielleicht kommt Brig zurück und hat Lust auf Meeresfrüchte.*«

»Wirklich?«

»*Und wenn nicht, muss ich sie eben mit der Katze teilen.*« Er stellt die Austern, eine Zitrone und Meersalz neben sie. »Also, meinst du, ich bin Hellseher?«

»Nein. Aber sehr sexy.« Sie schlingt die Beine um seine Hüften und zieht ihn an sich. Er schneidet über ihr Bein hinweg die Zitrone in Viertel, quetscht den Saft heraus und mahlt Salz auf eine Auster. Sie betrachtet die schleimiggraue Substanz in der dreckigen Schale. »Ich weiß nicht, ob ich Austern mag.«

»Du hast auch nicht gedacht, dass dir Wein schmecken würde.« Er hält ihr die Auster an den Mund. »Schließ die Augen.«

Sie tut es, kaut, und die Auster spritzt – explodiert – in ihrem Mund. Sie schluckt, die Auster rutscht ihre Speiseröhre hinunter, sie verzieht das Gesicht. Einen Moment lang meint sie, sich übergeben zu müssen, und spült mit einem Schluck Wein nach. Er küsst sie sanft, langsam, lange. Sie legt die Arme um seine Schultern, hält das Weinglas in die Höhe.

»Gut?«
»Uuah.«
»Noch mehr?«
»Küsse oder Austern?«
»Austern.«
»Vielleicht später.«
»Kuss?«
»Mmh.« Ihr Körper ist weich und warm und kribbelt.
Der Reis klebt am Boden der Pfanne fest und brennt an.

Brigitte schaut aus dem Wohnzimmerfenster auf die Straße hinunter. Der schwarze Wagen mit den getönten Scheiben ist wieder da. *Das bildest du dir ein. Es kann nicht derselbe sein.*

»Also, wie willst du auf Jobsuche gehen?«

Sie schreckt auf und verschüttet Wein auf ihre Hand, als Matt hereinkommt. »Kann ich die Vorhänge zuziehen?«

»Wenn du willst.« Er stellt zwei Schüsseln mit leicht angebrannter Paella auf den Tisch, zündet zwei große weiße Kerzen an und öffnet noch eine Flasche Wein.

»Ich hab was in Aussicht.« Sie setzt sich ihm gegenüber.

Er schenkt Wein ein.

»Als Verkäuferin. Ich muss nur den Führerschein machen, Fahrstunden nehme ich schon.«

»Gut gemacht. Klingt großartig.«

»Kann ich mal dein Auto fahren?« Sie setzt einen langsamen Wimpernaufschlag ein, aber ihre niedlichen kleinen Tricks scheinen bei ihm nicht zu wirken. »Zur Übung.«

Er schlägt vor, am Melbourne-Cup-Wochenende aus der Stadt rauszufahren. Irgendwo an die Küste. Zum Campen. Dann kann sie vielleicht mal fahren.

»Campen! Bist du verrückt?« Sie lacht. »Meine Familie hat ein Ferienhaus auf Raymond Island. Da können wir hin.«

Er will wissen, wo Raymond Island ist, und sie erklärt, dass die Insel in den Gippsland-Seen liegt, nicht weit von Lakes Entrance. Man kommt nur mit der Fähre hin.

»Findet deine Familie nichts dabei, wenn du dort hinfährst – mit einem Mann?« Er sieht von seiner Paella auf.

Sie schüttelt den Kopf. »Das Haus wird nicht mehr benutzt, seit mein Bruder und ich klein waren. Damals sind Nana und Opapa ständig mit uns hingefahren.«

»Ohne deine Eltern?«

»Dad musste immer arbeiten. Und meine Mutter fand es furchtbar dort. Es war ihr nicht vornehm genug. Sie will das Haus verkaufen, aber Nana und Opapa lassen sie nicht.«

Er schenkt Wein nach. »Dann fahren wir hin – direkt nach meinem Kurs am Freitagnachmittag.«

»Willst du wirklich hin?« Sie versucht, ihr Lächeln zu verbergen, es gelingt ihr nicht.

Er nickt und wendet sich wieder seiner Paella zu. Sie betrachtet die Muscheln in ihrer Schüssel und weiß nicht, ob sie sie essen kann.

»Hast du mal daran gedacht zu studieren?«

Sie löffelt ein paar safrangelbe Reiskörner aus der Schüssel und bekleckert ihr weißes Shirt. Er tut so, als würde er nicht mitbekommen, dass sie mit der Serviette daran herumreibt. »Ich mache vielleicht ein paar Modeljobs.«

»Aha. Ich halte das ja nicht für einen sehr verlässlichen oder sicheren Job.«

So wie Schreiben?, denkt sie, sagt aber nichts. Sie trinkt ihren Wein und schiebt die Muscheln durch die Schüssel, da sie nicht weiß, wie sie sie aus der Schale holen soll, ohne ihr Shirt völlig zu ruinieren.

»Was ist mit David Jones?«, fragt er.

»Zahlt nicht genug.«

Er schlägt vor, noch einmal dort anzurufen, sie könnte sagen, sie hätte es sich anders überlegt. Das wäre für den Übergang doch ganz gut, bis sie etwas Besseres findet. Er klingt, als hätte er mit Marco gesprochen. Warum meinen Männer immer zu wissen, was gut für sie ist?

»Modeln ist besser.«

»Du wirst nicht immer jung und schön bleiben.« Er sieht ihr in die Augen. »Und was dann?«

»Weiß nicht. Noch bleiben mir ein paar gute Jahre.« Sie lacht und schiebt die Schüssel weg.

»Iss noch was, Brig.«

Sie schüttelt den Kopf. »Ich bin satt.«

Als er im Badezimmer ist, ruft sie in der Wohnung an. Keine Antwort. Sie lugt durch die Gardine hinaus. Der schwarze Wagen ist weg.

Er kommt zurück, setzt sich neben sie, gabelt eine Muschel und ein wenig Reis auf und füttert sie wie ein Kind.

»Willst du mich mästen?«

»Vielleicht.«

»Willst du damit sagen, ich bin zu dünn?«

»Das habe ich nicht gesagt.«

»Man kann nie zu dünn sein. Oder zu reich.«

»Zu reich oder zu dünn. Das hat die Herzogin von Windsor gesagt, oder?«

»Ich habe gedacht, meine Mutter hätte es erfunden.«

»Dünn bist du schon. Und wie willst du jetzt reich werden?«

»Meine Mutter hat auch gesagt, es ist genauso einfach, einen reichen Mann zu heiraten wie einen armen.«

»Na, dann bist du hier falsch.«

»Ich habe nie gesagt, dass ich dich heiraten würde.«

»Gut, ich habe dich auch nicht gefragt.« Er lacht.

Sie sieht in seine blauen Augen und hat wieder das Gefühl zu fallen. Er füttert sie weiter mit Paella und füllt die Weingläser auf. »Hat dir deine Mutter noch weitere Weisheiten mitgegeben?«

»Jede Menge. Zum Beispiel: Warum ein Buch kaufen, wenn man in eine Bücherei gehen kann?«

»Bin ich nur eins der Bücher in deiner Bücherei?« Er legt seine Hand auf ihren Oberschenkel.

»Ich lese immer nur ein Buch auf einmal. Immer wieder.« Sie lacht und küsst ihn.

Er fragt, ob ihre Eltern noch zusammen sind, und sie erzählt ihm vom Krebstod ihres Vaters.

»Wie schrecklich. Erinnerst du dich gut an ihn?«

»In *Play School* haben sie gerade ›Morningtown Ride‹ gesungen, als er starb.«

Sie erinnert sich, an dem Tag nicht in der Schule gewesen zu sein. Er saß in seinem alten Ledersessel. Ein Geruch, der an Nagellackentferner erinnerte, füllte den Raum, dazu die schrecklichen, wässrigen Geräusche des Sterbens. Die Luft fühlte sich kalt an wie der Tod. Sie hat keine Erinnerungen an ihren Dad im Krankenhaus, vielleicht durfte sie ihn dort nicht besuchen. Es ist schwer zu glauben, dass ihre Mutter fähig war, ihn zu Hause zu pflegen.

»Er liebte Johnny Cash«, sagt sie. »Er war gütig und freundlich. Das genaue Gegenteil von meiner Mutter. Keine Ahnung, wie die beiden jemals zusammengekommen sind.« Sie denkt daran, wie Joan nach Dads Tod an dem Plastiktisch in dem alten rosa Haus in Brunswick gesessen hat – seine zerkratzten Platten liefen, eine Zigarette brannte zwischen zwei nikotinverfärbten Fingern der einen Hand bis auf den Filter herunter, in der anderen hielt sie ein Glas mit Brandy, Lime und Soda. Joan betrank sich so sehr, dass sie sich einnässte – ein indigofarbener Fluss lief an ihrer hautengen Jeans herab. Ryan hatte es komisch gefunden, aber Brigitte wurde schlecht. Sie und Ryan mussten Joan waschen und ins Bett bugsieren, während sie zeterte, dass sie wünschte, sie nie bekommen zu haben, sie hätten ihre Schauspielkarriere zerstört.

Brigitte zittert und legt ihre Hand auf Matts, verschränkt ihre Finger mit seinen.

»Wenn Dad zu Hause war, hat er mir und meinem Bruder immer Pfannkuchen gemacht«, sagt sie. »Und bevor er auf lange Fahrten ging, ist er immer ins Zimmer gekommen und hat uns einen Kuss gegeben. Ich habe so getan, als würde ich schlafen, aber ich habe immer auf diesen Kuss gewartet.« Sie sieht in ihr Glas und fragt Matt, ob er Geschwister habe.

»Ein Kind war zu viel für meine Mutter.«

»Besuchst du sie noch?«

Er schüttelt den Kopf. »Sie starb, als ich zehn war.«

»Was ist passiert?«

»Sie war gegen Aspirin allergisch, und einen Abend hat sie anstelle von Panadol welches genommen.« Er schaut weg. »Anaphylaktischer Schock.«

Brigitte runzelt die Stirn. Warum hat man ein Medikament im Haus, gegen das man allergisch ist? Sie fragt nicht.

»Es lohnt sich nicht, über meine Mutter zu reden«, sagt er.

»Ich höre zu, wenn du willst.«

Er lächelt. »Ich brauche keine Therapie, Brig. Das … alles ist lange her. Ich erinnere mich kaum noch. Mein Dad hat sich um mich gekümmert. Er war ein guter Mensch. Ein bisschen wie dein Dad.« Er gießt den letzten Rest Wein in ihre Gläser. »Das war er, in deiner Cradle-Mountain-Geschichte, stimmt's?«

»Ich weiß nicht richtig, wo das herkam.«

»Du solltest versuchen, mehr über ihn zu schreiben. Es könnte kathartisch sein.«

Sie weiß nicht genau, was das Wort bedeutet – und nimmt sich vor, es nachschlagen. Er hat es geschafft, dass sie die ganze Paella gegessen hat, ohne es zu merken. »Ich muss morgen unbedingt zum Sport und das Essen wieder abtrainieren.«

»Ich hatte eigentlich an eine andere Art von Training gedacht.«

»Ach, ja?«

»Mmh.« Er pustet die Kerzen aus, nimmt die Gläser, und sie folgt ihm ins Schlafzimmer.

»Hast du Kondome?«

»Was!« Er hält an, dreht sich um, verschüttet Wein auf den Teppich, sein Gesicht ist panisch. »Ich hab gedacht, du –«

»Beruhig dich.«

»Brigitte!«

»Ab jetzt sind wir vorsichtig, okay?«

Irgendwann in der Nacht oder am Morgen wird sie von Geschrei und Gehämmer an der Haustür aus dem Schlaf geschreckt. *Oh mein Gott, der schwarze Wagen.* Sie sitzt aufrecht im Bett.

»Schsch, alles gut.« Matt zieht sie zurück und nimmt sie in den Arm. »Das sind nur Junkies. Passiert ständig.«

Das klinkende Geräusch eines Bechers, der gegen einen Teller stößt, weckt sie, sie öffnet die Augen. In einem Lichtstrahl schweben Staubkörnchen durch das Zimmer.

»Hey, Schönheit.« Matt stellt ein Tablett aufs Bett.

»Was machst du da?« Sie krächzt verschlafen.

»Dir Frühstück bringen.«

Kaffee, Orangensaft. Und Pfannkuchen! Sie weint – ganz plötzlich, Tränen aus dem Nichts heraus – um ihren Vater. Matt hält sie im Arm und küsst die Tränen ab. Sie sieht über seine Schulter hinweg die Schmetterlingstasse an, sie kennt die Namen jetzt auswendig: Großer Perlmutterfalter, Monarchfalter, Ritterfalter, Schachbrett, Himmelblauer Bläuling …

37

Der Raum riecht nach teurem Männerparfüm, Blähungen und Juicy Fruit. Auf dem Bett liegt Erics geöffneter Koffer. Er rollt seine Kleidungsstücke zu festen, länglichen Knäueln zusammen und verpackt sie, als würde er Tetris spielen. Brigitte lehnt sich an den Türrahmen und niest. »Tour?«

»Ja, Bullet Brain. Geht in Neuseeland los.«

»Ich besuche über das lange Wochenende Ryan.«

»Ich dachte, ihr redet nicht miteinander.«

»Jetzt doch wieder.«

Er wendet sich ihr zu. »Welche von beiden?« Er hält zwei Krawatten hoch: eine königsblau, die andere purpurrot mit kleinen weißen Punkten.

»Die blaue.«

Er bindet sie um, sie richtet sie für ihn.

»Soll ich dich zum Flughafen fahren?«, fragt er.

»Nein. Mein Flug geht erst später.«

»Viel Spaß.« Er zieht den Kofferreißverschluss zu. »Und richte Ryan aus, dass er ein Idiot ist.« Er grinst und küsst sie zum Abschied auf den Mund. Ihr schlechtes Gewissen zwickt sie, weil sie gedacht hat, dass er sie verfolgen lassen würde. Und weil sie ihn belügt.

***

Sie wartet auf dem Gang, bis Matts Freitagsschüler gegangen sind. Als er das Whiteboard abwischt, schleicht sie sich von hinten an und schlingt die Arme um ihn. Lächelnd dreht er sich um, sie küsst ihn, aber er weicht mit einem Blick auf die offene Tür zurück.

»Wir könnten sie zumachen und es hier auf deinem Schreibtisch tun.«

Er schiebt sie sanft beiseite und sammelt seine Bücher ein.

»Die Treppe ist dir lieber?«

»Hör auf, Lolita. Ich verliere sonst meinen Job.« Er legt ein paar Stifte in die Schreibtischschublade. »Hast du deine Sachen dabei?«

Sie zeigt auf die Reisetasche neben der Tür.

Matt packt seine Bücher und Notizen ein. »Dann lass uns gehen. Der Wagen steht in der Collins Street.« Er hievt sich ihre Tasche auf die Schulter. »Gott, was hast du da drin?«

»Du musst sie nicht für mich tragen.«

Im Aufzug legt er den freien Arm um sie und küsst sie auf den Kopf. Ihr Blick fällt auf den Notfallknopf. Wäre genug Zeit, wenn sie ihn drücken würde?

Als sie Melbourne hinter sich gelassen haben, darf sie den Commodore mit Fahranfänger-Zeichen fahren, bis die Geschwindigkeit und der dichte Verkehr auf der Schnellstraße ihr Angst machen. Sie fährt an den Rand, und sie tauschen wieder.

Beim Fahren liegt seine linke Hand auf ihrem Oberschenkel und hinterlässt einen warmen, unsichtbaren Eindruck, wenn er sie zwischendurch zum Lenkrad hebt.

Es dämmert schon, als sie Paynesville erreichen. Sie fahren ein bisschen im Kreis, weil Brigitte sich nicht an den Weg zum Fähranleger erinnern kann. Matt findet ihn, und sie reihen sich in die Warteschlange ein.

»Tut mir leid. Ich bin lange nicht hier gewesen.«

»Macht nichts. Es war im Dunkeln schwer zu finden.« Er löst seinen Sicherheitsgurt und beugt sich zu ihr, um sie zu küssen. Sie hören nicht wieder auf und haben die Hände überall, bis das Auto hinter ihnen hupt, damit sie auf die Fähre fahren. Der Fährmann winkt sie an Bord und sammelt das Geld ein. Matt drückt Brigittes Hand und singt: »Don't Pay the Ferryman«.

Sie lacht und dreht sich um, um ihren weißen Wollmantel von der Rückbank zu angeln. Eine kühle Brise tanzt über den See. Boote dümpeln, und auf den kleinen Wellen schimmern ein paar Lichter, während die Fähre über die Wasserstraße tuckert. Schaukelnd und ächzend stößt sie gegen den Anleger auf der Insel.

Matt fährt nach Brigittes Anweisungen am Park und dem Gemeindezentrum vorbei und biegt links in die Sixth Avenue ein.

»Bist du sicher, dass wir hier richtig sind?«

»Ja. Das Haus da.« Sie zeigt auf Nummer sechs: ein weißer Betonbau, dessen himmelblaue Fenster- und Türrahmen in der Dunkelheit gespenstisch leuchten. Die Scheinwerfer des Commodore erfassen einen über die Straße wandernden Ameisenigel. Weil niemand hinter ihnen ist, hält Matt an und lässt den Igel passieren. Als er in die Einfahrt biegt, knirschen lose Kiesel unter den Reifen.

Matt sieht sich mit einer Taschenlampe im Haus um und rümpft die Nase über den Schimmelgestank, der beim Öffnen des Kühlschranks entweicht. »Wie lange ist hier keiner mehr gewesen?« Er reißt Fenster und Türen auf.

»Ryan und ich haben ein Wochenende hier verbracht, kurz bevor er nach Sydney gezogen ist. Vor fast zwei Jahren.«

»Wer ist Ryan?«

»Mein Bruder.« Sie lächelt im Stillen – kurz war er eifersüchtig.

Während Matt die Kühlbox aus dem Auto holt, stellt sie den Strom an und sieht sich nach Reinigungsmitteln und Tüchern um. Überall im Haus liegen verstaubte Muscheln verteilt, von Kindern im Laufe der Jahre gesammelt, Gemälde von Stränden und Schiffen und alte Familienfotos: viele Schwarzweiß-Bilder von Opapa beim Angeln in seinem kleinen Blechboot.

Als sie das Haus gesäubert haben, ziehen sie die Hüllen von den Möbeln auf der hinteren Veranda und wischen den Staub ab.

»Wir haben keine Musik dabei«, sagt Brigitte, als sie die Mückenkerze anzündet.

»Haben wir doch.« Matt geht an den Kofferraum und bringt einen tragbaren gelb-blauen CD-Player zum Vorschein.

»Cool. Ist der neu?«

»Ja.« Er räumt ein Regal neben dem Grill frei, wo sich eine Steckdose befindet. »Aber nicht Nirvana. Okay?«

»Okay, Kurt.«

»Lass das, oder ich nenne dich Courtney.«

»Okay, Kurt.«

Er tut verzweifelt, schüttelt den Kopf und überprüft mit dem Fuß die Gasflasche. »Leer. Ich habe ein paar Babyoktopusse zum Grillen mitgebracht. Wollen wir rüber nach Paynesville fahren und Gas holen?« Er zieht das braune Sweatshirt über.

»Könnten wir machen.« Sie sieht ihn im Zwielicht an. Er drückt und dreht Knöpfe – versucht, den CD-Player in Gang zu setzen. Er schiebt sich eine Haarsträhne aus dem Gesicht, seine Stirn liegt in konzentrierten Falten.

»Oder …« Sie geht auf ihn zu, weiß, dass heute Abend nichts aus den Babyoktopussen wird, als sie seine Hand nimmt und ihn auf die schwarze Ledercouch zieht. Der CD-Player legt los. Natürlich Nick Cave.

Sie schlafen in Nanas und Opapas altem Bett im mittleren Schlafzimmer. Mücken surren um Brigittes Ohren herum, als sie wach in Matts Armen liegt. Die Schlaftablette, die sie genommen hat, wirkt nicht. Sorgen treiben sich in ihrem Kopf herum: die Zukunft, Arbeit, Matt. Früher war ihre einzige Sorge die Wahl des Nagellacks im Schönheitssalon gewesen. Jetzt sorgt sie sich um alles. Wie kann sie Eric verlassen, ohne dass er sie oder Matt umbringt? Sie vermutet, dass Eric schon einmal jemanden getötet hat oder dafür gesorgt hat, oder jedenfalls irgendwas damit zu tun hatte – sie hat ihn am Telefon über das Entsorgen einer Leiche reden hören. Sie hatte sich eingeredet, etwas missverstanden oder es sich nur eingebildet zu haben. Sie ist nicht so blöd, wie er denkt: Die Leute, mit denen er zu tun hat, die Drogen, das alles ist gefährlich und bedrohlich. Sie versucht, ihre Angst zu verdrängen, doch nichts – weder Drogen noch Alkohol noch Selbstlügen – können die Gedanken vertreiben, die in schwarzen, schlaflosen Stunden an die Oberfläche drängen. Wenn Matt und sie nur hier bleiben könnten, in Sicherheit, auf der Insel, für immer. Ihr Herz rast, auf ihrer Haut bildet sich Schweiß. Sie sucht Trost an Matts Körper: Sie drängt sich an ihn, versucht, ihn »zufällig« zu wecken, und küsst seine Lippen, doch er schläft tief und fest, mit leicht offenen Mund. Das Licht von der Straße schimmert durch die Jalousie und wirft einen silbrigen Nebel auf sein Haar, beleuchtet die Narben auf seiner Brust, fängt die zarte Schönheit seines Gesichts ein.

Ihre Brust verengt sich; sie hat Angst, das könnte bedeuten, dass sie ihn liebt. Oder dass sie zu viele Tabletten genommen und einen Herzinfarkt hat. Wenn sie ihn liebt, sollte sie ihn nicht in ihr beschissenes Leben hineinziehen. Wenn sie ihn wirklich liebt, sollte sie sich von ihm fernhalten. Wenn er die Wahrheit über sie erfährt, wird er sowieso nicht bleiben. Etwas so Schönes kann nur flüchtig sein. So oder so wird es böse enden. Bevor es so weit kommt, sollte sie ihn vergraulen, wie sie es bei Ryan getan hat. Aber sie kann nicht. Sie hält seine Hand, hört ihm lange beim Schlafen zu, und die Worte *Ich verdiene dich nicht* drehen sich in ihrem Kopf im Kreis. Schöne Gedanken.

Am späten Vormittag wacht sie auf, verlässt das Schlafzimmer und tappst in Richtung Kaffeegeruch. Matt sitzt draußen auf der Couch und schreibt in ein Notizbuch. Dabei zieht er an einer Haarsträhne, die Haare sind verstrubbelt. Sie nimmt ihren Kaffee mit nach draußen und setzt sich neben ihn. Sie gähnt und hält die Beine in die herrliche Sonne, die auf die Veranda scheint. »Was schreibst du?«

Er hebt den Blick von ihren Beinen und küsst sie. »Ein neues Kapitel.«

»Was passiert darin?«

»Lucy ist kurz davor, ihren Gatten umzubringen, um mit Henry zusammen sein zu können. Sie planen das schon lange – wie sie es machen wollen, wie sie unentdeckt bleiben –, doch irgendwas muss schiefgehen.«

»Ooh, klingt wie *Wenn der Postmann zweimal klingelt.*«

»Hast du das Buch gelesen?«

»Nein, aber ich liebe den Film. Kommen Lucy und Henry am Ende damit durch?«

»Fast.«

»Kann ich deine Notizen sehen?«

Sie kuschelt sich an ihn, und er erklärt das Farbsystem, das er zur Planung der Szenen benutzt. In blau schreibt er auf, was passiert. In rot, seine Recherche. Und grün sind die Figurenbeschreibungen.

»Da ist viel rot«, sagt sie.

»Ich habe endlich einen Polizisten gefunden, der bereit ist, mir bei der Recherche zu helfen.«

Sie liest sich die wichtigsten Punkte durch: Gewalt, Spuren, Todesursache, Zahnabgleiche, Schießpulverrückstände, Fingerabdrücke …

»Was ist ein Spritzmuster?«

»Blutspritzer. Dadurch lässt sich feststellen, wo der Angreifer stand, wie groß er war, wie viele Male er das Opfer mit der Tatwaffe geschlagen hat …«

»Eklig.« Sie nippt ihren Kaffee.

»Aber irgendwie interessant. Blut ist unglaublich aerodynamisch.«

Sie rümpft die Nase.

»Woran schreibst du?«, fragt er.

»Ich denke über eine Sachgeschichte nach. Vielleicht schicke ich sie an Zeitschriften.« Seit der Einführung von Baumbändern tun ihr die Opossums im Garten leid. Ein Artikel in einer Zeitschrift könnte ihr Schicksal erleichtern.

»Versuch's erst mal mit den lokalen Zeitungen. Ich bin gespannt darauf, sie zu lesen.«

»Weißt du, worauf ich gespannt bin?« Sie nimmt sein Notizbuch und die beiden Kaffeetassen, stellt sie auf die Veranda und setzt sich im Reitersitz auf ihn.

»Brig, ich versuche zu arbeiten.« Er lacht.

»Ich verspreche, dich den Rest des Tages in Ruhe zu lassen.« Sie streicht ihm das Haar aus dem Gesicht, küsst ihn, schließt die Augen. *Ich verdiene dich nicht.*

Matt schreibt den Großteil des Tages. Sie hält ihr Versprechen – bemüht sich, ihn nicht zu stören. Sie macht Spaziergänge über die Insel, liest Zeitungen, setzt mit dem Auto aufs Festland über und lässt die Gasflasche auffüllen.

Am Nachmittag macht sie auf Nanas und Opapas Bett einen Mittagsschlaf. Sie träumt, dass sie den Küchentisch abräumt. Als sie sich vornüber beugt, um nach den letzten Tellern zu greifen, drückt sich Matt gegen ihren Rücken, und die Hitze seines Körpers ist unerträglich herrlich. Sie presst sich gegen ihn. Eine warme Welle steigt in ihr auf. Sie dreht sich um und zieht ihn auf den Tisch, fegt das letzte Besteck und die Teller zu Boden. Sie windet sich unter ihm, klettert dann auf ihn. Als sie kommt, hält ihr Matt eine Muschel ans Ohr. *Da drin hörst du die Ewigkeit*, sagt er. Sie schließt die Augen und lauscht, doch sie kann nichts hören.

Die Matratze sackt und quietscht, als Matt sich auf die Bettkante setzt.

Sie streckt ihren Körper und entspannt die Hände – die zu Fäusten geballt waren, die Fingernägel haben Abdrücke in den Innenflächen hinterlassen. »Wie spät ist es?«

»Fast halb sechs. Du hast ein paar Stunden geschlafen.« Er stellt zwei Gläser Weißwein auf den Nachttisch.

»Ich konnte letzte Nacht nicht schlafen.«

»Wir sind zu früh ins Bett gegangen.« Er trinkt. »Und haben vergessen, den Wein zu trinken.«

Das unheimlich grunzende Kreischen eines Koalas lässt sie zusammenzucken. »Warum müssen die so schreien?«

»So klingen sie bei der Paarung.« Er grient.

Sie erträgt es nicht, wenn er so nah ist, ohne sie zu berühren. Er liest ihre Gedanken, schiebt ihr T-Shirt hoch und küsst ihren Bauch, ihre Brüste, ihren Hals, den Mund. Sie kichert und windet sich unter ihm, um ihren Schlüpfer abzustreifen und seine Jeans zu öffnen. Sie packt das Kopfende des Bettes, schlingt ihre Beine um seine Hüften und zieht ihn in sich hinein. *Ich verdiene dich nicht.*

Brigitte sitzt mit einem Glas Wein in der Hand auf der Verandacouch, Matt wirft die Babyoktopusse auf den Grill. Er dreht das Gas herunter, geht zum Auto und holt seine Kamera aus dem Handschuhfach.

»Ich möchte dich fotografieren.«

»Nein. Ich bin nicht geschminkt.« Sie bedeckt das Gesicht mit der freien Hand.

»Komm schon. Bitte.« Er hält die Kamera auf sie. Sie zieht das Band aus ihren Haaren, verwuschelt sie und setzt eine übertriebene Model-Schnute auf.

Sie stellt das Glas auf dem Tisch ab und bindet ihre Haare wieder zu einem Pferdeschwanz. Als sie aufschaut, drückt er noch einmal auf den Auslöser und fängt sie für alle Zeiten jung, natürlich, ungeschützt ein – so nackt, wie sie noch nie gewesen ist, und so frei, wie sie nie wieder sein wird. Sie runzelt die Stirn und sagt, sie war nicht bereit, er soll das Foto zerreißen, wenn die Abzüge da sind.

Sie versucht, nicht das Gesicht zu verziehen, als er die verkohlten, wie Aliens aussehenden Oktopusse auf die Teller legt. Sie versteckt sie im Salat, wickelt ein paar in die Serviette und steckt sie ein, als Matt nicht hinsieht.

Als sie ihren gesamten Alkoholvorrat ausgetrunken haben, krabbelt ein Koala über die Veranda, genau vor ihren Füßen – die Augen glühen hell in der Dunkelheit. Matt steht auf und sieht das Tier über den Hof laufen und auf den Gummibaum hinten im Garten klettern. Brigitte und Matt sehen sich an, um sicherzugehen, dass sie das wirklich erlebt haben, und lachen.

Brigitte sitzt im Schneidersitz auf der Couch und raucht einen Joint, als Matt einen Spaziergang vorschlägt.

»Wohin?«

»Keine Ahnung. Um die Insel.«

»Es ist spät.«

»Und?«

»Und dunkel.«

»Wir nehmen eine Taschenlampe mit. Vielleicht sehen wir noch mehr Koalas.«

»Okay.« Sie steht auf, geht zu ihm, gibt ihm den Joint und rutscht an der Verandakante ab. Er lacht.

»Nicht witzig, Kurt. Mein Knie.«

Doch es ist witzig, noch witziger als der Koala auf der Veranda – sie sind zugedröhnt, und alles ist zum Schreien komisch.

»Na, komm, Courtney.« Er hält ihr eine Hand hin und hilft ihr auf. Ihr weißer Mantel ist völlig verschmutzt. »Ist das ein Babyoktopus in deiner Tasche, oder bist du einfach froh, mich zu sehen?« Er raucht den Joint zu Ende, tritt ihn auf dem Kies aus und legt auf der Einfahrt einen Arm um ihre Schultern.

Sie stolpern die Uferpromenade entlang, lachen, küssen sich. Sie klagt über ihr Knie, er nimmt sie Huckepack. Die Fähre liegt am Anlieger vertäut bis zum Morgen leblos auf dem Wasser.

»Wie kommt man im Notfall rüber?«, fragt er.

»Gar nicht. Es sei denn, man schwimmt.«

»Willst du?«

»Was?«

»Schwimmen.«

»Bist du verrückt?« Sie folgt ihm auf den Steg neben dem Anlieger.

Er legt die Taschenlampe weg und zieht sich – auf einem Bein hüpfend – bis auf die Boxershorts aus. Und singt das Lied von R.E.M.: »Nightswimming«.

»Ich hab dich für so vernünftig gehalten, und jetzt –«

»Komm schon.« Er springt lachend ins Wasser. »Fühlt sich toll an.«

»Nein, danke.«

»Wenn du mich liebst, kommst du ins Wasser.«

Sie zieht sich bis auf die weiße Spitzenunterwäsche aus, setzt sich an den Rand des Stegs und hält die Füße ins Wasser. Matt zieht an ihren Beinen.

»Hör auf.« Sie tritt nach ihm, zu heftig, seine Lippe platzt auf.

»Verdammt.« Er berührt den Mund mit der Hand und sieht das Blut daran.

»Tut mir leid.«

Er packt wieder ihre Beine, sie rutscht ab und landet platschend in seinen Armen. Sie hat doch nicht gerade gesagt, dass sie ihn liebt, oder? Nein, aber ihr dreht sich der Kopf, und sie ist nicht sicher. Sie schmeckt Blut in seinem Kuss, beugt sich nach hinten und sieht auf zum Himmel: Die Sterne sind verschwommen, und es scheint zwei Monde zu geben. Die ganze Welt dreht sich, sie schließt die Augen. Sie zieht an seinen Shorts, will ihn unbedingt, jetzt gleich. Doch er schiebt ihre Hände weg. »Noch nicht. Zuerst schwimmen wir um die Wette zum anderen Ufer.«

»Ich bin keine gute Schwimmerin, Matt.«

Er schwimmt ein Stück voraus und ruft nach ihr.

Ihr Magen verhärtet sich. Sie folgt ihm nur ungern, in langsamen Zügen. Ihr Puls hämmert hinter ihren Schläfen. Es ist zu dunkel: Zu sehen sind nur die Taschenlampe, die beleuchtete Telefonzelle auf der Insel, ein paar Lichter drüben in Paynesville und der milchige Mondschein auf dem schwarzen Wasser.

Sie schwimmen weiter hinaus. Er taucht unter ihr hindurch, kommt nicht hoch. Was für eine bekloppte Idee. Sie rollt sich auf den Rücken und weiß auf einmal nicht mehr, wo die Insel ist und wo das Festland. Er ist immer noch nicht aufgetaucht. Wo ist er? Sie spürt eine Berührung am Bein – Matt treibt nur seine Späße, Gott sei Dank. Aber es ist nicht Matt. Sondern ein Ast oder irgendetwas anderes, das im Wasser treibt. Wo zum Teufel ist er? Sie ruft seinen Namen, dreht sich, um das treibende Ding wegzutreten, dabei taucht ihr Kopf unter. Hustend kommt sie hoch und ruft erneut nach ihm. Er ist weg. Das kann nicht wahr sein. Sie will schreien, doch Salzwasser strömt ihr in Mund und Kehle. Sie schlägt mit den Armen um sich, tritt mit den Füßen. Das Wasser brennt ihr in der Nase, in den Lungen. Er kann sie nicht allein lassen. Es *kann* nicht wahr sein. Sie wusste, es würde böse enden.

Ein paar Meter vor ihr ist ein Platschen zu hören, doch in der Dunkelheit kann sie nichts erkennen. »Komm«, ruft er. »Wir sind schon halb drüben.«

Sie kann nicht sprechen, nicht atmen. Und sie kann nicht weiterschwimmen, kann sich überhaupt nicht bewegen – als wäre ihr Körper mit Zement gefüllt, gelähmt.

Es klingt, als würde er zu ihr zurückschwimmen. Zu spät – sie ist am Ertrinken. Sie fühlt sich schwach und versinkt in Dunkelheit und Bläschen. Er zieht sie nach oben, sie klammert sich an ihm fest und zieht ihn fast mit in die Tiefe.

Während er langsam mit ihr unter dem Arm zur Insel zurückschwimmt, sagt er immer wieder, dass alles gut sei.

Er hebt sie auf den Steg. Sie sackt in sich zusammen, spuckt hustend Wasser aus und bleibt auf den verwitterten Holzplanken liegen. Durch die Ritzen zieht es kalt.

Er klettert aus dem Wasser und deckt sie mit seinem Sweatshirt und dem dreckigen Mantel zu.

»Ich wäre fast ertrunken«, stößt sie hervor, als sie sich aufsetzt.

»Nein, wärst du nicht.« Er kniet hinter ihr und rubbelt ihren Rücken. »Du bist nur in Panik geraten. Ich war direkt neben dir. Ich würde dich nicht ertrinken lassen.«

Sie hustet noch einen Schwall Wasser aus und zieht die Knie an die Brust. »Du warst nicht da. Ich habe doch gesagt, dass ich keine gute Schwimmerin bin. Du hast mich allein gelassen.« Ihre Stimme bricht. »Ich hasse dich.«

»Tust du nicht.« Er nimmt sie in den Arm.

»Doch.« Sie versucht, ihn wegzuschieben.

Er hält sie fester. »Nein. Du liebst mich.«

»Tu ich *nicht*!«

»Ich liebe dich.«

Auch nach einer heißen Dusche und zwei Gläsern Sherry aus einer verstaubten Flasche, die Matt in einem Schrank gefunden hat, zittert Brigitte noch. Er rät ihr, eine Kurzgeschichte über das Erlebte zu schreiben – es könnte kathartisch sein –, und sie boxt ihn. Er lacht, nennt sie Courtney und sagt, es mache ihn heiß, wenn sie wütend wird. Ihn noch einmal, und härter, zu boxen *ist* kathartisch.

»Schau, was ich auf dem Rückweg gefunden habe.« Er zieht eine Muschel aus seiner Jeanstasche und wirft sie in eine Schale voller alter Muscheln auf dem Tisch. »Kommst du mit ins Bett?« Er legt eine Hand auf ihre Schulter und singt: »Nightswimming, remember that night …« Sie stößt seine Hand weg und folgt ihm erst später.

Er soll begreifen, wie wütend sie auf ihn ist, weil er sie allein gelassen hat, als sie Angst hatte. Also schottet sie sich ab –

dreht ihm im Bett den Rücken zu. Als er an sie rückt, versucht sie zu widerstehen. Doch sie schafft es nicht.

***

Als sie in die Stadt zurückfahren, ist Melbourne Cup Day, sie verfolgen das Rennen im Radio. Duene kommt als Erster ins Ziel.

»Ich dachte, das wird *Dune* ausgesprochen – wie der David-Lynch-Film mit Sting«, sagt Matt.

»Ich glaube, es ist Französisch – Dschü-an. Meine Nana würde es wissen. Sie ist verrückt nach Pferderennen.«

»Kommst du mit zu mir nach Hause? Oder soll ich dich bei dir absetzen? Wo immer das ist.«

»Nach Hause. Mit dir.«

»Du bist nicht mehr wütend auf mich?«

Ein bisschen. Doch sie schüttelt den Kopf.

»Wann lädst du mich eigentlich mal zu dir nach Hause ein?«

Sie sieht aus dem Fenster, während sie durch Richmond fahren, und tut so, als hätte sie nichts gehört.

38

Wie es dazu gekommen ist, dass sie nackt mit Jennifer/Ember, Doktor Dave und Vince dem Anwalt in einem Pool aus schwarzem Marmor liegt, ist ihr nicht ganz klar. Es hatte damit angefangen, dass jemand auf der Straße nach ihr rief, als sie sich gerade für Matts Einladung zum Abendessen umzog. Sie öffnete das Fenster und sah Jennifer auf dem Rücksitz eines silbernen Cabrios – auf der Kühlerhaube war ein Pferdeemblem – stehen, das vor dem Haus parkte. Dave saß am Steuer, Vince neben ihm.

Sie riefen, sie solle herunterkommen.

»Kann nicht. Ich gehe aus«, gab Brigitte zurück.

»Diesen Wagen musst du dir ansehen. Nur eine Runde um den Block«, rief Jennifer.

Dave ließ den Motor röhren.

»Okay. Nur eine Runde.« Das Auto sah wirklich cool aus. Außerdem war sie wegen Raymond Island immer noch ein wenig sauer, also griff sie zu Handy und Tasche.

Aus *einer Runde um den Block* wurde eine Fahrt zum Casino, wo sie sich zu *nur einem Cocktail* überreden ließ, aus dem viel zu viele Cocktails wurden, und irgendwie führte das in einer Karaoke Bar zu einem Duett von »When Doves Cry« mit Vince, gefolgt von seinem vergeblichen Versuch, sie im Tokyo Teppanyaki mit Sashimi und gegrillten Garnelen zu füttern. Ihr Handy zeigte, dass Matt zweimal angerufen hatte – sie hatte zurückrufen und ihm sagen wollen, sie sei auf dem Weg, doch jetzt ist es spät, und sie ist hier gelandet. Irgendwie.

Sie steigt aus dem Pool, wickelt sich in ein flauschiges Hotelhandtuch und nimmt ihr Champagnerglas mit.

»Komm schnell zurück«, sagt Vince.

Im Bad kippt sie das Getränk ins Waschbecken. Das tut sie schon, seit sie hier angekommen sind und die Stimmung umgeschlagen ist. Als sie auf der Toilette sitzt, kommt Jennifer hereingeschwankt. Brigitte pinkelt zu Ende und wäscht sich die Hände. Im harschen Licht sind die Schatten und feinen Linien um Jennifers Augen deutlich zu erkennen. Sie ist erst dreiundzwanzig, sieht aber viel älter aus. Bald werden die Männer ihr kein Geld mehr geben. Das Verfallsdatum für Tänzerinnen liegt bei fünfundzwanzig. Und dann? Matt hat natürlich recht: Sie wird nicht ewig jung und schön sein. Matt – sie hätte heute Abend seine Freunde kennenlernen sollen. Sie ist nicht mehr wütend auf ihn. Sie ist jetzt nüchtern und muss hier raus.

»Komm mit.« Jennifer legt einen Arm um sie.

»Was?«

Sie führt – stößt – Brigitte ins Schlafzimmer. Die beiden Männer liegen auf dem Bett. Brigitte sieht Jennifer an und runzelt die Stirn. Jennifer kichert, beugt sich vor, nimmt Brigittes Kopf zwischen die Hände und küsst sie auf den Mund. Brigitte zieht den Kopf weg. »Was soll das?« Sie wischt sich den Mund mit dem Handrücken ab.

»Komm schon, Pagan. Genau wie in der Gold Bar.«

Die Lesbenshow kommt bei den Gästen immer gut an, aber sie ist total inszeniert und albern. Das hier ist nicht *genau wie in der Gold Bar*. Von Spaß kann keine Rede sein. Und Big Johnny ist auch nicht da, um einzugreifen, wenn etwas schiefgeht oder aus dem Ruder läuft.

Jennifer hält ihre Handgelenke fest, sie ist größer und stärker als Brigitte. Sie zieht sie zu sich und flüstert ihr ins Ohr, wie viel Geld sie bekommen werden – mehr als sie beide zusammen in einer Woche verdienen. Die Angst hinterlässt einen metallischen Geschmack in Brigittes Mund, ihr Puls schlägt schneller. Sie wirft über die Schulter hinweg einen Blick auf ihre Tasche und Kleidung, die über einem Sessel hängen, und schätzt, bis zur Tür etwa zehn Sekunden zu brauchen, falls sie fliehen muss.

Jennifer zieht an ihrem Handtuch. Brigitte hält es fester vor der Brust zusammen.

»Was ist los mit dir? Nur ein bisschen Spaß.«

»Ich will jetzt gehen, Jen- Ember.« Sie macht einen Schritt auf ihre Kleidung zu. »Bitte komm mit.«

Jennifer schüttelt den Kopf, steigt zu den beiden Männern ins Bett und schiebt sich unter der weißen Decke zwischen Vinces Beine.

Dave beobachtet Brigitte, während sie sich anzieht. Verärgerung – nein, Wut – verdunkelt sein Gesicht. Er schlägt die Decke zurück, steht auf und geht schwankend auf sie zu. Er ist betrunken und langsam; bevor er sie einholen kann, hat sie die Tür erreicht, allerdings ohne ihre Schuhe. Sie sucht nach den fünfhundert Dollar teuren, rubinroten Sandalen und sieht sie auf der anderen Seite des Zimmers unter dem vor das große Fenster gezogenen Vorhang hervorlugen. Sie beschließt, sie zurückzulassen, und reißt die Tür auf.

»Den Vertreterjob kannst du vergessen«, brüllt ihr Dave hinterher, als sie den stillen, gedämpften Korridor entlang zum Aufzug läuft. »Frigide Schlampe!«

Vor der Hoteltür tritt sie auf eine Glasscherbe, der Schmerz schießt wie Feuer durch sie hindurch und nimmt ihr den Atem. Auf einem Bein hüpfend zieht sie die Scherbe aus der Ferse und humpelt auf das erste Taxi am Stand zu.

»Wohin?«, fragt der Fahrer.

»Fitzroy, Brunswick Street«, sagt sie. Nasse Haarsträhnen durchweichen den oberen Teil ihrer Bluse. Als sie Blut auf den grauen Teppich unter ihrem Fuß tropfen sieht, wird sie bleich. Sie lehnt das Gesicht gegen die kühle Fensterscheibe. Ihr Atem lässt die Scheibe beschlagen, sie nimmt langsame, tiefe Züge, um nicht in Ohnmacht zu fallen. Sie hat vor, dem Fahrer als Entschädigung ein großes Trinkgeld zu geben – bis sie den missbilligenden Blick sieht, mit dem er sie im Rückspiegel abfertigt. *Wieder so ein blödes, betrunkenes Mädchen – die Billigware von der Chapel Street.* Sie würde ihm am Liebsten sagen, dass er sich irrt.

Als sie Matts Haus erreicht haben, sieht sie hoch zu seiner Wohnung: Das Licht brennt, er steht in einem blaukarierten Hemd am Fenster. Drei oder vier seiner Freunde sind noch da. Ein Paar lehnt sich rauchend aus dem Fenster. Matt tritt ins Zimmer zurück.

Ihr Handy klingelt, sie drückt den Anruf weg und bittet den Taxifahrer resigniert, sie stattdessen zur Wohnung zu fahren.

Lange sitzt sie benommen auf dem Boden der Dusche und sieht dem in den Abfluss laufenden Blut nach.

Danach verbindet sie ihren Fuß und macht sich einen heißen Kakao. Sie nimmt Panadol und geht ins Bett. Sie kann nicht schlafen. Sie muss ihn anrufen.

Er nimmt ab. Sie hört seinen Atem, doch er sagt nichts.

»Matt?«

Es klingt, als hätte er den Hörer fallen gelassen und wieder aufgehoben.

»Matt, ich –«

»Du hast mich versetzt.«

»Es tut mir leid, ich –«

»Wo bist du gewesen?«

»Ich –«

»Ich will's nicht mal wissen. Und im Moment nicht mit dir reden.«

»Ich hatte einen Unfall.« Der Taxifahrer hatte recht mit seinem Blick.

»Was? Ist alles in Ordnung?«

»Ja, es war blöd – ich habe in der Küche ein Glas fallen lassen und mir den Fuß aufgeschnitten. Durch das Blut bin ich wohl ohnmächtig geworden. Es tut mir leid –«

»Ist jemand da, um dir zu helfen?«

»Nein, aber ich komme klar.«

»Ich komme rüber.«

»Nein. Du hast getrunken. Du kannst nicht fahren.«

»Wie lautet deine Adresse?«

»Nein. Ich nehme ein Taxi zu dir.«

Als sie ankommt, steht die Tür offen und alle Lampen sind an. Matt schläft fest, angezogen und auf dem Bett ausgestreckt. Neben ihm sitzt Di und leckt sich die Pfoten.

Die Katze auf Matts Matratze.

Brigitte macht die Lampen aus, streift ihre Schuhe ab, legt sich neben ihn und zieht die Decke über sie beide. Di faucht sie an.

»Ich weiß – ich verdiene ihn nicht.«

39

»Rate, von wo aus ich anrufe!«

Matt zögert, seufzt. »Von wo?«

»Von der Arbeit.«

»Was für eine Arbeit?«

»David Jones.«

»Wirklich?«

»Ich habe angerufen, sie hatten noch einen Job frei. Ich habe eine Schulung gemacht und gleich angefangen.«

»Wie läuft es?«

»Gut.« Sie niest. »Ich habe schon zwei Flaschen Poison verkauft.«

»Was?«

»Das Parfüm. Die Managerin kommt – ich muss aufhören. Bis nachher.«

Catherine Kerr, wieder mit Lippenstift auf den Zähnen, kommt, um nach Brigitte zu sehen. Sie sagt, sie mache sich sehr gut, müsse aber in den Gang gehen und die Kundinnen mit Parfüm besprühen, wenn sonst nichts zu tun ist. Weil Brigitte das nicht über sich bringt, tut sie so, als würde sie die Waren in den Regalen zurechtrücken.

Sie verbringt die Mittagspause mit Gina von Clinique und Christine von Clarins in der Kantine. Es ist nicht ganz so *nett* wie erwartet.

»Hast du gehört, dass Kara sowohl Tim als auch George aus dem Café vögelt?«, sagt Gina zu Christine.

»*Deinen* Tim? Nie im Leben.«

»Oh doch. Blödes Flittchen.«

Brigitte schaut sich um, aber niemand aus ihrer Abteilung hört zu. Die Frauen erinnern sie an Jennifer: groß, laut, grell. Sie kommt sich daneben klein und schlicht vor.

Christine nimmt eine Fritte, tunkt sie in Soße und fragt Brigitte, ob sie verheiratet sei.

»Blöde Frage, Chris. Sie ist doch viel zu jung.«

»Hast du einen Freund?«

Brigitte schaut zu der Heißtheke mit dem labbrigen Essen hinüber. »Ja.«

»Wie heißt er?«

»Matt.«

»Süß?« Christine hat Soßenspritzer auf dem Kragen ihres roten Blazers.

Brigitte nickt und merkt, dass sie rot anläuft.

»Dann lass ihn nicht in Christines Nähe.« Gina lacht und schlürft durch einen Strohhalm ihre Cola Light.

Brigitte bemüht sich zu lächeln und stochert in ihrem welken Salat herum.

»Willst du heute Abend nach der Arbeit mit uns was trinken gehen?«, fragt Gina. »Es sind lauter süße Jungs aus dem Büro da.«

»Komm kurz vor Schluss an meinen Stand, dann mache ich dir ein Make-up«, sagt Christine. »Du brauchst Farbe.«

Brigitte beißt in eine wässrige Gurkenscheibe. Gina und Christine schlingen Fritten und Cola Light herunter.

»Kommst du noch mit rauchen?« Gina kramt eine Zigarettenschachtel und ein pinkes Plastikfeuerzeug aus der Tasche.

»Tut mir leid, ich rauche nicht.« Brigitte lächelt entschuldigend, und sie lassen sie in Ruhe zu Ende essen.

Als sie an den Stand zurückkommt, ruft sie noch einmal Matt an. »Ich wollte dir nur sagen, dass ich mit ein paar Kolleginnen nachher noch was trinken gehe.« Das klingt so erwachsen. »Ich bleibe nicht lange.« Erwachsen, vernünftig, *nett*.

»Brig, du musst mir nicht alles sagen, was du tust.« Noch erwachsener.

»Was soll das heißen?«

»Nichts. Nur dass es völlig okay ist, wenn wir jeder unser eigenes Leben haben.«

»Gut.« Vielleicht bleibt sie doch länger. Wieder ein Kind.

»Sei nicht albern. Ich meine bloß –«

»Ich habe eine Kundin – muss aufhören.«

Sie legt auf und lächelt die Kundin an. »Hallo. Wie kann ich Ihnen helfen?«

»Kann ich bitte so einen Augenbrauenstift haben?« Die Kundin deutet auf einen Teststift.

»Schöne Farbe.« *Schwarz*. Brigitte holt einen Augenbrauenstift aus der Schublade. »Kann ich Ihnen sonst noch irgendwie helfen?«

Die Kundin schüttelt den Kopf.

Die Transaktion klappt reibungslos. Brigitte steckt den Stift in eine Tüte und klebt einen Aufkleber darauf. »Danke sehr. Einen schönen Tag noch.«

Summend räumt sie die Schubladen unter dem Verkaufstisch auf. Als sie aufschaut, wartet am Parfümstand geduldig ein Mann. »Hi«, sagt er. »Ich suche ein Geschenk.« Er legt den Kopf schief und lächelt. »Für meine Verlobte«, fügt er etwas unwillig hinzu.

»Parfüm?«

Er nickt.

»Wissen Sie, was ihr gefällt?«

Er zuckt die Schultern.

»Ich mag dieses hier.« Sie stellt ein Fläschchen auf den Tisch. »Ein orientalisch blumiger Duft.« Sie streicht mit dem Zeigefinger über die Flasche. »Mit nach Amber duftenden Blumen, sehr sinnlich.« Sie sieht ihm direkt in die Augen, fesselt ihn. »Möchten Sie probieren?«

»Sicher.«

Sie sprüht ein bisschen auf eine Karte und gibt sie ihm. »Wie gefällt es Ihnen?«

»Riecht gut.«

»Ich trage es gerne direkt nach dem Duschen auf. Bevor ich mich anziehe, sprühe ich es in die Luft und stelle mich in den Duftnebel, damit der Geruch meine Haut *bedeckt*.« Sie macht es vor, vollführt eine kleine Drehung unter dem Parfümnebel und hält dabei die Luft an, um nicht niesen zu müssen. Er zieht sein Portemonnaie hervor.

»Wollen Sie, dass es länger anhält?« Sie sieht ihn mit großen Augen an und klappert ein paarmal mit den Wimpern.

Er nickt, schluckt und steckt das Portemonnaie erst einmal wieder ein, als sie zwei weitere Produkte auf den Tisch stellt. Dann nimmt sie seine Hand und verreibt etwas Body Moisturiser darauf. »Fühlt sich das gut an? Das nennt man schichten. Wenn Sie das Parfüm auf den Moisturiser sprühen, hält sich der Duft den ganzen Tag. Oder die ganze Nacht. Und das hier«, sie berührt das andere Produkt, »ist Hair Mist, Haarnebel. Er verstärkt das Dufterlebnis. Möchten Sie davon auch eins?«

Er nickt.

»Brauchen Sie ein Papiertuch?«

»Nein, wenn Sie es nur noch ein bisschen mehr einreiben würden.«

»Das Eau de Parfum ist teurer als das Eau de Toilette.« Sie löst seinen Manschettenknopf, schiebt den Ärmel hoch und massiert seinen Arm. »Aber es ist viel besser. Und eine Seife gibt es auch noch.«

Er bezahlt die ganze Reihe mit seiner Kreditkarte, was bedeutet, dass Brigitte ihr Verkaufsziel schon doppelt erfüllt hat. Zu einfach. Er hinterlässt seine Visitenkarte – er ist Immobilienmakler, falls sie je Hilfe beim Kauf oder Verkauf eines Hauses benötigen sollte.

Noch eine Kundin: Eine große Frau mit roter Haut und Wangen wie eine Bulldogge trommelt mit lila Fingernägeln auf den Verkaufstisch.

»Hallo. Kann ich Ihnen helfen?«, trällert Brigitte.

»Ich will das hier zurückgeben.« Die rotgesichtige Frau zieht eine Flasche Anti-Aging-Lotion aus der Handtasche. Niemand hat Brigitte gezeigt, was bei Reklamationen zu tun ist; sie sieht sich hilfesuchend um, doch ihre Standmanagerin macht gerade Pause.

»Ich sagte, ich will das hier zurückgeben«, sagt die rote Frau.

Brigitte nimmt die fast leere Flasche entgegen. »Gab es ein Problem damit?«

»Ich hab eine Allergie bekommen.«

»Aber Sie haben das Meiste aufgebraucht.«

»Nein, ich habe sie erst letzte Woche aufgemacht.«

Eine andere Kundin, in einem geblümten Kleid, winkt Brigitte zu und möchte Hilfe am Schminkstand. »Ich komme gleich«, ruft Brigitte ihr fröhlich zu.

»Hören Sie, ich habe nicht den ganzen Tag«, sagt die Rote Frau.

»Haben Sie noch andere Einkäufe zu erledigen?«

»Was?«

»Entschuldigen Sie.« Die Blumenkleid-Kundin ruft. »Hier sind keine Papiertücher mehr. Ich muss diese Creme abwischen.«

»Sofort.« Zurück zur Roten Frau. »Ich bin noch nicht geschult für Reklamationen, könnten Sie wiederkommen, wenn meine Standmanagerin da ist –«

»Wie unhöflich. Ich will mein Geld zurück.«

Das Telefon klingelt.

»Wenn Sie kurz warten könnten –«

»Ich möchte den Manager sprechen.«

»Entschuldigung?« Wieder das Blumenkleid.

Brigitte bückt sich und holt eine Flasche Moisturiser aus einer Schublade. »Hier!« Sie knallt sie vor der Roten Frau auf den Tisch. »Nehmen Sie einfach eine andere. Die hier passt zu ihrer *sensiblen* Haut.« Sie pustet sich eine Haarsträhne aus dem Gesicht, die dem Pferdeschwanz entwichen ist.

Dann streicht sie ihre Uniform glatt und geht zum Blumenkleid hinüber.

»Es tut mir leid, aber ich brauche wirklich ein Papiertuch.«

»Ich weiß nicht genau, wo die Papiertücher liegen, aber ich sehe nach.« Brigitte zwingt sich zu einem Lächeln, ihr Mund ist trocken, sie braucht einen Schluck Wasser.

»Wenn ich schon mal hier bin, will ich dieses neue Körperöl probieren.« Die Rote Frau ist immer noch da. »Haben Sie Probepackungen?«

»Nein. Aber Sie können gerne den Tester probieren.« Brigitte reicht ihr eine Glasflasche Körperöl zum Testen und niest.

Die Rote Frau runzelt die Stirn, will nach dem Öl greifen und verfehlt. Brigitte hält den Atem an, als die Flasche über den Verkaufstisch rollt, kurz am Rand schwebt, dann herunterrollt und auf dem gekachelten Boden zersplittert. »Dummes Ding«, kreischt die Rote Frau. »Sehen Sie, was Sie angerichtet haben!« Auf dem Boden schwimmen Glasscherben in Öl, Öl ist der Frau auf Schuhe und Beine gespritzt.

»Es tut mir so leid.« Brigitte beginnt zu zittern und wird so rot wie die Frau.

»Haben Sie eine Ahnung, was diese Schuhe kosten? Sie haben sie ruiniert!«

Brigitte weiß genau, was diese *violetten* Schlangenlederimitatschuhe kosten.

Hitze kribbelt ihr in den Augen, während sie Schubladen aufreißt und zuknallt, auf der Suche nach Papiertüchern, einem Lappen, irgendetwas, womit sie das Öl aufsaugen kann.

»Oh, Gott!«, schreit das Blumenkleid.

Was zur Hölle denn noch? Brigitte schaut über den Tisch hinweg und sieht, dass die Rote Frau in der Öllache ausgerutscht ist, stöhnt und wie ein Fisch auf dem Trockenen zappelt.

»Was um alles in der Welt ist hier los?« Endlich ist die Standmanagerin zurück.

»Wo sind die verdammten Papiertücher?« Brigitte rennt zum Bad.

Als sie sich wieder gefasst hat und an den Stand zurückkehrt, ist der Bereich um ihren Tisch herum mit zusammengerollten Handtüchern abgesperrt. Eine Putzfrau wischt den Boden. Die Standmanagerin sagt, die Rote Frau sei in einem Krankenwagen abtransportiert worden und Catherine Kerr sei in ihrem Büro und schreibe einen Bericht über den Vorfall.

***

»Hi.« Matt öffnet die Tür. Er zieht etwas aus der Tasche und drückt es ihr in die Hand.

»Was ist das?«

»Schlüssel«, sagt er – als wäre es keine große Sache. »Dann brauchst du nicht mehr zu klopfen.«

Sie betrachtet den Schlüssel und versucht, nicht zu lächeln – als wäre es keine große Sache. Er hängt an einem Schlüsselring mit einem silbernen »J« in Silber, oben mit Strass besetzt.

»Wofür steht J?«

»Keine Ahnung. Mein Vormieter hat es drangelassen.«

Sie steckt den Schlüssel in die Innentasche ihrer Handtasche.

»Ich dachte, du wolltest was trinken gehen.«

»Hab mich umentschieden.«

»Wie war's?«

Sie umklammert das Geländer und zieht sich melodramatisch die Stufen hoch. »Total beschissen.« Ihre Füße tun weh, sie hat Kopfschmerzen, die Augen jucken, der Hals brennt, und die Gesichtsmuskeln sind wund vom Lächeln. Und alles für dreiundsiebzig Dollar fünfzig. Keine Schicht in der Gold Bar ist ihr je so lang vorgekommen.

»Ich hab gedacht, es würde dir gefallen.« Er folgt ihr ins Schlafzimmer, wo sie sich rücklings aufs Bett fallen lässt.

»Töte mich. Jetzt gleich.«

»So schlimm kann's doch nicht gewesen sein.«

Sie stöhnt.

»Du riechst gut.«

»Nein, ich stinke nach Parfüm. Ich gehe da nie wieder hin.«

»Doch, tust du. Du hältst das aus.«

»Tu ich nicht.«

»Dann besorgen wir dir ein Anmeldeformular für ein Studium.« Er zieht ihr die Schuhe aus und reibt ihre Füße.

»Aua, pass auf die Ferse auf.«

»Tut mir leid.«

»Oh, das fühlt sich gut an … höher … höher … höher.« Sie zieht das gesunde Knie an, kichert und ist plötzlich nicht mehr müde.

40 Sie nimmt den Zug nach Carnegie und läuft – der aus einem Stadtplan herausgerissenen Seite folgend – die Koornang Road hinauf, bis zu der auf der *Lipgloss Promotions*-Visitenkarte, die Al ihr gegeben hat, angegebenen Hausnummer. Nirgendwo ein Schild. Im Schaufenster hängt ein Schwarzweiß-Poster von einem Kind mit einer Katze im Arm auf einer Staffelei. Es sieht nach einem Fotostudio aus. Ist sie hier richtig? Brigitte schaut noch einmal auf der Karte die Hausnummer nach.

Als sie eintritt, ertönt eine Glocke. Ein Mann ruft ihr zu, sie solle bitte Platz nehmen – er sei gleich bei ihr. Ein oranger Vorhang trennt den Ladenraum vom hinteren Teil, Brigitte kann den Mann nicht sehen.

Auf ihrer Seite des Vorhangs stehen zwei schwarze Küchenstühle neben einem kleinen Holztisch, auf dem sich Modemagazine stapeln. Sie zieht den Bauch ein, streicht ihr Kleid glatt, setzt sich und blättert durch ein Magazin, ohne mitzubekommen, was auf den Seiten steht.

Was macht sie hier? Sie will kein Model sein, sie will einen der Kurse machen, von denen Matt gesprochen hat. Sie könnte nebenbei modeln – neben dem Unterricht, das wäre auf jeden Fall besser als David Jones. Oder ist das eine blöde

Idee? Sie ist zu klein, zu dick, hat unreine Haut, ist nicht hübsch genug – das hat Joan immer gesagt. Der Agent wird sie niemals in seine Kartei aufnehmen. Sie wirft das Magazin zurück auf den Stapel, greift nach ihrer Tasche, steht auf und will gehen.

»Guten Tag.« Ein Mann mittleren Alters mit strähnigen Haaren und einer dickrandigen Brille kommt hinter dem Vorhang hervor. Er wirkt nervös, schiebt die Brille hoch und starrt sie offen an. »Ich bin Richard Headley.« Sie bemüht sich, ein Grinsen zu unterdrücken. »Und du musst Brigitte Weaver sein?« Er gibt ihr eine weiche, weiße Hand. »Wird Brigitte wie Brigitte Bardot geschrieben?«

»Ja. Meine Mutter war ein Fan von ihr.«

Er hält den Vorhang auf und bittet sie, durchzutreten. Sie folgt ihm zu einem Tisch, auf dem ein Stapel Ordner liegt, und er deutet auf einen Stuhl. An der Wand hängen Fotos von glamourösen Models in Abendkleidern und Unterwäsche neben einigen Hochzeitsfotos.

Richard bietet ihr Tee oder Kaffee an, und sie bittet um einen Kaffee ohne Zucker mit einem winzigen Schluck entrahmter Milch, wenn er welche hat.

»Braves Mädchen. Du scheinst zu wissen, wie man auf die Figur achtet – viele der Mädchen, die zu mir kommen, haben ja keine Ahnung von Diät.« Er ist lustig. Altmodisch. Sie fühlt sich sicher.

Er geht den Kaffee holen. Eine schwarzlackierte Trennwand, auf die eine Geisha gemalt ist, verdeckt den hinteren Teil des Raums. Sie hört einen kochenden Wasserkessel. Dahinter muss sich eine Küche befinden. Sie sieht sich um. Neben Richards Schreibtisch steht ein Aktenschrank an der Wand, außerdem ein Regal voller Fotobücher, Magazine und Filmschachteln. In der Ecke ein Pfauenstuhl. Eine Kamera auf einem Stativ ist auf eine weiße Projektionsfläche an der gegenüberliegenden Wand gerichtet.

Richard kommt mit schwachem Instantkaffee in einem Playboy-Becher zurück.

»Brigitte, ich erzähle dir jetzt mal ein bisschen, was ich so mache, dann kannst du dir überlegen, ob du bei Lipgloss Promotions aufgenommen werden möchtest.«

Sie nippt die Kaffeeplörre.

Er zeigt auf ein gerahmtes Foto neben dem Telefon, auf dem eine rundliche Frau und zwei lächelnde Kinder zu sehen sind, und sagt, er leite die Agentur zusammen mit seiner Frau. Sie kümmere sich um die Buchhaltung. Fotos sind ein Teil des Geschäfts – er deutet auf die Bilder an den Wänden –, Hochzeiten, Mode und Glamour. Ein paar von »seinen Mädels« seien in der *Vogue* und im *Penthouse* gewesen. Meistens arbeite er für *People*, *Picture* und ähnliche Zeitschriften. Die Mädels absolvierten außerdem Promotionsauftritte und arbeiteten als Hostessen. Und er liefere Unterwäsche- und Oben-ohne-Models an Hotels.

Brigitte nickt.

»Die Regeln?«, fragt er. »Alkohol und Drogen sind während der Arbeit strikt untersagt.«

Oh-oh.

»Und kein Sex mit den Kunden.« Er wirft ihr über die Brille hinweg einen väterlichen Blick zu und sagt, die Agentur nehme zehn Prozent bei Model-, Promotion- oder Barjobs. Zwanzig Prozent bei allem, das ins Fernsehen kommt.

»Fernsehen?« Sie spitzt die Ohren.

»Ja, gelegentlich kommt ein Werbespot rein. Eins meiner Mädels war sogar Statistin bei *Neighbours*.«

»Glauben Sie, ich könnte Jobs bekommen?«

»Ich glaube, du würdest dich sehr gut machen. Du hast

ein frisches Gesicht und, soweit ich sehen kann, eine tolle Figur. Hast du irgendwelche Narben oder Tätowierungen?«

»Nein.«

Er macht sich eine Notiz und fragt, an was für Jobs sie interessiert wäre.

Sie betrachtet die Fotos an der Wand. »Unterwäsche, Badesachen, vermutlich.«

»Mode?«

»Bin ich dafür nicht zu klein?«

»Ich habe ein paar Mädels in der Kartei, die nur eins achtundsechzig sind, und die machen auch Mode. Wie groß bist du, Brigitte?«

Sie zuckt die Schultern. »Etwa eins achtundsechzig.«

Er zeigt auf eine Messlatte an der Wand und sagt ihr, sie solle die Schuhe ausziehen und sich davorstellen. Als er sie misst, macht sie sich so lang wie möglich. Seine Achseln riechen nach Old Spice.

»Eins dreiundsechzig. Macht nichts«, sagt er. »Du hast tolle Titten. Du kriegst sicher jede Menge Glamourjobs.« Er streicht Mode auf dem Formular durch. »Kann ich ein paar Fotos von dir machen?«

»Jetzt?«

»Wir müssen ein Portfolio anlegen, damit ich dich für Jobs vorschlagen kann.«

Sie lächelt – er scheint sie wirklich für gut genug zu halten.

Er durchquert den Raum. »Wie wäre es mit einem schwarzen Hintergrund? Das bringt deine Haare zur Geltung.« Er zieht an einem Seil, aus weiß wird schwarz. »Hinter der Trennwand hängen Kostüme, die du anprobieren kannst.«

»Soll ich meine Unterwäsche darunter anbehalten?«

»Nein. Die Kostüme sind sauber. Ich lasse sie nach jeder Session reinigen.«

Sie geht hinter die Trennwand und sucht sich einen roten BH und einen Tanga aus – das Kostüm, das eins der Models auf den Fotos an der Wand trägt. Auf einem kleinen Schminktisch liegt ein Handspiegel, sie nimmt ihn, um ihr Make-up zu überprüfen. Er ist in der Mitte zerbrochen, und sie muss auf einer Seite gucken, um ihr Spiegelbild nicht zu verzerren. Eine Scherbe fällt heraus.

Richard ruft, sie solle mit dem kaputten Spiegel aufpassen. Zu spät – sie hat sich an der scharfen Kante den Zeigefinger aufgeritzt. Blut tröpfelt über ihre Hand, sie will es mit einem Tuch auffangen, bevor es auf ihr Kostüm tropfen kann. Das Tuch ist ein weißes Seidenneglígé.

»Bist du so weit?«, fragt Richard.

»Fast.« Sie muss ihm Geld hinlegen für die Reinigung. »Haben Sie ein Pflaster?«

Er sagt, sie solle im Erste-Hilfe-Kasten in der Küche nachsehen.

Als sie hinter der Trennwand hervorkommt, hebt Richard den Kopf – er überprüft gerade mit einem Gerät von der Größe eines Handys das Licht – und hält inne. Er nickt und sagt, sie habe einen tollen Körper. Er weist sie an, sich mitten vor die schwarze Rückwand zu stellen, während er weiter das Licht einstellt und ein paar Polaroids macht.

Er zeigt ihr ein paar »Glamour-Model-Posen« und macht Fotos mit der Kamera auf dem Stativ. Sie versteckt den verpflasterten Finger hinter ihrem Rücken.

Dann zieht sie einen neongrünen Bikini an, und er macht ein paar »natürliches Strandmädchen«-Aufnahmen. Er sagt, sie sei ein Naturtalent, und schlägt vor, ein paar Fotos oben ohne zu machen.

Es ist ja nur Haut – keine große Sache. Sie zieht die Schleife auf und legt das Bikinioberteil unbefangen ab. Ihr Körper ist bisher nichts als ein Arbeitsmittel gewesen, doch auf einmal fragt sie sich, ob sie das Richtige tut. Was würde Matt sagen, wenn er davon wüsste? Aber es ist nur ein Job. Und sie braucht sich vor ihm nicht zu rechtfertigen. Er hat gesagt, sie müsse ihm nicht alles sagen – dass es okay ist, ein eigenes Leben zu führen.

»Wow. Das ist phantastisch, Brigitte. Meine Brille beschlägt schon.«

Er bringt sie dazu, ihr Haar zu verwuscheln und eine Brigitte-Bardot-Schnute zu ziehen. Irgendwie macht es Spaß – solange sie die Schuldgefühle wegen Matt verdrängt. Sie setzt sich für ein paar Nacktaufnahmen auf dem Pfauenstuhl in Position, weigert sich aber, die Beine zu öffnen. Richard sagt, sie könne es bei *Playboy* versuchen, aber nicht *Penthouse*. »*Penthouse* will alles sehen, innen und außen, sozusagen.«

Einerseits fühlt sich das Ganze schmuddelig an, gleichzeitig ist alles sehr geschäftsmäßig. Die Session endet abrupt, als Richard die Kamera einpackt und verkündet, er müsse die Kinder von der Schule abholen. Während sich Brigitte hinter der Trennwand anzieht, redet er auf sie ein.

»Es war schön, dich kennenzulernen, Brigitte. Du hast das heute echt toll gemacht. Kaum zu glauben, dass das deine erste Fotosession war. Ich suche ein paar Bilder aus und schicke dir die Abzüge zu.«

Sie fragt, was das alles kosten werde, und er sagt, sie solle sich keine Gedanken machen – er zieht es von der ersten Modelgage ab. Er führt sie durch den orangenen Vorhang nach vorne und bestellt Al Grüße.

»Ich glaub nicht, dass ich Al sehe. Ich arbeite nicht mehr in der Gold Bar.«

»Wo arbeitest du denn?«

»Gar nicht.«

»Oh, dann brauchst du ja schnell was. Ich kann dir für den Anfang einen Barjob besorgen. Und ich brauche noch ein paar Hostessen bei den Autorennen. Soll ich dich dafür vorschlagen?«

Sie nickt, Hostessenarbeit kann ja nicht so schwierig sein – was immer das ist.

Sie bedankt sich bei ihm und schüttelt ihm die Hand. Was für ein seltsamer Mann. Blinzelnd tritt sie in das Sonnenlicht und die reale Welt hinaus und hat das Gefühl, so etwas wie Oz oder Narnia zu verlassen.

Sie nimmt den Zug in die Stadt zurück. Weil Eric noch mit Bullet Brain auf Tour ist, geht sie zu Fuß zu Matt – ihr Knie ist stabiler, seit sie nicht mehr tanzt. Auf dem Weg kauft sie eine gute Flasche Weißwein. In den Läden hängen bereits Weihnachtsdekorationen.

Sie holt den Schlüssel hervor und zögert, fühlt sich nicht wohl dabei, einfach die Tür aufzuschließen. Sie klopft.

Kaum hat Matt die Tür aufgemacht, küsst sie ihn. Ihr Herz klopft, es fühlt sich an, als hätte sie ihn eine Ewigkeit nicht gesehen.

»Wow, du bist heute ja munter.« Er wischt sich ihren kirschroten Lippenstift vom Gesicht. »Und du trägst eine Menge Make-up.«

Er hat einen leicht benommenen Blick, wie aus weiter Ferne, und sein Haar ist zerzaust. Bestimmt hat er gearbeitet – an seinem Roman oder an einem Artikel für *Mad Monster Trucks*.

»Ich habe einen neuen Job«, sagt sie, als sie die Treppe hinaufsteigen.

Er folgt ihr in die Küche und reibt sich die Augen. »Ach. Was ist mit David Jones?«

»Ich werde Model.« Sie stellt den Wein in den Kühlschrank. »Seit heute habe ich einen Agenten, er hat ein paar Fotos für mein Portfolio gemacht.«

Sie dachte, er würde sich für sie freuen, doch als sie sich umdreht, liegt kein Lächeln in seinem Gesicht. »Wo ist denn dieser Agent?«

»Carnegie.«

»Was für Modeljobs?«, fragt er misstrauisch.

»Klamotten, Bademode, so was – ein bisschen von allem.«

»Was zum Teufel soll das, Brigitte? Geh studieren. Ich helfe dir mit der Bewerbung.«

»Ich muss Geld verdienen, Matt.«

Er seufzt, schüttelt den Kopf und geht ins Wohnzimmer. Sie folgt ihm.

»Warum so ernst?« Sie setzt sich neben ihn aufs Sofa. »Was ist aus meinem lustigen Matt geworden?«

Er schweigt. Sie küsst seinen Hals.

»Hör auf. Damit kommst du bei mir nicht durch.« Er rückt von ihr ab.

»Was willst du damit sagen?«

»Du bist intelligent. Ich will nicht zusehen, wie du deine Chancen vergeudest. Das lasse ich nicht zu.«

Wieso redet er so mit ihr? Er ist nicht mehr ihr Lehrer. Und auch nicht ihr Vater. Sie versucht wieder, ihn zu küssen, doch er stößt sie weg.

»Ich sagte, *hör auf.*«

Sie lehnt sich zurück und schiebt die Unterlippe vor wie ein schmollendes Kind. Matt ignoriert es. Er nimmt die Fernbedienung vom Sofatisch und stellt den Fernseher an. In den Nachrichten: Die Gold Bar ist nach einer Schießerei vor der Eingangstür geschlossen worden. Eine blonde Reporterin in einem hellblauen Kostüm ist vor Ort und berichtet, dass der mutmaßliche Drogenbaron Alphonse La Rocca vor dem von ihm geführten Stripclub erschossen wurde, mit dem er vermutlich Geldwäsche betrieben hat … Bilder zeigen hinter der Polizeiabsperrung einen mit einer Decke bedeckten Körper auf dem Boden liegen. Unter der Decke schaut die Spitze eines braunen Krokodillederschuhs hervor.

Matt verlässt das Zimmer.

41

Brigitte wirft sich die schwere Reisetasche mit ihren Sachen über die Schulter und sieht sich ein letztes Mal in der Wohnung um. Ihr »Lieber Eric«-Brief lehnt an einer Kristallvase auf der Frühstücksbar. Der Druck der »Liebenden« hängt über dem Sofa, er ist zu groß zum Mitnehmen. Besser so – er würde sie nur immer an diesen Ort, diese Zeit erinnern.

Im stillen Foyer hallt das Geräusch der sich schließenden Tür nach. Es gibt niemanden, von dem sie sich verabschieden müsste. Seans Bürotür ist zu. Vielleicht ruft sie ihn mal an, wenn sich alles beruhigt hat. Ihre Absätze klackern auf dem Weg zur gläsernen Eingangstür über den Marmor.

Als sie auf die Straße tritt, blickt sie auf und sieht über sich ein Flugzeug, das etwas in den Himmel schreibt. Bei dem Versuch, das Wort zu erkennen, prallt sie fast gegen ein Paar mit einem Baby im Kinderwagen und einem Jungen im Vorschulalter an der Hand. Die Mutter ist blond, hübsch, jung. Brigitte entschuldigt sich, die beiden lächeln sie an. Sie sehen so glücklich aus, so *nett*. Sie erstarrt.

Zurück in der Wohnung reißt sie den Abschiedsbrief an Eric in tausend Stücke und wirft ihn weg. Sie packt ihre Tasche aus und räumt ihre Sachen ein.

Als Eric nach Hause kommt, sitzt sie unter dem David Boyd auf dem Sofa und näht Pailletten an ein Kostüm. Er sieht dicker aus, ist nach der Bullet-Brain-Tour in bester Stimmung und will wieder trautes Heim spielen. Er streift die Bomberjacke aus grauem Leder ab und wirft sie über eine Stuhllehne. Lächelnd holt er eine kleine schwarze Schachtel aus dem Koffer, geht auf Brigitte zu und überreicht sie ihr. Sie zögert, er nickt, und sie öffnet die Schachtel. Darin liegt ein goldenes Armband. Er hilft ihr, es um ihr Handgelenk zu befestigen.

»Lass uns eine Runde fahren, Häschen«, sagt er.

Die Worte »Leiche entsorgen« schwirren ihr durch den Kopf. »Ich bin ein bisschen müde, Eric.«

Er akzeptiert kein Nein und zieht sie an der Hand hoch. Draußen wartet sein Fahrer mit einer Limousine.

Eric sagt dem Fahrer, er solle sie nach St. Kilda bringen.

Sie fahren die Uferstraße entlang. Eric hat eine dunkle Sonnenbrille auf, ein irres Lächeln klebt ihm im Gesicht. Er lässt das Fenster herunter, eine salzige Meeresbrise zerzaust ihnen das Haar – zumindest Brigittes. Eric hat kaum welches. Er räkelt sich, lehnt sich zurück und sucht stöhnend in seiner Tasche nach einer zerquetschten Packung Juicy Fruit.

»Kaugummi?« Er nimmt eins und hält Brigitte ein zweites hin.

Sie schüttelt den Kopf.

Er stellt das Radio an. Nirvana – im Moment läuft nichts anderes.

»Wir hatten gerade verhandelt, sie nächstes Jahr auf Tour

zu schicken. Hätte uns ein Vermögen gebracht. Scheiß-Cobain.« Er wechselt den Sender.

Sie denkt an Matt, wie er schreibend an seinem Tisch sitzt und an seinen Haaren zieht. Fragt er sich, wo sie ist? Ist er immer noch verärgert? Verurteilt er sie, kann er es nicht akzeptieren? Sie verdient etwas Besseres. Sie berührt ihr Armband.

Eric fragt, ob sie irgendwo zu Mittag essen möchte.

Sie betrachtet ein Boot auf dem Meer. Zerrissen. Was verdient sie? Was *will* sie?

»Noch ein bisschen, dann fahren wir zurück in die Stadt«, sagt er und zündet sich eine Zigarette an.

Der Kellner kennt ihre Namen und gibt ihnen auch ohne Reservierung einen Tisch. Eric bestellt eine Flasche Bollinger.

»Was hast du so getrieben, während ich weg war, Häschen?«

Sie zwirbelt das Armband ums Handgelenk. »Ich hab einen neuen Job.«

»King Street?«

»Nein. David Jones.«

»David Jones!« Er verschluckt sich am Champagner.

Sie runzelt die Stirn.

»Kann mir gar nicht vorstellen, dass du da arbeitest.« Er holt eine Zigarette hervor, und sofort gleitet ein Kellner über den roten Teppich, um ihm Feuer zu geben. »Es gibt jede Menge neue Clubs, in denen du's versuchen könntest.«

Sie nickt und sieht in die Speisekarte.

»Sollen wir ein Festmenü für zwei nehmen?« Das indirekte Licht schimmert auf seiner Glatze, die genauso glänzt wie die Säule aus poliertem Holz hinter ihm.

»Ich bin nicht sehr hungrig.«

»Ich bin am Verhungern.« Eric winkt den Kellner heran und bestellt ein Drei-Gänge-Menü.

Sie sieht ihre Fingernägel an. Sie müssen neu lackiert werden, sie ist schon eine Weile nicht mehr zur Kosmetik gewesen.

»Was ist denn los, Häschen?«

»Nichts.«

Nach ein paar Gläsern Champagner erzählt sie ihm von ihrem Tag bei David Jones. Er lacht laut und hustet. Die Geburtstagsgäste am Tisch nebenan werfen ihnen Blicke zu.

»Du bist als Verkäuferin nicht geeignet, Häschen.«

Er hat recht.

Er schenkt Champagner nach. »Im Ernst, wenn dein Knie so schlimm ist und du eine Auszeit brauchst, dann gebe ich dir mehr Geld. Du musst nicht bei David Jones arbeiten.«

Der Kellner legt ihnen gestärkte Servietten auf den Schoß und serviert das Menü, beginnend mit Lamm in Teigtaschen, Wachteln und Peking-Ente, gefolgt von Kaisersnapperfilet, einem Hühnergericht und einem Filet vom Weiderind. Weil Brigitte im Essen herumstochert, isst Eric ihre Portion zum größten Teil mit.

»Noch eine Flasche Champagner, Häschen?«

Sie nickt.

Sie schwankt und lehnt sich gegen die Wand, während Eric die Wohnung aufschließt. Ein ekliger, saurer Geschmack steigt ihr die Kehle hoch und füllt ihren Mund, sie schluckt ihn herunter und will sich nur noch hinlegen.

»Wie wäre es mit einem Dankeschön für dein Geschenk, Häschen?«, sagt er, als sie in der Wohnung sind. Das Armband baumelt, als er ihre Hand küsst, dann das Handgelenk, dann den Arm. Er packt eine ihrer Brüste und stößt sie gegen die Wand. Seine Zähne reiben sich in einem harten Kuss an ihren – er schmeckt nach Juicy Fruit, Alkohol und Zigaretten. Sie wendet das Gesicht ab. Sie kann das nicht. Er schiebt die andere Hand unter ihren Rock. Sie windet sich aus seinem Griff heraus.

»Was ist los?« Er packt ihr Gesicht und zwingt sie, ihm in die Augen zu sehen. Zwischen seinen Schneidezähnen hängt eine Faser Peking-Ente. Im Foyer ist das Klingeln des Aufzugs zu hören.

»Ich …« Sie dachte, sie könnte es.

»Was?«

»Kann nicht.« Sie sieht zur Tür hinüber.

Laute Musik aus einem vorbeifahrenden Auto füllt die Stille.

»Du kannst nicht?« Er drückt ihre Handgelenke über ihrem Kopf gegen die Wand. »Vielleicht kann ich dann die Miete nicht mehr bezahlen.«

Es gibt keinen Ausweg. Das Beste wäre, es hinter sich zu bringen, die Augen zu schließen und den Mund zu halten, doch sie spricht weiter. »Es tut mir leid, ich –«

Er knallt ihre zu Fäusten geballten Hände gegen die Wand.

»Eric, ich glaube, ich muss mich übergeben.«

»Ich weiß, wer er ist, Brigitte.«

Angst flackert in ihren Augen auf, einen Moment lang lässt die Übelkeit nach.

»Oder eher, *war.*« Wieder knallt Eric ihre Hände, ihre Knöchel, an die Wand. Ein Fingernagel bricht ab. »Hast du nicht gehört, was mit deinem Freund passiert ist?«

Wovon zum Teufel redet er?

»Al.« Eric nickt, seine Augen tränen. Er lässt ihre Handgelenke los, legt zwei Finger an seine Schläfe und zieht mit dem Daumen den Abzug. »Jetzt weißt du, was mit Leuten passiert, die mich verarschen.«

Zack! Er schlägt ihr ins Gesicht, sofort fängt ihre Nase an zu bluten, der metallische Geschmack läuft ihr in den Mund.

Sie wischt das Blut mit dem Handrücken ab und sucht Halt an der Wand. »Eric, ich muss mich wirklich übergeben.« Er lässt sie ins Badezimmer gehen.

Sie übergibt sich in die Toilette, spült und legt den Kopf auf die Brille. Ein Blutklecks fällt in die Schüssel, wird herumgewirbelt und blüht auf. Sie tastet nach einem Handtuch, reißt es vom Handtuchständer, hält es auf ihre Nase und zieht sich hoch.

»Was ist los, Häschen?« Erics Spiegelbild schwebt bedrohlich über ihr, als sie den Hahn aufdreht und sich kaltes Wasser ins Gesicht spritzt.

»Wie lange hast du Al schon gefickt?«

Sie beugt sich vor, das Becken kühlt ihre Wange.

Er zerrt sie an den Haaren hoch. »Wie lange!«

»Ich hasse dich«, flüstert sie zwischen zusammengebissenen Zähnen hindurch und bereut es sofort.

Irgendwo in der Ferne heult eine Polizeisirene. Er ballt die rechte Hand zur Faust zusammen. Sie kauert sich an das Waschbecken und sagt wieder und wieder, dass es ihr leidtue, dass sie das nicht sagen wollte. Doch es hilft nichts.

42 Dem Lärm des Verkehrs nach zu urteilen muss es Morgen sein, als sie mit dem Geschmack von Rost im Mund auf dem Badezimmerboden aufwacht. Lange bleibt sie still liegen – hört dem Regen zu, der an die Fenster trommelt, durch das Abflussrohr rauscht –, rührt sich nicht, aus Angst, es nicht zu können. Erst als der Durst und der Druck in ihrer Blase unerträglich werden, tastet sie nach der Kommodenkante und stößt dabei gegen einen Stapel Aromatherapieseifen, die wie Dominos umfallen, als sie sich nach oben zieht. Eine Flasche mit ätherischem Öl zerschmettert auf dem Kachelboden, das Aroma von *Bliss* mischt sich mit dem von Regen in der Luft. Sie setzt sich auf die Toilette und zieht ihren Rock an.

Danach wankt sie in die Küche und trinkt zwei große Gläser Wasser direkt aus dem Hahn. An der Wand neben der Tür ist ein blutiger Handabdruck zu sehen. Ein Kondom liegt, einer toten Qualle gleich, in der Ecke, darin etwa ein halber Flaschenverschluss voll Sperma. Auf dem Weg nach draußen reißt sie das Armband ab und schmeißt es auf das Kondom.

Sie geht durchs Foyer, die Marmortreppe hinunter und hinaus auf die Straße, rennt die regennasse Straße entlang, ohne zurückzublicken. Ein Auto hupt. Sie hört Bremsen kreischen und Reifen quietschen, erwartet angespannt einen Knall, aber nichts geschieht. Sie rennt weiter – sieht sich nicht um – durch die Gartenanlage zu den Tennisplätzen, wo ihr kaputtes Knie unter ihr nachgibt. Sie liegt auf dem nassen Gras und ist dankbar, dass der Schmerz die Angst betäubt. *Jetzt weißt du, was mit Leuten passiert, die mich verarschen.* Sie schlägt mit der Faust auf den Boden, rollt sich auf den Rücken, reißt Grasbüschel aus und wirft sie weg, weitere Fingernägel brechen ab. Aus dem pistolengrauen Himmel fällt der Regen.

Jede Faser in ihr schreit nach Matt, doch sie rappelt sich auf und schleppt sich zu Nana und Opapa.

Der Gartenweg ist glitschig, die Beete überflutet, die Geranientöpfe am Überlaufen. Als Nana Brigitte durch die Küchentür hereinstolpern sieht, schreit sie nicht und macht kein Aufheben. Auch keine Vorwürfe. Schweigend hilft sie Brigitte beim Ausziehen, wickelt sie in Decken ein und setzt sie auf einen Stuhl vor den Kamin, dann steckt sie die nassen Sachen in den Trockner. Sie wischt ihr das Blut aus dem Gesicht, gibt ihr einen Eisbeutel für die Wange und verbindet den Fuß neu. Lange sagt Nana kein Wort. Und dann nur: »Verdammtes Wetter.« Dann rubbelt sie Brigittes Haar sanft mit einem Handtuch trocken, wie früher, als Brigitte noch klein war.

Opapa hat in einer Ecke den Plastikweihnachtsbaum aufgebaut und mit unterschiedlichen Kugeln, Lametta und verstaubten Papierketten aus Brigittes Kindheit geschmückt. Sie und Ryan haben ihm früher immer dabei geholfen, und der Baum blieb immer bis Ostern stehen. Sie schnieft. »Bitte sag Opapa nichts.« Ihre Stimme ist kaum mehr als ein Flüstern.

Nana stellt den Fernseher an – eine Seifenoper. Sie bindet sich eine Blümchenschürze um und wärmt auf dem Herd Suppe auf, aber Brigitte fühlt sich zu elend zum Essen. Sie döst auf dem Stuhl ein und wacht auf, als eine Spieleshow läuft und Nana ihre Kleidung zusammenfaltet.

»Geh nicht zurück, Brigi«, sagt Nana.

Brigitte sieht den kitschigen Weihnachtsbaum an und beißt sich auf die Lippe. Die Kaminuhr schlägt.

»Du kannst hier bleiben. Opapa richtet hinten das Zimmer her. Das ist so groß wie eine Wohnung.«

Brigitte steht mit wackligen Knien auf und zieht sich an. Nana folgt ihr durch den Flur. »Bitte, Brigi.« Sie fasst sie an der Schulter.

Brigitte schubst sie weg, zu hart; Nana verliert das Gleichgewicht und stößt gegen die Wand.

Im Gehen wirft Brigitte einen Blick zurück und sieht Nana in der Tür stehen und den Schürzensaum zwischen den Fingern kneten. Der Flur hinter ihr liegt im Schatten wie eine dunkle Aura. Fast läuft Brigitte zu ihr zurück.

Der Sturm ist vorüber. Der Himmel sieht aus wie mit Fingerfarben gemalt, wie der Hintergrund der *Liebenden*, lange Wolkenschlieren sind bläulich verfärbt: Pfefferminze anstatt grüner Minze. Sie setzt die Sonnenbrille auf, über die verquollenen Augen, die Bügel tun weh. Sie kramt in der Seitentasche ihrer Handtasche nach Matts Schlüssel mit dem J-Anhänger, hält ihn fest in der Hand, während sie mit klopfendem Herzen zur Wohnung zurückhumpelt.

Eric ist nicht da.

Sie ruft Matt an und legt auf, als er abnimmt. Ihr Handy klingelt, sie stellt es ab. Übelkeit überkommt sie, sie rennt zur Toilette und übergibt sich. Sie stinkt – nicht einmal die Aromatherapiegerüche können das überdecken – nach saurer Milch und vergammeltem Fleisch. Ihr wird schwindelig vom Stehen, sie setzt sich auf den Boden der Duschkabine und wäscht ihren Körper sanft und gründlich mit Rosenseife. Zwischen den Beinen brennt es.

Sie trocknet sich ab, zieht den Bademantel über und späht durch die Lamellen der Jalousie im Wohnzimmer nach draußen. Auf der anderen Straßenseite parkt vor der Gartenanlage ein schwarzer Wagen. Sie überprüft die Fensterriegel, holt Matts Schlüssel und rollt sich unter einer Decke auf dem Sofa zusammen. Trotz einer Valium und einer Schlaftablette lässt sich der Schlaf Zeit, als sie endlich eindöst, hört sie langsam auf zu zittern. Die knallende Fehlzündung eines Wagens holt sie zurück. Sie zieht die Decke hoch, kneift die Augen zusammen und hält den Schlüssel umklammert. In rastlosen Träumen rennt und rennt sie.

Als sie aufwacht, ist der Buchstabe J in ihrer Handfläche abgedrückt. Sie steckt den Schlüssel zurück in ihre Tasche. Der Raum dreht sich, sie stützt sich an der Wand ab und wankt wieder ins Bad, um sich zu übergeben. Hinter ihrer rechten Schläfe pocht es. Irgendetwas stimmt nicht. Vielleicht hat Eric sie diesmal zu hart geschlagen. Sie zieht eine Jeans und ein T-Shirt an und geht nach draußen, um frische Luft zu atmen.

43

Atmen, atmen … Gott, sie wird sich hier im Wartezimmer übergeben. Sie beugt sich vor, legt den Kopf auf die Knie, Schweiß perlt unter ihrem T-Shirt. Der neben ihr sitzende Mann rückt einen Stuhl weiter. Es gibt keine Luft. Wenn die Ärztin sie nicht in einer Minute gerufen hat, muss sie hier raus. Einundzwanzig, zweiundzwanzig, dreiundzwanzig …

»Brigitte.«

Als Dr. O'Meara wissen will, was mit ihrem Gesicht passiert ist, sagt sie, sie sei die Treppe heruntergefallen. Dann bricht sie in Tränen aus, und die Ärztin reicht ihr Taschentücher. Zwischen Schluchzern beschreibt Brigitte ihre Symptome, überzeugt, eine Gehirnblutung und nicht mehr lange zu leben zu haben.

»Wann haben Sie zuletzt Ihre Periode gehabt?«

Sie hört auf, sich mit dem Taschentuch die Augen zu reiben, und sieht auf. Dr. O'Meara trägt Weihnachtsbaumohrringe mit kleinen roten Lichtern. »Ich bin nicht schwanger.«

»Sind Sie sexuell aktiv?«

»Ähm, ja, aber –«

»Wie verhüten Sie, Brigitte?«

Sie schüttelt den Kopf. »Ich bin nicht schwanger.«

»Woher wissen Sie das?«

»Ich – es war doch nur ein paarmal ohne …«

»Gut. Wie wäre es, wenn wir einen Urintest machen? Nur um sicherzugehen.« Die Ärztin dreht ihren Stuhl und nimmt einen Probenbecher aus dem Regal. »Sie brauchen bloß auf die Toilette zu gehen und in diesen Becher zu pinkeln.«

Brigitte geht mit dem Becher auf die Toilette. Sie zittert so sehr, dass sie sich auf die Hände pinkelt. An der Tür hängt ein Poster mit Nahrungsmitteln, die Schwangere vermeiden sollten.

Als sie wieder im Untersuchungszimmer ist, steckt Dr. O'Meara ein Stäbchen in den Urin, das sich blau färbt. »Positiv.«

Was? Nein! Brigitte hört auf, mit ihrem Stuhl zu wippen.

»Das ist keine gute Nachricht für Sie, stimmt's, Brigitte?«

Sie schüttelt den Kopf und kneift sich in den Nasenrücken.

»Zur Sicherheit machen wir noch einen Bluttest.« Die spießigen Absatzschuhe der Ärztin klickern über den Boden, als sie das Zimmer durchquert, einen Schrank öffnet und eine Spritze herausnimmt.

»Es könnte also falscher Alarm sein?«

»Urintests sind nicht einhundertprozentig sicher, aber sie zeigen eher falsche Negativergebnisse an«, erwidert Dr. O'Meara sachlich. Die Lichter an den Weihnachtsbaumohrringen leuchten bei jeder Kopfbewegung auf.

»Also könnte auch alles gut sein?«

»Ich glaube, das Testergebnis stimmt.« Sie fordert Brigitte auf, eine Faust zu machen, wickelt ihr ein Band um den Arm und zieht es fest. Ihr Deo riecht nach Jasmin. Während sie Brigitte Blut abnimmt, sagt sie: »Wenn jemand Ihnen wehtut, könnten wir die Abteilung für häusliche Gewalt verständigen.«

»Ich sagte doch, ich bin die Treppe …« Das Zimmer wird zu einem verschwommenen, sepiafarbenen Umriss.

»Brigitte? Brigitte!«

Sie rutscht vom Stuhl. Dr. O'Meara fängt sie unter den Armen auf. Sie verliert das Bewusstsein.

***

Um Viertel vor fünf ruft die Arzthelferin mit dem Ergebnis des Bluttests an. Als Brigitte das Wort »positiv« hört, beginnt ihr Herz zu hämmern. *Scheiße, Scheiße, Scheiße.*

Gott, sie braucht was zu trinken. Wo ist die Johnny-Walker-Flasche, die Sean gekauft hat? Auf dem Kühlschrank. Ein bisschen ist noch drin. Sie sieht den ausschreitenden Mann in Frack und Zylinder an und hört eine blöde nörgelnde Stimme – die sie zu verdrängen versucht – in ihrem Kopf sagen, das sei schlecht für das Baby. *Halt die Klappe, Johnny Walker.*

Gott, wie hat sie das wieder hingekriegt? Sie denkt an Matts panisches Gesicht, als sie ihm sagte, dass sie die Pille nicht nimmt. *Blöd, Brigitte, so blöd.*

Moment – Matt braucht nie davon zu erfahren. Niemand braucht davon zu erfahren. Sie lässt es einfach wegmachen, dann ist alles wieder wie vorher. Sie schenkt sich ein Glas ein.

Johnnie Walker nörgelt: Vielleicht ist das jetzt der richtige Moment. Verlass Eric, fang neu an. Alles passiert aus einem Grund, oder etwa nicht?

Das ist nicht der richtige Moment! Es wäre zu schwierig. Ich bin eine blöde Stripperin, verdammt noch mal. Das Kind würde mich hassen. Ich kann es nicht bekommen, also werde ich es nie wissen, oder? Ich will kein Kind. Halt die Klappe, Johnnie Walker!

Aber wie kann sie dieses unschuldige Wesen zerstören,

das in ihr heranwächst? *Blöd, blöd, blöd, Brigitte.* Sie trinkt einen großen Schluck. *Es tut mir leid, Baby. Nein, du bist kein Baby. Nur ein Zellhaufen – zu klein, um schon irgendwas zu sein.* Trotzdem kann sie das Glas nicht austrinken. Sie geht ins Bad, reibt Arnikacreme auf ihre blauen Flecken und legt sich auf den Boden. Die Kälte der Fliesen lindert den Schmerz in ihrem Kopf. Dr. O'Meara hat gesagt, Migräne trete in der Schwangerschaft häufig auf.

Sie träumt von dem alten Haus ihres High-School-Freundes. Er hat sie wieder geschlagen, nennt sie »frigide Brigitte«, weil sie nicht mit ihm schlafen will. Von einem Telefon auf dem kleinen grünen Tisch im Eingangsflur aus ruft sie Joan an, am Hörer klebt Blut. Joan sagt, sie hat zu tun und kann sie nicht abholen: Das ist dein Problem, das musst du selbst lösen, Brigitte.

Aber er tut mir weh, Mum, Mummy ... Bitte lass mich nicht allein. Das Telefon verwandelt sich in ein Spielzeug.

Sie wacht auf dem Badezimmerboden auf. Es ist dunkel. Sie knipst das Licht an, es schmerzt in ihren Augen. Sie öffnet den Schrank unter dem Waschbecken, wo sie Entzündungshemmer, Schlaftabletten, Beruhigungsmittel und andere rezeptpflichtige und frei erhältlich Medikamente aufbewahrt. Doch sie hört auf Johnnie Walker und schließt die Tür wieder, ohne welche zu nehmen.

Das Klingeln des Telefons auf ihrem Nachttisch schreckt sie auf. Es ist Ryan.

»Was ist los mit dir, Brigi?«

»Nichts.« Sie steht vom Bett auf und geht ins Wohnzimmer. »Ich dachte, du bist sauer auf mich.«

»Ich mache mir eher Sorgen. Ist alles in Ordnung?«

Sie späht durch die Jalousie. Es regnet wieder, Autos und Straßenlampen verschwimmen wie in einem Gemälde von Monet. Ein schwarzes Auto ist nicht zu sehen.

»Nana macht sich Sorgen um dich.«

»Hat sie gesagt, dass du anrufen sollst?« Die Gartenanlage ist menschenleer. Ein Opossum, im Straßenlicht sichtbar, huscht einen Weg entlang und versucht, auf eine Ulme zu klettern, wird aber von einem Baumband daran gehindert.

»Willst du, dass ich dir helfe, da rauszukommen?«

Sie schüttelt den Kopf und antwortet nicht.

»Ist Sean da?«

»Sean redet nicht mehr mit mir.«

»Geh zu Nana und Opapa.«

Eine Pause.

»Brigi, ich komme zu dir.«

Sie zieht Matts Schlüssel hervor und dreht ihn in der Hand. »Nein, mir geht's gut. Ich habe jemanden kennengelernt.« Sie drückt unbeholfen den Hörer ans Ohr und wickelt sich mit einer Hand eine Decke vom Sofa um die Schultern, in der anderen hält sie immer noch den Schlüssel.

»Kannst du zu ihm?«

Eine dunkle Gestalt in einer Bomberjacke kommt durch die Gartenanlage. Es sieht nach Eric aus. »Ich muss auflegen, Ryan.«

»Brigitte –«

»Ich hab dich lieb.«

»Leg ja nicht auf, Brigi-«

44 Fruchtbarkeitsklinik. Blödes Wort – es müsste Klinik der Geschwängerten und Verzweifelten heißen. Um den Empfangstisch herum ist spärlicher Weihnachtsschmuck verteilt. Brigitte hat eine Überweisung und eine Informationsbroschüre von Dr. O'Meara in der Tasche, fürchtet sich aber, sie zu lesen, will nicht wissen, was ihr bevorsteht. *Scheiße. Scheiße. Scheiße.* Was macht sie hier? Sie will wegrennen, es abblasen. Doch sie tut, was ihr gesagt wurde: setzt sich auf einen harten Plastikstuhl, füllt Formulare aus, wartet auf eine Beraterin und starrt, ohne etwas wahrzunehmen, den Fisch an, der ziellos durch Bläschen im Aquarium schwimmt. Es riecht nach Putzmittel und Lufterfrischer, sie muss niesen.

Die Beraterin berät nicht wirklich, sondern stellt lediglich Fragen zu Brigittes Gesundheitszustand und Vorerkrankungen. Warum sie abtreiben will? Sie sagt, sie habe ihren Job verloren, könne sich kein Kind leisten, sei zu jung, es war nicht geplant: Begründungen, so leer wie Fischaugen. Ihre Stimme klingt, als spräche eine andere – blechern, von weit weg, wie durch diese Telefone aus Dosen und Bindfäden, die sie und Ryan als Kinder gebastelt haben.

Als Nächstes wird sie von einem Gynäkologen untersucht, der sie in etwa mit so viel Mitgefühl und Respekt behandelt wie ein Bauer seine kalbende Kuh. Seine behandschuhten Hände sind groß und kalt und grob. Er tut ihr weh, und sie beißt sich so hart auf die Lippe, dass es blutet.

Schließlich gibt ihr die Empfangsdame den Termin für den Eingriff. Donnerstag und Freitag kommender Woche sind noch möglich, danach ist über Weihnachten geschlossen. Da Brigitte am Donnerstag ihre Fahrprüfung hat, entscheidet sie sich für Freitagmorgen.

Sie geht, treibt, ohne zu merken, wo sie ist, von East Melbourne in die Innenstadt zurück. Familien mit kleinen Kindern stehen vor dem Weihnachtsfenster des Kaufhauses Myer Schlange. Sie stellt sich Matt dort vor, mit einem Kind an der Hand. Sie blinzelt das Bild weg und betritt das Kaufhaus. Von der Menge und einem Weihnachtslied – »Winter Wonderland« – getragen, landet sie in der Babyabteilung. Lächelnd betrachtet sie die kleinen Strampelanzüge und Schühchen und Mützen. Wie kann etwas so winzig sein? Sie nimmt eine Schlafdecke aus dem Regal: gelb, auf einer Seite ist ein kleiner blauer Dinosaurier aufgestickt. Sie hält die Decke an ihre Wange. Nie hat sie etwas so Weiches gefühlt, sie fragt sich, woraus die Decke gemacht ist.

»Wann ist es denn so weit?« Eine Verkäuferin schreckt sie auf, sie lässt die Decke fallen. »Ihr Baby – wann ist der Geburtstermin?« Sie hebt die Decke auf und gibt sie Brigitte zurück. »Man sieht noch nichts – vermutlich also Juni oder Juli?«

Geh weg, dumme Frau, lass mich in Ruhe.

»Ein Winter-Baby. Schön. Die Decke werden Sie brauchen.«

Fast lächelt Brigitte.

Sie liegt in der Wohnung auf dem Bett und kuschelt sich an ihre gelbe Babydecke. Sie ist krank, hat Migräne, außerdem rollt Übelkeit in Wellen über sie hinweg. Bald wird es vorbei sein. Am Freitag ist das Baby weg. Wenn du das wirklich willst: schon wieder Johnny Walker. *Halt die Klappe! Das ist noch kein Baby. Es ist* nichts. *Halt dich da raus.* Die Schwangerschaft ist noch so neu – erst sechs Wochen –, dass der Arzt in der Fruchtbarkeitsklinik gesagt hat, sie müssten hinterher einen Gewebetest machen, um sicherzugehen, dass es weg ist. Es lässt sich nur schwer erkennen. Es werden keine zerrissenen Ärmchen und Beinchen aus ihrem Leib kommen. Unmöglich festzustellen, ob es Junge oder Mädchen ist.

Sie hört, dass die Dusche abgestellt wird, die Geräusche des Abtrocknens und das Klirren von Töpfen und Tiegeln. Dann die Toilettenspülung. Dampf und Schwaden eines teuren Parfüms folgen Eric aus dem Badezimmer. Er steht breitbeinig in der Tür, auf seiner weißen Unterhose ist vorne ein Tropfen. Sie möchte ihn anbrüllen, dass er sie in Ruhe lassen, weggehen, Nintendo spielen soll oder so. Aber sie hat Angst, dass er wieder sauer wird und ihr wehtut und dem Baby wehtut.

»Steh auf und pack deinen Kram«, sagt Eric.

»Was?«

»Die Death-Rowe-Tour. Wir fliegen heute Abend.«

»Ich komme nicht mit.«

»Oh doch. Ich hab für dich gebucht. Kann dich ja nicht mehr alleine lassen.«

Sie vergräbt das Gesicht in einem Kissen.

»Ich hab gesagt, *steh auf und pack*!«

Sie verdient das nicht.

Johnnie Walker sagt: Geh zu Dr. O'Meara, sie soll dich an die Abteilung für häusliche Gewalt überweisen. Oder geh zur Polizei, verpfeif Eric, damit er dir nie wieder wehtun kann. Matt kennt einen Polizisten, weißt du noch? Alles wird gut.

Brigitte steht auf und packt ihre Reisetasche.

»Was machst du da, Brigitte?«, fragt Eric, als sie mit der Tasche über der Schulter das Wohnzimmer durchquert. »Der Flug ist erst in Stunden.«

»Ich gehe.«

»Nein, das tust du nicht.« Eric springt auf sie los, doch sie ist zu schnell für ihn.

»Und ich komme nicht zurück.« Sie knallt hinter sich die Tür zu.

Auf der Straße sieht sie sich noch einmal um, Eric steht am offenen Fenster, sein Bauch schwabbelt wie das halbfeste Jelly in der Gold Bar, er beschimpft sie. Passanten heben die Köpfe. Er hustet und brüllt, dass sie was erleben kann, wenn sie zurückkommt. Sie flieht wie ein verängstigtes Kaninchen.

Erst in der Gertrude Street wird sie langsamer, um Atem zu schöpfen. Auf halbem Weg zwischen Nicholson und Brunswick fährt eine schwarze Limousine langsam am Straßenrand entlang und kommt neben ihr zum Stehen. Das war's. Das Schlimmste ist gekommen. Zum Glück hat sie es nicht bis zu Matt geschafft. *Ich habe ihn nie verdient.* Sie hätte nicht auf Johnny Walker hören sollen. Sie erstarrt, hält den Atem an, bereitet sich vor auf das, *was passiert, wenn man mich verarschen will.* Das Fenster gleitet nach unten, sie sieht einen dicken, braunen Haarschopf, dunkle Augen, einen schwarzen Anzug. Ihr Magen löst sich auf, sie schließt die Augen. *Blutspritzer. Leiche entsorgen.*

»Zeig mal deine Titten!«, schreit er. Sie öffnet die Augen. Nur ein betrunkener Junge in einer Limousine voller reicher Gören, die das Ende des Schuljahres feiern. Sie atmet aus und lehnt sich an ein Schaufenster, als die Limousine weiterfährt. Fast muss sie lachen, als ihr eine Zeile aus einem von Seans Nirvana-Songs in den Sinn kommt, in der es darum geht, dass man paranoid wird.

Matt sitzt an seinem Tisch und schreibt, zieht an seinen Haaren, hört Nick Cave, als sie – atemlos – auf der Treppe auftaucht. Er sieht auf. Sie kann seinen Gesichtsausdruck nicht lesen – kein spöttisches Lächeln, keine hochgezogenen Augenbrauen, nur eine Art wissender Blick, wie ein Vater sein ungezogenes Kind ansieht, wenn es kommt, um sich zu entschuldigen. Sie lässt ihre Tasche in eine Ecke fallen. Er schiebt sich eine Haarsträhne aus den Augen, lässt die Arbeit sein, steht auf und stellt sich vor den kalten, leeren Kamin, wartet, dass sie zu ihm kommt.

Sie drückt ihr Gesicht an seine Brust. Sein ausgewaschenes Flanellhemd ist fast so weich wie die Babyschlafdecke und riecht nach Zimt und Bergamotte und leicht nach Schweiß. Ihre Knie geben nach, er lässt sich mit ihr in den Armen auf dem Boden nieder, sodass sie nicht fallen kann. Nick Cave fängt an, das Lied über Boote, die davonsegeln, und Brücken, die abbrennen, und Zweifel, die man hinter sich lassen sollte, zu singen.

45

Brigitte liegt auf dem Bett und streichelt sanft Dis geschwollenen Bauch. Er ist warm, sie spürt Bewegungen darin. »Keine Sorge, bald ist alles vorbei«, flüstert sie.

Matt kommt mit einem königsblauen Handtuch um die Hüften aus der Dusche, von seiner Haut steigt Dampf auf. Er zieht eine Jeans und ein T-Shirt über. »Möchtest du eins der Kätzchen haben?«

»Wir dürfen in unserem Apartmenthaus keine Tiere halten.« Sie wahrt immer noch den Schein. »Werden sie alle rotes Fell haben?«

Di miaut halb, halb schreit sie. Brigitte zieht die Hand weg und setzt sich auf. »Gott, bekommt sie jetzt die Kätzchen? Was machen wir?«

»Ganz ruhig. Ich rufe den Tierarzt an.«

Als Matt zurückkommt, hat sich Di beruhigt und ist eingeschlafen.

»Falscher Alarm«, sagt Brigitte.

»Puh. Ich wollte gerade schon Wasser abkochen.«

»Wofür braucht man eigentlich abgekochtes Wasser?«

»Keine Ahnung.«

»Ich dachte, du weißt alles.«

»Nicht alles.« Er legt sich neben sie aufs Bett und schiebt sich eine nasse Haarsträhne aus dem Gesicht. Mit gerunzelter Stirn sieht er zu ihr auf. *Nein, nicht alles.*

Wenn ich es dir sage, denkt sie, *jetzt und hier, wirst du glücklich sein. Johnnie Walker sagt, du wirst ein toller Vater. Ich liebe dich.*

»Alles in Ordnung?«

»Ja.«

»Sicher?«

Sie nickt, wenn sie etwas sagen würde, müsste sie weinen.

Er schiebt das ausgeleierte Bad-Seeds-T-Shirt hoch, in dem sie geschlafen hat, und küsst sie auf den Bauch. Merkt er, dass der nicht so flach ist wie sonst? Wann wird es anfangen zu treten? Ob es blaue Augen hat?

Sie hat Migräne und schläft tagsüber immer wieder ein. Sie träumt vom Zufluchtsort ihrer Kindheit: dem Schlafabteil in der LKW-Kabine ihres Vaters. Dort ist es warm, das Brummen des Motors lullt sie ein, und Johnny Cash singt im Kassettenrekorder von so seltsamen Dingen wie dem Fallen in einen Ring aus Feuer.

Dan hält in einer Parkbucht. Die Nacht ist warm, und sie legen sich zum Schlafen mit einer Decke auf den Boden. Das Auspuffrohr knackt beim Abkühlen. Joan sagt, der Nachthimmel sei ein wunderschöner unendlicher Raum, und sie kann alle Sterne beim Namen nennen. Doch die Schwärze zieht sich zusammen, drückt auf sie herunter.

Joan und Dan rauchen, trinken Bier aus Flaschen mit langen Hälsen und schlafen unter den Sternen ein. Dan ist jung und sieht gut aus, die muskulösen Arme sind mit Schlangen und Meerjungfrauen tätowiert. Joan ist klein und perfekt – sie sieht genau wie Brigitte Bardot aus. *Zu gut für einen LKW-Fahrer*, flüstert der Baum.

Brigitte rollt sich neben ihren Eltern in einen Zipfel der Decke ein. Die Stille hallt in ihren Ohren, ihre Haare kitzeln sie im Gesicht, doch sie kann die Hand nicht unter der Decke hervorziehen, sonst wird sie etwas packen: ein Räuber, ein Mörder, ein Yowie.

Dan steht auf, geht einmal um den LKW herum und tritt gegen jeden Reifen. Digger ist an seinem neuen roten Halsband am Anhänger angeleint.

»Was machst du da?«, fragt Brigitte.

»Muss nur pinkeln.«

»Sind da draußen irgendwo Yowies, Dad?«

»Nein. Heute Nacht ist es ihnen viel zu warm.«

Sie schaut zum verlassenen Highway hinüber und sieht Eric die weiße Mittellinie entlangwandern. Aus dem Nichts kommt ein mit Hühnern beladener LKW und erwischt ihn, der Zusammenstoß reißt ihm den Kopf ab. Einen Moment lang hängt sein enthaupteter Körper an der Windschutzscheibe, dann kippt der Hühnerlaster um und schlittert seitwärts über den Asphalt, und Eric wird durch die Luft gewirbelt. Brigitte steht auf und geht durch Hühner und Blut hindurch. Nicht Eric liegt auf der Straße. Sondern Digger. Sein Halsband ist weg.

»Steig wieder ein«, sagt Dan, »wir müssen noch bis zum Markt in Brisbane kommen.«

Sie dreht sich um, und Dan stirbt in seinem alten Ledersessel in dem rosa Haus. Farbenfrohe Fernsehmoderatoren singen im Kinderfernsehen »Morningtown Ride«. Ein Sauerstoffgerät atmet für ihn. Seine Arme sind ausgemergelt, die Tätowierungen verschrumpelt und verblichen. »Wir schaffen es nicht zum Markt. Mir bleibt keine Zeit mehr.«

»Es ist noch Zeit, es zu schaffen, Dad.«

»Nein.«

Dad, lass mich nicht allein!

Dann bemerkt sie das tröstliche Geräusch des Trockners und den Geruch frisch gewaschener Wäsche. Nur ein böser Traum. Dad lebt, er kümmert sich um die Wäsche – wie immer, wenn er zu Hause ist.

Sie wacht in Matts Bett auf. Sie hört ihn arbeiten – er tippt im Wohnzimmer auf der Computertastatur herum.

Die Vibrationen des Trockners im Bad werden wieder zum Schlaflied des LKW-Motors.

Noch mehr seltsame Träume. Matt hält zwei Kinder auf dem Schoß, Zwillinge – in die gelbe Schlafdecke eingewickelt, vor dem Kamin. Er hat sich über sie gebeugt und spricht leise zu ihnen, Haar fällt ihm über das Gesicht. Er sieht auf. Es ist nicht Matt. Goldene Flammen scheinen in dunklen Augen wider. *Nein!*

»Alles gut. Alles gut.« Matt streicht ihr über die Haare, wie es ihr Vater immer getan hat. »Nur ein schlechter Traum. Scht.«

Schlaf lässt sie wieder davontreiben.

Am späten Nachmittag kommt Matt mit der Zeitung und einer Flasche Wein ins Schlafzimmer. Ihr wird vom Weingeruch übel, sie kann ihr Glas nicht zu Ende trinken.

»Vielleicht solltest du zum Arzt gehen«, sagt er.

»Nur eine Grippe.« Sie lächelt schwach.

»Willst du einen Film sehen?« Er sieht im Kinoteil nach. »Wenn du dich besser fühlst?«

Sie nickt.

»*Pulp Fiction* soll gut sein.«

»*Der König der Löwen*.«

»*Der König der Löwen*!«

»Der ist nicht nur für Kinder.«

»Ich vergaß – du bist ja ein Kind.«

»Nein, bin ich nicht. Nächste Woche werde ich zwanzig.«

»Nächste Woche?«

»Am zweiten Weihnachtstag.«

»Wirklich?« Er sieht wieder in die Zeitung und sagt dann: »*Der König der Löwen* läuft am zweiten Weihnachtstag an. Wir könnten ins Kino gehen und danach in einem Restaurant essen.«

»Darf ich fahren?« Sie setzt sich auf, fühlt sich ein bisschen besser.

»Vielleicht. Bekommst du morgen früh den Führerschein?«

»Wenn ich die Fahrprüfung bestehe.«

»Natürlich bestehst du.« Er legt eine Hand auf ihren Oberschenkel. »Würdest du gerne Weihnachten mit mir verbringen?«

Sie zieht die Stirn kraus, schaut an die Decke und tut so, als müsste sie nachdenken. »Ja.« *Und jeden weiteren Tag für den Rest meines Lebens*. »Was kochst du denn?«

»Keine Meeresfrüchte, versprochen.« Er faltet die Zeitung zu und legt sie aufs Bett. Die Seiten rutschen auseinander, und Brigitte sieht die Überschrift eines Artikels über Death Rowe: Tour abgesagt, Calvin Rowe am Flughafen wegen Drogenbesitz verhaftet. Sie legt sich hin, ihr ist wieder übel.

46 Am Donnerstag vor Weihnachten steht sie früh auf, duscht und zieht ihr Chanel-Kleid an. Es fühlt sich eng an. Sie zwingt sich, eine halbe Scheibe Toast zu essen, und macht sich eine Kanne mit schwachem Tee. Auf dem Poster in der Arztpraxis stand, Kaffee sei schlecht fürs Baby. Sie setzt sich auf die oberste Stufe und trinkt den Tee aus der Schmetterlingstasse.

Matt schläft noch, als sie ins Schlafzimmer geht, um sich zu verabschieden. Di liegt schlummernd neben ihm, die Kätzchen können jeden Moment kommen. Brigitte lächelt. Ist das Flattern in ihrem Bauch ein Tritt? Nein, das kann nicht sein. Es ist etwas anderes, etwas hat sich verändert – nicht nur in ihrem Körper. »Ich bin bald wieder da.« Sie küsst Matt sanft auf den Mund. »Ich liebe dich.«

»Ich liebe dich auch, Brigi«, murmelt er im Halbschlaf.

Sie erreicht in der Fahrprüfung hundert Prozent. Marco überreicht ihr im VicRoads-Büro in Carlton ein Weihnachtsgeschenk. Sie erkennt sofort, dass es Schokolade ist. Er umarmt sie – fester, länger, als er sollte, dann merkt er, dass sein Verhalten unangemessen ist, und lässt sie widerstrebend los. Er sagt, sie könne jederzeit anrufen – wenn sie Fragen zum Fahren oder zu Verkehrsregeln hat oder einfach nur reden will. Oder vielleicht mal abends Essen gehen möchte.

Auf dem Foto ihrer vorläufigen Fahrerlaubnis sieht sie glücklich aus, obwohl man eigentlich nicht lächeln soll. Ihr Körper ist schwerer, doch sie fühlt sich leicht.

Auf dem Rückweg zu Matt lässt sie das Taxi an einem Getränkeladen halten. Sie wiegt eine Flasche guten Champagners in der Hand und beschließt, ihm heute von dem Baby zu erzählen. Und von Eric, von allem, und dann werden sie zur Polizei gehen, und alles wird gut werden. Den Termin in der Fruchtbarkeitsklinik wird sie absagen. Sie zahlt und eilt zurück zum Taxi.

Hitze flirrt auf den Straßen von Fitzroy. Das warme Wetter hat die Junkies und Betrunkenen nach draußen getrieben, die in Unterhemden und Shorts wie Zombies durch die Gegend wandern, weißes Fleisch quillt aus der Kleidung und verfärbt sich rosa. Brigittes Kleid sitzt unangenehm eng über ihrem Bauch. Im Radio läuft ein Lied von Paul Kelly, ihre Erkennungsmelodie: »Dumb Things«. Doch heute wird sie zur Abwechslung das tun, was – dank Johnny Walker – das Klügste ist. Das Richtige.

Sie *wird* es Matt sagen. Das mit dem Baby. Eric und die Polizei können noch warten. Und sie werden mit Champagner anstoßen – er kann ihn dann trinken, sie wird vielleicht einen winzigen Schluck nehmen. Er wird glücklich sein, und *alles* wird gut werden.

Sie bittet den Taxifahrer, gegenüber von Matts Haus zu halten, und sucht in ihrer Handtasche nach dem Portemonnaie, als sie den Briefträger mit einem DIN-A4-Umschlag auf der Türschwelle sieht. Matt öffnet die Tür. Er trägt ein weißes T-Shirt und Jeans-Shorts und ist barfuß. Er sollte vorsichtiger sein, bei all den Spritzen, die auf der Straße rumliegen. Er wirkt in diesem Stadtteil fehl am Platz: frisch und sauber vor all dem Schmutz. Sie sieht seine Augen aufblitzen – himmelblau. Er plaudert mit dem Briefträger, nimmt den Umschlag und die restliche Post, lächelt, verabschiedet sich und geht ins Haus.

Brigitte sieht das Wechselgeld für ihren Fünfziger an, das der Taxifahrer in der Hand hält. Er gibt es ihr nicht, redet noch immer – über Fitzroy, wie es früher war, Squizzy Taylor oder so was. Sie nickt eifrig, ohne zuzuhören. Bla, bla, bla. *Mach schon*. Ihr Körper kribbelt. Sie hat Angst, es nicht durchziehen zu können, wenn sie noch länger warten muss. Fast will sie dem Fahrer sagen, er kann den Rest behalten. Er schreibt irgendetwas auf einen Zettel und drückt ihn ihr in die Hand – seine Telefonnummer. *Was*? Endlich gibt er ihr das Wechselgeld, sagt ihr, wie schön sie sei und dass sie ihn anrufen solle, wenn sie am Wochenende was mit ihm trinken gehen wolle.

Sie schließt mit ihrem eigenen Schlüssel auf. Ihr Herz flattert. Kurz lehnt sie sich an die kühle Wand. Bis der Blaustein sich aufheizt und die Wärme hält, braucht es mehrere heiße Tage hintereinander. Sie steigt die Treppe hinauf und hält sich zur Unterstützung mit einer verschwitzten Hand am Geländer fest. Der tröstliche Geruch sauberer Wäsche beruhigt sie, sie atmet tief ein. Matts braunes Sweatshirt hängt zum Trocknen auf einem Bügel an der oberen Tür. Die Schmetterlingstasse steht noch auf der obersten Stufe, wo sie sie heute Morgen abgesetzt hat. Sie lächelt und entspannt sich, als sie ihn durch die offene Schlafzimmertür Wäsche zu ordentlichen Stapeln auf dem Bett zusammenlegen sieht. Der Umriss der Schlangentätowierung schimmert durch das T-Shirt hindurch. In ihrer Tasche stößt die Champagnerflasche mit einem Klicken gegen irgendetwas anderes. Er hört sie hereinkommen, dreht sich aber nicht um.

»Ich habe die Fotos gesehen, Brigitte.«

»Was?«

»Die Fotos«, sagt er ausdruckslos.

Sie versteht nicht, was er meint, bis sie den DIN-A4-Umschlag auf dem Bett sieht, aus dem die Fotoabzüge herausgucken – die von Richard Headley: sie im roten BH und Tanga, im neongrünen Bikini, oben ohne, nackt.

»Wie konntest du das tun?«

Sie steht in der Tür und sieht auf ihre geschwollenen Füße in den neuen, fersenlosen Versace-Sandalen hinunter.

»Was hast du dir dabei gedacht?« An seiner Schläfe puckert eine Ader.

Sie hält sich am Türrahmen fest, ihr ist schwindelig. »Warum hast du meine Post aufgemacht?«

»Du hast mir nicht gesagt, dass du sie hierher umleitest. Ich habe nicht mal geguckt, habe einfach gedacht, es ist für mich – ein zurückgesandtes Manuskript oder so.«

Unter dem aufgerissenen Umschlag sieht sie weitere Umschläge mit Nachsendungsaufklebern, auch einige Universitätslogos: die Studieninformationen, die sie angefordert hat. Warum konnte er die nicht zuerst öffnen?

»Wie konntest du dich so ausbeuten lassen?«

»Ich habe mich nicht ausbeuten lassen, ich habe das freiwillig gemacht.« Sie schiebt das Kinn vor. »Und die sind bloß für mein Portfolio. Ich habe noch keine Jobs gemacht.« Wie soll sie jetzt die Kurve kriegen und ihm von dem Baby erzählen?

Er faltet weiter Kleidungsstücke, schneller, weniger ordentlich.

»Das ist keine Ausbeutung. Nur eine Möglichkeit, ein bisschen Geld zu verdienen. Kein großes Ding.«

Er schüttelt den Kopf und atmet scharf ein.

»Diese ganzen Männermagazine …« Sie sollte aufhören und Verständnis für sein Aufgebrachtsein zeigen, doch sie macht weiter, und ihre Stimme wird schrill, wie die von Joan. »Die Frauen werden schließlich für die Fotos bezahlt, und die blöden Männer zahlen, um gucken zu können. Wer also wird hier ausgebeutet?« Ihr Gesicht ist heiß.

»Glaubst du das wirklich?« Seine Stimme klingt tiefer, noch ruhig, aber nur gerade eben.

Sie zuckt die Achseln, will es ruhen lassen, sagen, dass es ihr leidtut, dass es ein Fehler war – damit es verschwindet und sie ihm sagen kann, was sie ihm sagen muss. Aber er lässt es nicht ruhen.

»Und ich weiß, dass du in dem Club nicht an der Bar gearbeitet hast.«

Ihre Wimpern flattern, als sie den Blick in eine Zimmerecke richtet. Auf dem Nachttisch stehen drei Geschenkschachteln aufgestapelt: Eine ist in Weihnachtspapier eingewickelt, eine in Geburtstagspapier, die dritte ist eine kleine blaue Tiffany-Schachtel mit einem weißen Band.

Sie sieht wieder Matt an. »Du hast mir nachspioniert?«

Er schüttelt den Kopf. »Ich würde so einen Laden nie betreten. Aber es ist völlig klar, dass du als Barfrau niemals genug für all die Designerklamotten und Besuche im Schönheitssalon verdienen würdest.«

Sie sieht wieder auf ihre Sandalen hinunter.

»Komm, Brig, du bist besser als das. Lass es hinter dir. Willst du nicht neu anfangen?« Er klingt weicher, dies könnte ihr Ausweg sein, doch sie nimmt ihn nicht. Sie hat das Gefühl, sich verteidigen zu müssen. Er ist nicht ihr Vater.

»Woher weißt du, was ich will?« Ihr Blick streift wieder die Tiffany-Schachtel, unbewusst legt sie eine Hand auf ihren Bauch.

»Weiß ich nicht. Aber das hier ganz sicher nicht.« Er hebt den Umschlag auf und wirft ihn so aufs Bett zurück, dass die Fotos noch weiter herausrutschen. Sie begegnet ihrem eigenen Blick auf dem Foto: eine junge Joan, zerzauste Haare, die provokante Bardot-Schnute, die sie für Richard aufsetzen sollte.

»Was zum Teufel hast du dir gedacht, Brigitte?«

Sie zuckt zusammen – noch nie hat sie ihn laut werden

hören. Sie will die Fotos nehmen, doch er packt ihr Handgelenk. »Lass sie liegen.«

»Lass mich los.« Sie windet ihren Arm frei – überdramatisch, weil er ihn kaum festgehalten hat – und geht rückwärts aus dem Zimmer. Auf der Treppe stolpert sie, hält sich am Geländer fest und fällt auf der dritten Stufe von oben auf die Knie.

Er läuft zu ihr, hält ihr die Hand hin, aber sie stößt ihn weg und steht alleine auf.

»Fass mich nicht an!« Irgendetwas ist zerrissen. »Du hast mir nicht zu sagen, was ich zu tun oder zu lassen habe. Du weißt überhaupt nichts von mir.« Sie brüllt ihre Mutter an, Eric, ihren Vater, der gestorben ist und sie zurückgelassen hat, jeden, der ihr jemals wehgetan hat. »Warum lässt du mich nicht einfach in Ruhe, verdammt noch mal?« Sie schreit Matt ins Gesicht, hört Joans Stimme, erinnert sich an den Glanz in Joans Augen, wenn sie schrie. Er weicht zurück.

Sie nimmt die Schmetterlingstasse und wirft sie nach ihm. Er hält sich schützend die Hände vors Gesicht. Die Tasse verfehlt seinen Kopf, knallt gegen den Türrahmen und zerbricht.

Er öffnet den Mund, um etwas zu sagen, ist aber von ihrer Heftigkeit so geschockt, dass ihm die Worte fehlen. Er hebt die Hände. Eine rote Linie aus Blut quillt aus seinem linken kleiner Finger, eine Tassenscherbe muss ihn getroffen haben. Er scheint es nicht zu merken.

Sie macht ein paar zögerliche Schritte die Treppe hinunter, ist unsicher, es tut ihr leid, doch es ist zu spät. Sie sieht auf zu ihm.

»Geh einfach, Brigitte. Geh zurück zu ihm.«

»Was?« Sie schreit nicht mehr – sie flüstert jetzt.

»Du hast immer gesagt, wie klug ich wäre, hast mich aber behandelt wie einen Idioten.«

»Wovon redest du?«

»Geh einfach.«

»Nein, Matt. Ich schwöre –«

»Geh!« Jetzt schreit er.

»Es gibt keinen anderen.«

»*Geh*!« Er steht oben an der Treppe und – er braucht einen Haarschnitt – sieht Kurt Cobain ähnlicher als je zuvor. Im Umdrehen reißt er das braune Sweatshirt herunter.

Sie huscht zur Tür, hält inne, holt seinen Schlüssel aus ihrer Handtasche und legt ihn auf die unterste Stufe – der Buchstabe J zeigt nach oben, sodass der Strass zu sehen ist.

In der Wohnung steht eine Fenstertür offen, das Licht brennt. Als sie durchs Foyer läuft, klingelt ihr Handy. Matt ruft an. Sie stellt das Gerät ab, geht in den Hinterhof und wirft es in eine Mülltonne. Es ist vorbei. Sie wird nie gut genug sein für Matt. Eric dagegen akzeptiert sie, wie sie ist, er verurteilt sie nicht. Er wird eine Zeitlang sauer sein und sie vielleicht schlagen. Dann wird alles wieder normal laufen. Sie lässt das Baby wegmachen, besorgt sich einen Job in der King Street. Pagan würde das schaffen.

Die Wohnung stinkt: Juicy Fruit, in der Spüle türmt sich dreckiges Geschirr, der Aschenbecher quillt über, auf dem Tisch leere Weinflaschen. Eric sitzt unter seinem David Boyd auf dem Sofa und sieht sich im Fernsehen Cricket an. Das Flimmern der Mattscheibe lässt sein Gesicht unheimlich leuchten.

»Wo bist du gewesen, Häschen?« Seine Stimme ist seltsam ruhig, darunter ist Schärfe zu spüren. Diesen Tonfall hat sie noch nie gehört, er kribbelt auf ihrer Haut. Ihr versagt die Stimme.

Sie hat ihre Reisetasche bei Matt gelassen – ihr ganzes

Zeug ist noch da. Er hat gesagt, er liebt sie. Es ist nicht zu spät. Sie blickt zu Boden.

»Ich hab dich was gefragt.« Eric stellt den Fernseher ab und wuchtet sich vom Sofa hoch. Er schließt und verriegelt das Fenster. Dann dreht er sich um und stapft leicht schwankend auf sie zu. Betrunken? Bekifft? Beides? Seine Augen sind rot unterlaufen und wässrig.

Das Herz schlägt ihr bis zum Hals, ihre Handflächen sind verschwitzt und eisig – der Kampf-oder-Flucht-Reflex, Bevor die Affen zu Menschen wurden, halfen ihnen verschwitzte Handflächen dabei, sich auf der Flucht vor Gefahren auf dem Boden entlangzuhangeln. Brigitte flieht nicht – sie steht nur da, nickt langsam, auf halbem Weg zwischen Tür und Frühstücksbar.

»Für mich?« Eric zieht die Champagnerflasche aus ihrer Handtasche, reißt die braune Papiertüte herunter, liest das Etikett. »Moët et Chandon. Das war doch nicht nötig.« Mit der schnellsten Bewegung, die sie je bei ihm gesehen hat, zerschmettert er die Flasche an der Frühstücksbar. Ein Sprühregen aus Champagner und Glassplittern glitzert in der Luft. Sie schließt die Augen und zuckt zusammen, als eine Scherbe ihre Wange aufschlitzt. Als sie die Augen wieder öffnet, stürzt Eric sich auf sie und zerschneidet ihr mit der abgebrochenen Flasche die Stirn. Sie schließt die Augen wieder und fühlt Wärme, aber keinen Schmerz. Noch nicht. Ein vermindertes Schmerzempfinden ist eine weitere Kampf-oder-Flucht-Reaktion, wie eine Art Notfallanästhesie. Hat Dr. O'Meara ihr das alles erzählt?

»Jetzt bist du nicht mehr so schön«, sagt Eric. »Er wird dich nicht mehr wollen. Niemand will dich.«

Er drängt sie in eine Ecke nahe der Tür. Die Zeit scheint in diesem Moment stehenzubleiben: ein Foto, ein Schnappschuss in ihrem Kopf. Und dann ein Filmtrailer: der anfängliche Spaß, als Eric sie in der Gold Bar auserwählt hatte und alles so glamourös war. Sie hatte so getan, als wäre sie jemand Besonderes, war in Designerklamotten durch die Gegend gestöckelt, hatte sich vorgestellt, wie stolz Joan wäre. Selbst wenn er sie schlug, war das nicht so schlimm gewesen. Jetzt ist der Spaß vorbei. Und der Glamour verflogen, als ihr Blut über das Gesicht rinnt, in den Augen brennt, salzig auf der Zunge schmeckt. Es wird auf ihr Kleid tropfen und Flecken hinterlassen. Die ganze Wohnung ist rot.

Jeder Muskel in ihrem Körper ist angespannt – gestählt für das Bevorstehende. Ihr Fuß in der fersenlosen Sandale stößt gegen das Bügeleisen. Es fühlt sich kalt und glatt und plötzlich sehr tröstlich an.

Eric hebt eine blutverschmierte Haarsträhne von ihrem Gesicht, schiebt sie zärtlich hinter ihr Ohr, und sagt: »Wenn ich mit dir fertig bin, besuche ich deinen Freund in der Brunswick Street.« Er zieht den Reißverschluss seiner Jeans auf und legt ihr die Hände auf die Schultern.

Nein, er wird nicht mit ihr fertig werden, und er wird Matt nicht besuchen – nie in ihrem Leben war sie sich einer Sache so sicher. Der Kampf-oder-Flucht-Reflex verleiht auch besondere Kräfte. Und die setzt sie ein, um ihr heiles Knie in Erics Geschlechtsteile zu rammen.

»Fuck!« Er prallt zurück, krümmt sich. »Schlampe!«

Alles nimmt einen Sepiaschleier an, doch bevor Brigitte das Bewusstsein verliert, schafft sie es gerade noch, das Bügeleisen aufzuheben und zuzuschlagen. Mit einem überraschend leisen Geräusch – eine Art breiiges Knirschen, wie eine zerquetschte Melone – trifft es die kahle Stelle auf Erics Schädel.

***

Das Klingeln eines Telefons dringt durch den Nebel in ihrem Kopf. Matt? Nein, er kennt die Festnetznummer nicht. Sie versucht aufzustehen, kann nicht, kriecht auf Händen und Knien zum Telefon. Ihr Kopf schmerzt so unerträglich, dass sie schreien will, doch sie bringt keinen Laut heraus – ihr Mund ist zu trocken, sie schmeckt Metall. Oh Gott, das Baby? Sicher ist sie nicht, aber es fühlt sich alles okay an – es ist immer noch da. Nur ihr Kopf dröhnt wie verrückt. Der Geruch von kalten Zigaretten und abgestandenem Alkohol bringt sie zum Würgen.

Der Videorekorder zeigt 19:30 Uhr an. Sie streckt den Arm aus, tastet nach dem Telefonhörer und zieht ihn zu sich herab, damit sie sich auf den Boden legen kann. Erst mit dem zweiten Anlauf bekommt sie einen Ton heraus. »Hallo.« Das Krächzen kann nicht ihre Stimme sein.

Irgendein Detective, der Eric sprechen will.

»Eric ist nicht da.«

»Sagen Sie ihm, es tut mir leid, dass die Tour abgesagt wurde. Und ich sehe ihn morgen früh.«

Kaum hat sie aufgelegt, klingelt es wieder.

»Miss Bardot?«

»Wer?«

»Brigitte, hier ist Richard Headley von Lipgloss Promotions.«

»Richard?«

»Ich wollte nur mal fragen, ob du heute Abend Zeit hast für eine Barmädchenschulung in einem Hotel in Collingwood.«

Das Zimmer dreht sich.

»Die Schulung wird bezahlt.«

Sie schließt die Augen, es dreht sich immer noch.

»Die Unterwäsche kannst du anbehalten, aber am Schichtende lassen die Gäste normalerweise einen Hut rumgehen, wenn die neuen Mädchen den BH ausziehen.«

»Tut mir leid, Richard.« Ihre Stimme klingt, als käme sie von weit her. »Mir geht es nicht sehr gut.«

»Macht nichts. Ich rufe dich nächste Woche wieder an.«

Sie hustet.

»Gute Besserung.«

Der Hörer ist voller Blut. Ihres? Sie lässt den tutenden Hörer baumeln und verliert das Bewusstsein.

47

Als sie aufwacht, ist es dunkel – kaum Morgen, auf der Straße noch kein Verkehrslärm. In der Nähe der Tür liegt ein großer Kloß auf dem Boden, sie sieht ihn aus dem Augenwinkel und vermeidet es, direkt hinzuschauen.

Im Bad steht Erics *Clarins for Men*-Serie ordentlich vor dem Spiegel aufgereiht. Brigitte sieht ihr Spiegelbild und übergibt sich ins Waschbecken.

Vom Spiegel abgewandt zieht sie ihr blutgetränktes Kleid aus, nimmt eine Valium und stellt sich unter die Dusche. Lange lässt sie das Wasser über sich strömen, schrubbt ihre Hände, die Fingernägel, den ganzen Körper und putzt sich die Zähne. Als sie sich die Haare wäscht, läuft rosa Schaum in den Abfluss. Sie knetet die Spitzen mit Conditioner und betupft vorsichtig die Schnittwunde auf der Stirn. Seltsame kleine Schluchzer steigen aus ihrem Bauch auf und erschüttern ihren Körper, als sie die Haare kämmt und ausspült.

Das flauschige weiße Handtuch auf ihrer Haut ist tröstlich. Ein Hauch von Normalität, der sie beruhigt. Als sie ihren Kopf kurz im Handtuch vergräbt, verfärbt es sich rot.

Sie bindet das Haar zu einem Pferdeschwanz. Die Wunde

auf der Stirn sieht besorgniserregend aus, sie ist tief und hört nicht auf zu bluten. Sie klebt ein großes Pflaster darüber und zieht ein langes T-Shirt an, das über die Knöpfe ihrer Jeans reicht, die sie nicht länger zubekommt.

Sie zieht Gummihandschuhe an und wischt ihr Blut und alle Fingerabdrücke von den Oberflächen. Als sie fertig ist, stopft sie die Handschuhe, Putzlappen, ihre Tanzkostüme, den Rest ihrer Kleidung und ihr Chanel-Kleid in zwei Müllsäcke. Sie wirft eine Decke über den Kloß auf dem Boden und geht um ihn herum. Als sie die Tür aufsperren will, zuckt ihre Hand zurück, als hätte sie einen elektrischen Schlag bekommen. Sie hatte nicht abgeschlossen – jeder hätte hereinkommen können.

Sie trägt die Säcke hinaus zu den Müllkübeln und sieht sich rasch um. Sean ist noch nicht da. Die Nachbarn schlafen alle. Und selbst wenn nicht – heute wird der Müll abgeholt, sie bringt nur die Säcke raus.

Zurück in der Wohnung zittert sie so heftig, dass sie kaum den Wasserhahn aufdrehen kann, um sich die Hände zu waschen. Ihre Finger sind taub.

Sie geht durch die Wohnung. Ihre Sachen sind weg. Es ist, als wäre sie nie hier gewesen, nur die *Liebenden* lehnen im begehbaren Schrank an der Wand. Sie schiebt Erics Hemden beiseite, um sich das Bild in Gänze ansehen zu könne. Ein Traum? Eine Erinnerung? Ein Geist? Wieder setzen die kleinen Schluchzer ein. Das ist nur heute so, sie muss nur durch diesen einen Tag kommen, sagt sie sich. Morgen wird es wieder besser, und übermorgen und überübermorgen. Und es wird der Moment kommen, eines Tages, vielleicht in einem Jahr, vielleicht weit weg, wenn sie sich an das hier nicht mehr erinnert. Irgendwie wird sie es schaffen zu vergessen. Pagan würde es schaffen. Der Boden schwankt unter ihren

Füßen wie ein Boot. Sie rennt ins Bad und übergibt sich erneut.

Der säuerliche und fleischige Geruch in der Wohnung dreht ihr fast den Magen um, als sie die mit Blut und Erbrochenem besudelten Handtücher in die Waschmaschine stopft. Sie schüttet die doppelte Menge Waschpulver dazu, dann Weichspüler.

Auf dem Weg nach draußen wischt sie den Türgriff ab und lässt die Tür angelehnt: *Jeder hätte im Laufe der Nacht hereinkommen können.* In ihrer Fantasie hört sie von dem Kloß unter der Decke ein leises Stöhnen, wie in einem Albtraum. Sie dreht sich um und läuft davon.

An der Ecke kommt ihr der Müllwagen – mit Lametta an den Seitenspiegeln – entgegen. Der Tag wird wieder heiß werden, die Sonne sticht schon jetzt.

***

Auf halbem Weg nach East Melbourne wird Brigitte wacklig auf den Beinen, hält ein Taxi an, setzt sich auf die Rückbank und lehnt das Gesicht an die Scheibe. Der Taxifahrer fragt, ob alles in Ordnung sei – muss sie ins Krankenhaus? Er runzelt die Stirn, vermutlich befürchtet er, sie würde sich übergeben und er müsste den Wagen säubern.

Das Bügeleisen? Sie zittert. Sie hätte es in den Müllkübel werfen sollen. *Egal, macht nichts. Nichts macht noch etwas.* Im Radio Nirvana.

Sie ist früh dran für ihren Acht-Uhr-Termin. Sie wartet um die Ecke auf einer Bank, kratzt die Reste ihres Nagellacks ab und kaut an ihren Nägeln, bis die Fingerspitzen bluten. Ihr Gefühlszustand schwankt zwischen Benommenheit und jener Hyperrealität, in der alles greller erscheint und die

Wahrnehmung überhöht ist. Mit jedem Pulsieren ihres Kopfschmerzes scheint sich die Straße in ihren Augenwinkeln auszudehnen und wieder zusammenzuziehen.

Im Glas ihrer Gucci-Uhr ist ein Riss: 7:55 Uhr. Zeit, reinzugehen.

Zwei Männer in grauen Anzügen verteilen vor der Fruchtbarkeitsklinik Broschüren gegen Abtreibung. Sie fragen, ob sie Hilfe bräuchte. Sie schüttelt den Kopf, nimmt aber die Broschüre. Noch ist es nicht zu spät, sagt Johnnie Walker. *Was zum Teufel macht der denn hier?*

Im Wartezimmer laufen Weihnachtslieder: »Stille Nacht«. Neben dem Aquarium sitzen fünf junge Frauen, etwa in Brigittes Alter, auf harten Plastikstühlen in einer Reihe. Eine sieht noch jünger aus – ein Mädchen. Sie ist mit ihrer Mutter hier. Wie schrecklich. Neben Brigitte sitzt eine ältere Frau und schnieft, wahrscheinlich ist das ihre letzte Chance auf ein Baby, was will sie also hier? Zwei Frauen unterhalten sich und lachen über irgendetwas. Eine liest eine Zeitschrift. Wie können sie so etwas tun? An einem solchen Tag? Wie können sie lachen oder lesen oder irgendetwas anderes tun? Brigitte steckt die Hand in ihre Tasche, dann fällt ihr ein, dass sie Matts Schlüssel nicht mehr hat, aber sie fühlt die gelbe Schlafdecke. Die Frau neben ihr – sie muss auf die vierzig zugehen – fragt, was mit Brigittes Kopf passiert sei. Sie hat das Pflaster nicht gewechselt, wahrscheinlich suppt das Blut durch. Bestimmt wird eine Narbe bleiben – sie wird wohl kaum als Model für Richard arbeiten können. Sie schüttelt den Kopf, kann nicht sprechen, beginnt zu zittern.

»Alles wird gut, Liebes.« Die ältere Frau berührt Brigittes Arm, als gehörten sie beide zu einem geheimen Club. Unter einer dicken Schminkschicht schimmert ein blaues Auge. Sie riecht nach Zigaretten und Kaugummi – Juicy Fruit. Brigitte verbannt ein grauenhaftes Bild an einen sehr versteckten Ort, den sie nie wieder aufsuchen will. Die Fische schwimmen sinnlos von einer Seite des Aquariums zur anderen. Brigitte wünscht sich, Matt wäre hier und würde ihre Hand halten. Sie umklammert die Schlafdecke, Jacks sechswortiges Hemingway-Gedicht mit den Baby-Schuhen fällt ihr ein.

Eine der Frauen beginnt zu zittern, ihr Schmerz, erst nur ein leises Wimmern, geht in Weinen über. Niemand schenkt ihr Beachtung – dies ist ein Ort der Tränen.

Die Mutter tätschelt die Hand ihrer Tochter. Brigitte sehnt sich plötzlich nach ihrer Mutter. Warum hat Joan sie nie geliebt? Warum war sie nie gut genug? Sie war ein stilles, gehorsames Kind und beschwerte sich nie über die blöden Designersachen, die Joan so wichtig waren, während Brigitte viel lieber Jeans und T-Shirts wie die anderen Kinder getragen hätte. Wenn Joan sie für zu dick hielt, ging sie auf Diät. Sie verwandte viel Zeit auf ihr Aussehen, denn Joan ging es immer nur ums Äußere. Aber nie war es gut genug. Zum Glück sieht Joan nicht, wie sie jetzt aussieht.

Nana. Sie braucht Nana, nicht ihre Mutter. Nana verurteilt sie nicht, das Äußere ist ihr egal. Sie würde sagen, dass sie es nicht machen soll, dass sie nach Hause zu ihr und Opapa kommen soll. Nach Hause? Zu dem warmen Geruch von Holzrauch und Suppe und Kuchen im Ofen. Wenn sie ihr Handy noch hätte, würde sie Nana anrufen.

Eine der Frauen steht auf und geht in den Empfangsbereich. Brigitte sieht, dass sie dort an einem Münztelefon telefoniert. Die Frau hat brüchige, überblondierte Haare. Unter ihrem weißen Trägerhemd ist der Anflug eines Babybauches zu erkennen. Auf dem Arm prangt eine Tätowierung, eine Schlange, ein bisschen wie die von Matt. Wenn sie in der

Gold Bar tanzen wollte, müsste sie die mit viel Schminke abdecken. Brigitte schaut zur Decke. Was zum Teufel hat sie unter diesen Leuten hier zu suchen. *Heuchlerin.* Sie schilt sich dafür, andere zu verurteilen, wie Joan zu sein. Sie ist eine verprügelte Stripperin, verdammt noch mal. Diese Frauen haben wahrscheinlich alle anständige Jobs. Oder gehen zur Schule. Und bestimmt haben sie nie jemanden getötet. *Oh Gott, oh Gott, oh Gott.* Sie verbirgt den Kopf in den Händen, als sie ihn wieder hebt, klebt Blut an ihren Fingern. Lady Macbeth. Urkomisch. *Aber wer hätte gedacht, dass der alte Mann noch so viel Blut in sich hätte?* Doch das Blut an ihren Händen ist echt. Eine Krankenschwester kommt zu ihr, säubert die Wunde und wechselt den Verband auf ihrer Stirn.

»Warum haben Sie das nicht nähen lassen?« Die Krankenschwester schüttelt den Kopf und spricht, als wäre Brigitte ein ungezogenes Kind.

Als die Überblondierte den Anruf beendet, steht Brigitte auf, um Nana anzurufen, ohne genau zu wissen, was sie sagen soll und ob sie hören will, was Nana antwortet. Vielleicht sollte sie Nana gar nichts sagen – nur, dass sie sie liebt. Ja, das zumindest wird sie sagen. Sie steckt die Münze in den Schlitz. Und wählt Matts Nummer. Wie dumm.

»Hallo. Matt Elery.« Seine Stimme klingt verändert, müde, leblos.

Sie kann nicht sprechen.

»Hallo?«

»Matt.«

»Brig, wo bist du? Ich habe mir solche Sorgen gemacht und immer wieder auf deinem Handy angerufen. Ich habe wirklich Angst bekommen, weil ich keine andere Möglichkeit habe, dich zu finden. Ich weiß nicht mal deine Adresse, und es tut mir leid, dass –«

»Schon gut. Mir geht es gut.« Ihre Stimme ist so flach und tonlos, es überrascht sie, dass er sie erkennt.

»Du klingst seltsam. Ist alles in Ordnung?«

Eine Pause.

»Brig, bist du noch da?«

»Matt?«

»Ja?«

Schweigen.

»Matt, falls dich jemand fragt, kannst du sagen, dass ich gestern Nacht bei dir war?« Worte, die sie bereut, sobald sie ausgesprochen sind.

»Sag mir, was passiert ist.«

Sie umklammert den Hörer fester.

»Brigitte, es ist ganz egal, was es ist. Bitte komm nach Hause.«

Nach Hause?

»Sag mir, wo du bist, dann komme ich dich abholen.«

»Schon gut. Ich muss etwas erledigen, dann komme ich.«

»Brig?«

»Ja?«

»Di hat heute Morgen ihre Kleinen bekommen. Ich wünschte, du wärst dabei gewesen.«

Draußen auf der Straße fahren Autos vorbei, wie an jedem anderen Tag.

»Ich finde, Lucy und Henry sollten es nicht durchziehen«, sagt sie.

»Wovon redest du?« Er klingt wieder panisch.

»Die Figuren in deinem Buch – sie sollten einfach zusammen weglaufen.«

Ein Kurier kommt mit einem Päckchen für die Rezeption durch die Tür, ein warmer Lufthauch weht die Weihnachtskarten vom Tresen. Sie öffnet den Mund, um Matt zu sagen, dass es ihr leidtue, aber das Sprechen schmerzt, ihre Kehle ist zu eng, die Worte bleiben hängen.

»Ich komme dich sofort holen. Wo bist du?«

Sie will nicht auflegen. Doch sie tut es.

Jetzt Nana. Während sie wählt, räuspert sie sich. Opapa nimmt ab. »Wo bist du, Brigi? Dein Handy geht nicht. Wir haben versucht, dich zu finden. Nana hatte wieder einen Herzinfarkt. Sie ist im Krankenhaus. Fühlt sich nicht gut. Fragt nach dir.« Er klingt außer sich.

Die Krankenschwester ruft sie.

»Okay, Opapa. Ich muss jetzt aufhören, aber ich komme, so schnell ich kann.« Sie legt auf.

Die Krankenschwester schiebt ihr eine Schachtel mit Papiertüchern hin, sie nimmt eins. Es fühlt sich weich an. Die Schachtel ist mit blauen Schmetterlingen bedruckt. *Es tut mir leid, Matt. Es tut mir leid, Nana.* Die Krankenschwester führt sie in eine abgehängte Kabine mit einer Bank, wo sie sich ausziehen und einen formlosen, wegwerfbaren Umhang anlegen soll. Ein Poster an der Wand informiert über sicheren Sex. Sie faltet ihre Kleidung zusammen und legt sie als ordentlichen Stapel auf die Bank. Noch nicht zu spät. *Doch, Johnnie Walker. Doch.* Von allen Frauen, die um acht Uhr da waren, ist sie sie letzte, die operiert wird. Sie hört das Klimpern von chirurgischen Instrumenten.

Die Krankenschwester kommt zurück, um sie in den OP zu bringen. Brigitte streift den Umhang ab und beginnt, sich anzuziehen.

»Was machen Sie da?«, fragt die Krankenschwester.

»Tut mir leid. Ich habe mich umentschieden.«

Die Krankenschwester runzelt die Stirn.

Brigitte läuft durch das Wartezimmer, an den leeren Sitzen, dem Aquarium und der Rezeption vorbei, und knöpft dabei ihre Bluse zu.

Sie wirft einen Blick auf die Uhr: 9:30 Uhr. Eine Straßenbahn nähert sich langsam der Haltestelle. Wenn sie schnell ist, schafft sie es. Als sie über die Straße rennt, bleibt einer ihrer Absätze in der Straßenbahnschiene hängen. Sie bückt sich, um die Sandale aufzuheben, und sieht nicht den blauen, außer Kontrolle geratenen Camry in die Wellington Parade schlittern.

Schwarz.

Nana steht am Ende des OP-Tisches unter grellem, kaltem Licht.

»Gott, du hast mir Angst eingejagt. Musst du nicht im Krankenhaus sein?«, sagt Brigitte. »Ist es schon vorbei?«

»Fast.« Nana kommt zu ihr und gibt ihr einen Kuss. Brigitte merkt, dass ein Monitor aufhört zu piepen. Ihrer? Nein, der von Nana. Wie kann das sein?

Die lieblichen Stimmen kleiner Kinder singen von der Zugpfeife, die ein schläfriges Geräusch macht, vom Sonnenschein und vom Tag. Irgendwo in der Nähe muss ein Kindergarten oder eine Schule sein.

Brigitte öffnet die Augen. Langsam rollen Autoreifen vorbei. Jemand schreit. Eine Sirene heult. Die Krankenschwester hat gesagt, unter Narkose kann es zu Halluzinationen kommen. Die Krankenschwester? Aber sie hat sich doch umentschieden.

Das langgezogene, einsame Heulen einer Autohupe. Das Zischen von Druckluftbremsen. Ein rot-weißer Laster hält am Straßenrand an, darauf steht in geschwungenen Buchstaben »Dan Weaver« geschrieben. Dad, jung und stark und gutaussehend, springt vom Trittbrett. Er kommt über die Straße, streckt die Hand aus, um Brigitte aufzuhelfen. Pass auf den Verkehr auf, Dad. Er bückt sich und zieht die gelbe Schlafdecke aus einer Blutlache.

Warmes Blut fließt über die Innenseite ihrer Beine. Wo ist

ihr Baby? Wo ist Matt? Er hat gesagt, er würde sie abholen kommen. Matt …

In ihrem Zufluchtsort spürt Brigitte die Wärme, das Brummen des LKW-Motors.

Rot.

Schwarz.

Bis Morningtown nicht zu schaffen, Dad. Es ist zu weit.

Leere: alles zerbrochen, alles fort.

Teil 3 2008: Come as you are (Forts.)

48

Dumpfe elektronische Geräusche kräuseln das amniotische Grau, in dem sie treibt. Ein warmes, behagliches, schwebendes Gefühl.

Piep, piep, piep.

Sie öffnet die Augen. Um ihr Bett herum sind die Vorhänge zugezogen. Kurt Cobain sitzt neben ihr.

»Was ist denn los?«

»Du hast versucht, dich umzubringen.« Er lügt. Sie liebt ihre Kinder und würde so etwas niemals tun. Er steht auf und geht.

»Komm zurück. Lass mich ja nicht hier allein!«, schreit sie und versucht, ihm zu folgen, doch sie hängt an Tropf und Monitor.

»Schsch. Alles gut. Ich lasse dich nicht allein«, sagt eine tiefe, ruhige Stimme aus dem Grau.

Doch sie schwimmt wieder hinunter zu Kurt. Sie gibt ihm das rote Hundehalsband und den Schlüssel mit dem J-Anhänger. »Ich habe darauf aufgepasst, wie du gesagt hast. Ich habe sie nicht verloren.«

Kurt steckt den Schlüssel in die Tasche, sagt aber, das Halsband solle sie behalten.

»Wo ist Matt?«

»Nicht hier.«

»Kann ich hier auf ihn warten?«

»Weiß nicht. Das könnte lange dauern.«

»Das ist mir egal. Ich muss ihm sagen, dass es mir leidtut.«

»Wir haben alle etwas, das uns leidtut. So ist das Leben.«

Kurt verblasst, verwandelt sich in Sam, und Sam wird zu Dan. Dan nimmt das rote Hundehalsband. »Hierher, mein Junge.« Digger kommt angerannt, und Dan legt ihm das Halsband wieder um. Er nimmt Brigitte an der Hand, und sie geht neben ihm her, aus dem Krankenhaus heraus und die Delgraves Street entlang. Nana ist ein Stück voraus, sie hält ein winziges, in eine gelbe Schlafdecke eingewickeltes Baby. Brigitte will das Baby nehmen, doch Nana gibt es ihr nicht.

»Du musst loslassen, Brigi«, sagt Nana.

»Aber Matt …«

»Nein«, sagt Dan.

»Ich kann warten.«

»Lass jetzt los. Du kannst deine Kinder nicht allein lassen. Sie brauchen dich, und das ist wichtiger als etwas, das nie gewesen ist.«

»Du hast mich allein gelassen!«

»Lass los.«

Ein langes Piepen ertönt im Grau. Und ein Alarm, das raue Kratzen eines Stuhlbeins, schnelle Schritte.

Sie lässt die Hand ihres Vaters los, vergibt ihm.

***

Piep, piep, piep.

Gedämpfte Stimmen und Echos durchbrechen die Oberflächenspannung des Graus.

Schritte. Papierrascheln. Ein Kratzen. »Alles okay, Kumpel. Sie kommt durch.« Die tiefe, ruhige Stimme ist wieder da. Oder noch da?

»Scheiße.« Eine andere Stimme, lauter. »Was ist passiert? Was hat sie genommen?« Schlüssel klappern.

Eine dritte Stimme, mit ausländischem Akzent, sagt: »Zoldipem, Dextropropoxyphen, Diazepam und –«

»Was?«

»Schlaftabletten, Schmerztabletten, Valium. Und Alkohol. Große Mengen. Ein Glück, dass Detective Serra so schnell bei ihr war.«

»Scheiße«, sagt der mit der lauten Stimme. Noch ein Kratzen, ein dumpfes Geräusch.

»Wir haben ihr den Magen ausgepumpt, sie an die Dialyse gehängt, und jetzt wird sie über einen Tropf mit Flüssigkeit versorgt.« Der mit dem ausländischen Akzent.

»Scheiße. Gott.«

»Sie wird sich grauenhaft fühlen, wenn sie aufwacht.«

»Wann wird sie aufwachen?«

»Morgen um diese Zeit wird sie im Bett sitzen. Weihnachten ist sie zu Hause«, sagt der ausländische Akzent.

Ein elektronischer Alarm. Quietschende Schritte.

»Woher hatte sie den ganzen Scheiß?«, fragt Laute Stimme.

»War alles auf Rezept«, sagt Tiefe, Ruhige Stimme. »Von einem zwielichtigen Typen in Richmond, der inzwischen Besuch von meinen Kollegen gehabt haben müsste. Der Ärzteverband wird bestimmt ein Wort mit ihm zu reden haben.«

»Scheiße.« Ein Seufzen. Mehr Kratzen. »Wo sind die Zwillinge?«

»Bei den Campbells.«

49

Bewegung. Nicht schwimmend. Fliegend? Nein, rollend. Räder, Echos, Lichtstrahlen, graue, formlose Schatten überall, oben. Ein Alarm ertönt, ein Telefon klingelt, ein geflüstertes Gespräch.

Dann hört das Rollen mit einem Klick, einem Ruck auf.

Knack: Eine Jalousie schnellt hoch. Schatten bewegen sich, die zu zwei vertrauten Stimmen gehören – sie erkennt sie jetzt.

»Wieso hast du keine Kinder?«, fragt Ryan. Er ist oft da.

»Meine Frau wollte keine«, sagt Aidan. Er ist immer da. »Die Karriere war wichtiger.«

»Verstehe.«

»Ist schon okay. Wir können nicht alle dasselbe wollen.«

»Wolltest du Kinder?«

»Klar. Deswegen hat sie mich letzten Endes rausgeworfen.«

»Was?«

»Wegen meiner Nörgelei, so hat sie es genannt.«

»Du machst schon einen recht beharrlichen Eindruck.«

Aidans unpassendes quietschendes Lachen. »Das war einer der Gründe.«

»Welche noch?«

»Sie stand mehr auf Architekten als Bullen. Und Bauarbeiter, Elektriker …«

»Wie hast du es rausgefunden?«

Wieder das quietschende Lachen, keine Antwort.

Ein Kratzen. »Ich glaube, Rosie hat eine Affäre.«

»Wirklich?«

»Mit einer Frau.«

»Scheiße.«

»Ich wünschte, wir hätten mehr Kinder bekommen. Zum Glück hat Brigi zwei.« Seufzen. »Sie kommt doch wieder auf die Beine, oder?«, fragt Ryan.

»Ja.«

»Nicht wie –«

»Es lag nur an den Medikamenten. Der Arzt sagt, sie wird wieder.«

»Gottseidank warst du da.«

»Das hat nichts mit Gott zu tun.«

»Hoffentlich wacht sie endlich auf.«

»Bald. Mir ist gerade etwas eingefallen, das helfen könnte.«

»Was?«

»Bin bald zurück.« Schritte.

50

Räder rattern vorbei. Eine Toilettenspülung wird gezogen, Wasser rauscht, eine Tür öffnet und schließt sich.

»Wieder da? Ich dachte, Polizisten haben nie frei.« Ryan. Ein Kratzen.

»Hab gearbeitet. Der Fall ist endlich aufgeklärt.« Aidan.

»Eric Tucker?«

»Ja. Sie hat's nicht getan.«

Eine lange Pause, dann sagt Ryan sanft: »Und du bist sicher, dass das die Wahrheit ist?«

»So steht es in der Akte. Muss also die Wahrheit sein.«

Schlurfen.

»Jemand kam rein, nachdem sie weg war«, sagt Aidan.

»Der Hausmeister?«

»Nach dem Hausmeister.«

Ein Vogel zwitschert, Verkehr rumpelt, ein Flugzeug brummt über den Himmel.

»Aber Sam …«

»Zuerst dachte ich, Sam hätte sie gedeckt, weil er häusliche Gewalt hasste«, sagt Aidan.

»Ich wusste, es konnte nicht nur daran liegen, dass sie ein junges, hübsches Ding war.«

»Es hatte mit seinem Vater zu tun.«

»Doug?«

»Doug ist der Stiefvater.«

»Das wusste ich nicht.«

»Der leibliche Vater war gewalttätig. Hat ihn verprügelt. Auch seine Mutter und Schwester. Als Kind ist er deswegen im Krankenhaus gelandet. Und wäre fast gestorben.«

»Gott. Der arme Kerl.« Wieder eine lange Pause. »Aber wie kann er sich geirrt haben?«

»Hat er nicht. Er hat nicht *sie* gedeckt.«

»Was?«

»Ich hab altes Zeug gefunden, das nicht gefunden werden sollte. Persönliche Unterlagen. Und hab mich mit der Mutter des Hausmeisters unterhalten.«

Eine Pause.

»Tucker war noch am Leben, als der Hausmeister ihn fand, aber beim Eintreffen der Polizei nicht mehr. Sam hat ausgesagt, dass er als Erster am Tatort war, nachdem er den Notruf gehört hatte – eine halbe Stunde vor den Kollegen. War er zufällig in der Nähe? Wohl kaum. Ich denke, er war absichtlich dort und fand eine Situation vor, die er als gute Gelegenheit genutzt hat.«

»Aber … das verstehe ich nicht.«

»Die Familie hat Dougs Nachnamen angenommen. Auf Sams Geburtsurkunde steht Tucker.«

»Scheiße! Er war Erics Sohn?«

Schlurfen.

»Tucker hatte sich über polizeiliche Belästigung beschwert. Sam war besessen von ihm – er hat ihm nachspioniert.«

»Herrgott«, sagt Ryan, durch eine Hand vor dem Mund gedämpft. »Zum Glück erinnert sich Brigi an nichts.«

Aidan räuspert sich. »Alles okay?«

Keine Antwort.

Minutenlanges Schweigen. Eine Uhr tickt.

Ein Handy klingelt.

»Ich dachte, die dürfte man hier nicht mit reinnehmen.«

»Das gilt nicht für die Polizei.« Er nimmt den Anruf an. »Detective Sergeant Serra … Ja, sie ist aus der Intensivstation raus … Alles klar. Wir treffen uns unten am Empfang und gehen zusammen hoch.« Ein Rascheln, ein Knarren, ein langer Schatten. »Besuch für Brigitte. Könnte helfen.«

»Die Campbells bringen auch die Zwillinge vorbei«, sagt Ryan.

»Gut. Warum machst du nicht einen Spaziergang? Tankst frische Luft und Kaffee.«

»Ich brauche einen Drink.«

»Ich komme später dazu.« Schritte.

»Hey, was steht da auf deinem Arm?«

Die Schritte halten inne. »Was?«

»Die Tätowierung.«

»Come as you are.«

»Das Lied von Nirvana!«

»Bedingungslose Akzeptanz.«

»Echt? Ich liebe das Lied, aber ich dachte, es geht um Drogen und Knarren.«

»Nein. Es geht um Menschen und wie sie leben sollten. Dass sie die Dinge akzeptieren, wie sie sind, nicht, wie man sie sich wünscht. Und dass sie nach vorne schauen sollen, nicht zurück.«

»Und ich hab dich bloß für einen blöden Bullen gehalten, nicht für einen Philosophen.«

»Ich hab dich für einen Klassik-Freak gehalten, nicht für einen Nirvana-Fan.«

Fast ein Lachen.

»Und du kannst deinem Großvater sagen, ich hab den Scheißkerl in dem blauen Camry erwischt.«

Eine Pause.

»Sie mag dich, weißt du«, sagt Ryan.

»Quatsch. Sie kann mich nicht ausstehen.«

Die Schritte verschwinden.

***

Ein Karren rattert vorbei, Besteck klappert. Die Gerüche von Braten und Gemüse und Putzmittel tränken die Luft. Sie schmeckt Metall im Mund. Er ist so trocken – noch nie war sie so durstig. Der unerträgliche Durst zieht sie aus dem Grau nach oben ans Licht. Erlöst. Frei.

Ihr Kopf schmerzt, als hätte sie den schlimmsten Kater ihres Lebens. Die Augen fühlen sich an wie zugeklebt. Sie zwingt sich, sie zu öffnen, kneift sie gegen das Licht zu Schlitzen zusammen, blinzelt die verschwommenen Ränder weg und sieht auf. Himmelblau. Die Zeit hat die Farbe seiner Augen nicht ausgebleicht, doch das Leben hat Falten um sie herum gezogen, und um den Mund – eher durch Lachen als durch Schmerz. Das Sonnenlicht lässt den Ehering an seinem Finger aufblitzen. Er steckt ein selbstgebasteltes Lesezeichen – von Kinderhand liebevoll gemalte Strichmännchen und Herzen – in sein Buch und klappt es zu. Das Buch schiebt er in seinen Rucksack, den er offen auf dem Schoß hält.

Sie hat Mühe zu schlucken und sieht die Wasserkanne auf dem Nachttisch an. Er greift danach, schenkt einen Becher ein und hilft ihr, sich aufzusetzen, damit sie trinken kann.

Sie sieht die Kanüle in ihrem Handrücken und folgt mit den Augen dem Schlauch bis zu dem durchsichtigen Plastikbeutel am Tropf neben dem Bett. »Warum hast du nie nach mir gesucht?« Ihre Stimme ist ein heiseres Flüstern.

Er zögert und gibt keine wirkliche Antwort. Es ist auch nicht nötig – sie lag im Zögern. »Detective Campbell hat sehr deutlich gemacht, dass du nicht gefunden werden kannst.«

Ihre Finger berühren sich, als er ihr den Becher abnimmt und zurück auf den Nachttisch stellt.

»Ich habe das Foto von dir auf Raymond Island lange behalten«, sagt er. »Auf meinem Armaturenbrett. Es hat mich immer traurig gemacht, aber ich konnte es nicht wegwerfen. Ich habe es so gedreht, dass es zur Windschutzscheibe zeigte, damit ich dich nicht jeden Tag sehe und vermisse. Aber wenn ich nachts unter Straßenlampen durchgefahren bin, tauchte dein Bild als Spiegelung auf.« Er klappt den Rucksack zu, sitzt unbequem auf der Stuhlkante. Er hat nicht vor, lange zu bleiben. »Irgendwann war es so ausgeblichen, dass man nichts mehr erkennen konnte. Als ich mir einen neuen Wagen kaufte, habe ich es in dem alten Commodore liegen lassen.«

Hier ist die Chance, nach der sie sich so lange gesehnt hat, sie kann ihm sagen, dass es ihr leidtut. Sie sagt es nicht.

Er sieht die Narbe auf ihrer Stirn an, nicht in ihre Augen. Ryan hat ihr irgendwann mal einen Schauspielertrick verraten, der die Nerven beruhigt: Schau deinem Publikum auf die Augenbrauen, nicht in die Augen. Die meisten Menschen erkennen den Unterschied nicht, sie schon.

»Es ist viel Zeit vergangen.« Er lächelt, doch das Lächeln erreicht seine Augen nicht. »Ich habe unten deine Kinder getroffen. Sie sind wunderbar. Du solltest jetzt mit ihnen zusammen sein. Nicht mit mir.«

Sie nickt. Sie hat ihm nichts mehr zu sagen.

Er schwingt sich den Rucksack über die Schulter, betrachtet seine Hände, bürstet irgendetwas von seiner Jeans, das nicht da ist. »Ich sage ihnen, dass du wach bist.« Er steht auf und geht zur Tür.

»Matt?«

»Ja?« Er schaut zurück.

»Ist Aidan da?«

Danksagung

Ich möchte meiner Familie danken: Greg, Reece, Paige, Jaime (für ihre Liebe und Geduld) und meiner Mutter Pam; Henry Rosenbloom und allen bei Scribe; Graeme Simsion (Coach, Mentor, Inspirationsquelle); Fran Willcox (für Johnnie Walker, Ärmel mit Knöpfen und alle weiteren guten Ratschläge, und für ihre Unterstützung, als es darauf ankam); Anne Buist; Felicity Clissold; Nancy Sugarman; Danny Rosner Blay; Amy Jasper; Allison Browning; Michelle Aung Thin; Jim Brandi; Mark Brandi; Edwina Vance; Meg Dunley; Liz Steele; Baia Tsakouridou; Krysia Birman; Zoe Naughten; Jo Stubbings; und all meinen Lehrern und Kommilitonen bei RMIT Professional Writing and Editing.

Die Übersetzung des Zitats aus »Macbeth« von William Shakespeare auf S. 301 stammt von Ludwig Tieck.